Alexander Merow

Scanfleisch

Alexander Merow

Scanfleisch

Beutewelt-Roman

Bibliografische Information der Deutschen Nationalbibliothek:
Die Deutsche Nationalbibliothek verzeichnet diese Publikation in der Deutschen Nationalbibliografie; detaillierte bibliografische Daten sind im Internet über http://dnb.d-nb.de abrufbar.

© 2024 Alexander Merow

Verlag: BoD · Books on Demand GmbH,
In de Tarpen 42, 22848 Norderstedt
Druck: Libri Plureos GmbH, Friedensallee 273, 22763 Hamburg

ISBN: 978-3-7597-6098-2

Inhalt

Der Polizeibeamte 7
Die grinsende Dame 25
Neue Fragen 44
Opfer Nr. 4 62
Der Verdächtige 79
Mall Wrecker und reiche Leute 97
Auf eigene Faust 113
Risse im Weltbild 134
Verbotenes Wissen 156
Gehetzt und verloren 174
Menschliches Raubtier 192
Der Preis der Nachsicht 208
Peter Henkel 223
Der Winter kommt 238
Tschistokjows Geschenk 255

Vorwort

Den Roman „Scanfleisch" habe ich bereits im Jahre 2011 geschrieben. Er entstand damals im Zuge meiner Arbeit an der 7-teiligen Beutewelt-Buchreihe und spielt somit im gleichen „Universum". „Scanfleisch" ein paar Jahre später noch einmal zu lesen und zu überarbeiten, war in vielerlei Hinsicht eine interessante Erfahrung für mich.
Heute, im Jahre 2024, habe ich den Eindruck, dass das, was mir 2011 noch sehr dystopisch erschien, schon weitaus weniger unrealistisch klingt. Gerade im Hinblick auf die Ereignisse in den letzten Jahren, denke ich, dies sagen zu können. Ob dies ein Fortschritt ist oder nicht, überlasse ich natürlich jedem einzelnen Leser und seiner Urteilskraft.

Der Polizeibeamte

Marvin Kuhmichel erwachte mit einem leisen Husten und drehte sich noch einmal auf die Seite, während ihn seine Frau mit dem Zeigefinger in den Bauch pikste.
"Wir müssen aufstehen, Schatz", sagte sie, um anschließend langsam aus dem Bett zu klettern.
"Ja!" Mehr brachte Marvin in diesem Moment nicht über die Lippen.
Loreen, seine Ehefrau, stand im nächsten Augenblick auch schon neben ihm und lächelte müde. Dann gähnte sie, genau wie Marvin. Dieser richtete sich mürrisch brummend auf und kroch aus den Federn. Marvin drückte den Rücken durch und trottete wortlos an Loreen vorbei in die Küche. Dort knipste er das Licht an, blinzelte verschlafen und verzog den Mund, als hätte er soeben einen Pfeilgiftfrosch verschluckt.
Loreen folgte ihm und ging zum Kühlschrank, während sich Marvin an den Küchentisch setzte und aus dem Fenster blickte. Im Hintergrund begann der Kaffeeautomat zu brummen. Loreen holte zwei Tassen aus dem Küchenschrank. Marvin drehte sich nicht um. Stattdessen betrachtete er die grauen Häuserwände jenseits des Fensters, zu denen eine breite, leuchtende Reklamewand einen Kontrast bildete.
"Globe Food!", flüsterte er in sich hinein und schob dabei die Augenbrauen leicht nach oben.
"Hast du etwas gesagt?", kam von hinten.
"Nein, schon gut." Marvin schüttelte den Kopf.

Es war nichts Wichtiges. Er hatte lediglich die Werbung von „Globe Food", der größten Lebensmittelkette im Verwaltungssektor „Europa-Mitte", gemeint. Sie blinkte auf der Reklametafel an der Wand gegenüber. Dieses digitale Werbeplakat des Lebensmittelkonzerns war allgemein bekannt, man sah es in Marvins Heimatstadt Frankfurt am Main an jeder Straßenecke.
Ein Junge mit einer überdimensionalen Afrofrisur grinste von der bunten Reklametafel auf den Zuschauer herab. In seinen Händen hielt er ein Schild auf dem „I like it cheap & cheaper!" stand.
Kurz darauf wechselte das Bild. „Multilove - Die Dating-Show" war jetzt auf knallrotem Hintergrund zu lesen. „Jetzt on TV!" blitzte es dazwischen immer wieder auf.
„Milch und Zucker?", murmelte Loreen und kam mit den Kaffeetassen zum Küchentisch.
„Ja!", antwortete Marvin und starrte weiterhin auf die Werbetafel.
Als sich Loreen ihm gegenüber auf einen Stuhl setzte, drehte er ihr den Kopf zu und schenkte ihr ein verhaltenes Schmunzeln. Sie lächelte zurück und senkte den Blick dann wieder, um ihre Kaffeetasse anzustarren.
Eine knappe halbe Stunde später hatten die beiden ihre Wurstbrote gegessen und ihren Kaffee getrunken. Gleichzeitig verließen sie das kleine Reihenhaus, das sie seit nunmehr fünf Jahren bewohnten. Zum Abschied lächelten sie sich gegenseitig noch einmal flüchtig zu, um sich anschließend auf den Weg zur Arbeit zu machen.

Marvin war mit seinem in die Jahre gekommenen Auto in die Innenstadt gefahren - so wie er es jeden Morgen tat. Die erste Stunde im Sicherheitskomplex „FAM-IV", wo

er als Polizeibeamter arbeitete, verlief ruhig. Keine Anrufe, keine neuen E-Mails oder sonstige Ereignisse. Vor vier Monaten war Marvin zum „Detective II" ernannt worden, was bedeutete, dass er jetzt ein „Polizeibeamter mit mittleren Ermittlungsbefugnissen" war.
Die Beförderung hatte eine Gehaltserhöhung von 350 Globes im Monat mit sich gebracht.
Der Morgen blieb ruhig und ereignislos. Gelangweilt räkelte sich der 38 Jahre alte Polizist auf seinem Bürostuhl und musterte seinen Kollegen, der ihm gegenüber an seinem Schreibtisch saß. Marvin verzog keine Miene, er glotzte den Mann lediglich mit nichtssagendem Blick an.
„Nicht viel los, wie?", versuchte er ein Gespräch zu beginnen. Der dunkelhaarige, leicht untersetzte Polizist mit dem gepflegten Schnauzbart neigte den Kopf zur Seite und nickte.
„Nein, aber irgendwas ist ja immer", erwiderte Detective Kevin Keller am gegenüberliegenden Schreibtisch.
Kuhmichel kramte seinen DC-Stick, einen Allround-Datenverarbeiter, aus der Tasche und drückte auf einen Knopf an der Seite. Das rohrförmige Gebilde verwandelte sich mit einem leisen Summen in einen kleinen Bildschirm, der augenblicklich hell wurde. Marvin betrachtete das Display des DC-Sticks, während er mit den Fingern auf der Tischplatte trommelte.
„Keine neuen Nachrichten!", verkündete der Datenträger.
Kuhmichel schob das Gerät von sich weg. Der müde Blick seiner graublauen Augen wanderte durch den schmucklos eingerichteten Büroraum.
Keller hatte sich inzwischen hinter dem breiten Bildschirm seines Rechners verkrochen und hämmerte auf die

Tastatur. Kuhmichel hingegen gähnte leise und hielt sich die Hand vor den Mund. Im nächsten Moment schreckte er auf. Kollege Keller hatte das Radio auf der Fensterbank eingeschaltet und quäkende Musik quoll aus dem Gerät. Marvin blickte auf.
„My love is eternal...", schallte es durch das Büro.
Marvin versuchte, die Musik zu ignorieren, genau wie Kellers immer aggressiveres Tippen. Plötzlich piepte der DC-Stick und Kuhmichel nahm das Gerät hastig in die Hand.
„Ist bestimmt vom Chef, wie?", meinte Keller.
Marvin schwieg und öffnete die Nachricht, um dann leise vor sich hin zu murmeln.
„Zusammenfassung der Ermittlungen gegen Ibrahim Keles und Ugur Agüz. Die haben in mehreren Telefongesprächen mit ihrer Tat geprahlt. Dann können wir ja ein AG einleiten. Wie blöd sind die eigentlich? Eigentlich weiß doch jedes Kind, dass sämtliche Telefongespräche automatisch mitgeschnitten und ausgewertet werden, oder?"
Kuhmichel begann, den Computer mit ein paar Daten zu füttern.
Detective Keller lugte am Bildschirm seines Rechners vorbei. Dann hob er wissend den Zeigefinger und setzte eine ernste Miene auf.
„Vergiss nicht bei den beiden „Strafermäßigung für Menschen aus kulturfremden Sozialisationsmilieus" anzuklicken. Das ist Vorschrift, Marvin. Mir ist das neulich noch passiert, dass ich es vergessen habe. Das gab Mecker vom Chef und das AG-Programm hat den Antrag gar nicht erst angenommen", belehrte er Kuhmichel.

„Ja! Danke!", brummte dieser und klickte auf den Menüpunkt, von dem Keller gesprochen hatte.
Ein paar Minuten später war das „Automatisierte Gerichtsverfahren" eingeleitet und Kuhmichel lehnte sich wieder in seinem Stuhl zurück. Er sah seinen Partner an, der noch immer eifrig tippte, und betrachtete anschließend einen kleinen Aufkleber, den jemand auf den Aktenschrank neben ihm geklebt hatte.
„Global Police – Always fair!", stand auf dem Sticker.
Mit stumpfem Blick ließ Marvin seine Finger auf der Tischplatte tanzen, bis ihm Keller genervt signalisierte, dass er damit aufhören sollte. Kuhmichel stöhnte kaum hörbar auf und kämpfte gegen die lähmende Müdigkeit an, die noch immer nicht von ihm ablassen wollte.
Dieser Arbeitstag roch ganz nach endloser Langeweile und stundenlangem Herumsitzen ohne wirkliche Aufgabe. Und so sollte er auch zu Ende gehen. Außer diversen Kleinigkeiten - ein paar automatisierten Gerichtsverfahren, die noch durchgesehen werden mussten, bevor sie freigegeben wurden - war nichts zu tun.
Neben gelegentlichen Gesprächen mit Detective Keller und dem auch weiterhin plärrenden Radio, gab es keinerlei Abwechslung. Das einzig wirklich Interessante waren die Nachrichten, die stündlich kamen.
Hier wurden die Bewohner des Verwaltungssektors „Europa-Mitte" über die sich in Asien ausbreitende ODV-Seuche, die Vorbereitung einer neuen Massenimpfung, die Friedenspolitik der Weltregierung und alle möglichen anderen Dinge informiert. Irgendwann ging Marvin wieder nach Hause und ließ den Sicherheitskomplex FAM-IV hinter sich.

„Und? War`s gut?", fragte Loreen und setzte sich neben ihren Mann auf das Sofa.
„Ja, wie immer halt", gab dieser zurück.
„Bei mir auch", antwortete Loreen.
„Heute keine Kunden, die kein Geld auf dem Scanchip hatten?" Marvin schmunzelte.
„Nein, das kommt auch nur selten vor", meinte sie.
„Trotzdem blöd und ärgerlich, oder?"
„Ja, sicher, Schatz!"
Loreen schnappte sich die Fernbedienung und richtete ihren Blick auf einen breiten Plasmabildschirm. Dann begann sie in Windeseile durch die Kanäle zu zappen bis sie irgendwann wieder damit aufhörte und kurz zu Marvin herübersah. Sie lächelte ihn an.
„Lass uns „Alle sind da" gucken, Schatz. Das ist doch immer wieder lustig. Da ist jetzt ein Neuer in der Fun-WG, der Mamadou. Der ist total witzig", sagte sie.
„Diesen Doku-Soap-Scheiß mag ich nicht", knurrte Marvin und winkte ab. „Lass uns doch irgendeinen Film sehen."
„Ach, komm! Ich finde „Alle sind da" echt unterhaltsam", drängelte Loreen und knuffte ihren Mann mit dem Ellbogen in die Seite.
„Meinetwegen!", erwiderte dieser und verdrehte die Augen. Eine Viertelstunde später war Marvin bereits so müde, dass er sich kaum noch auf den Beinen halten konnte.
Laut gähnend erhob er sich vom Sofa und brummte: „Ich lege mich schon mal hin, okay? Mit mir ist heute Abend nicht mehr viel los."
„Ja, ist gut. Schlaf schön. Komme auch gleich", murmelte Loreen und ließ den Bildschirm nicht aus den Augen.

Marvin schlurfte durch den langen Hausflur, ging die Treppe zur oberen Etage hinauf und ließ sich dann auf das große Doppelbett im Schlafzimmer fallen. Er war so erschöpft, dass er es kaum noch schaffte, sich auszuziehen.

„Obwohl ich heute kaum etwas gemacht habe", schoss es ihm noch durch den Kopf, bevor ihn der Schlaf übermannte.

Der nächste Arbeitstag sollte interessanter werden. Zumindest interessanter, als automatisierte Gerichtsverfahren am Computer vorzubereiten. Keller stimmte Marvin diesbezüglich ausdrücklich zu und fuhr mit ihm um 15.34 Uhr nach Frankfurt-Hoechst.

Die automatisierte Internetüberwachung hatte der zuständigen Behörde im Sicherheitskomplex FAM-IV soeben einen wiederholten Gesetzesverstoß in einem Internetforum gemeldet. Der Computer, an dem die Straftat begangen worden war, war auf einen 46 Jahre alten Hilfsarbeiter namens Robert Schneider registriert, wie Kuhmichel den übermittelten Überwachungsdaten entnehmen konnte.

Normalerweise wäre in einem solchen Fall vom System ein AG ohne vorherige polizeiliche Bearbeitung eingeleitet worden - vorausgesetzt es hätte sich bloß um eine „leichte oder mittelschwere Meinungsstraftat" gehandelt. Diesmal jedoch wurde das Internetverbrechen mit der höchsten Stufe, „Rot Alpha", eingestuft, was ein zusätzliches Eingreifen der Sicherheitsbehörden vor Ort notwendig machte. Detective Keller, der neben Kuhmichel auf dem Beifahrersitz des Streifenwagens saß, fasste sich an den Kopf und stieß einen lauten Lacher aus.

„Der Typ hat in diesem Forum „Der Weg der Rus" zum Download angeboten! Sogar mehrfach, Marvin! Das gibt es doch überhaupt nicht! Unfassbar, wie dumm manche Leute sind!" Keller konnte sich kaum mehr einkriegen.

„Nach 150 Metern links abbiegen", sprach der Navigator dazwischen und Kuhmichel beschleunigte das Auto.

„Ja, manche sind echt zu blöd, um aufrecht zu gehen", meinte er und musste ebenfalls grinsen.

Kurz darauf hatten die beiden Beamten ihr Ziel erreicht und stellten den Polizeiwagen direkt vor einem großen Wohngebäude ab. Keller ließ sich noch immer über die Dummheit seiner Mitmenschen aus, während sein Kollege bereits auf die Eingangstür des heruntergekommenen Mehrfamilienhauses zuging.

Einige Bewohner sahen auf die beiden uniformierten Beamten herab und versteckten sich sofort wieder hinter den Gardinen ihrer Fenster, als Kuhmichel seinen Blick hob und grimmig zurück starrte.

„Schneider. Da haben wir ihn…", brummte Keller und drückte auf die Klingel.

Es dauerte nur ein paar Sekunden, da brach eine aufgeregte Stimme aus der Sprechanlage. Offenbar gehörte sie einem noch recht jungen Mann.

„Wer ist da?", schallte es den beiden Polizisten entgegen.

„Polizei! Machen Sie sofort die Tür auf!", gab Keller energisch zurück und nickte seinem Kollegen zu.

Augenblicklich summte der Türöffner und die beiden Beamten betraten einen halbdunklen, muffig riechenden Hausflur.

Sie gingen in die dritte Etage, wo sie bereits ein kreidebleicher Teenager vor einer angelehnten Wohnungstür erwartete. Keller bewegte sich schnellen Schrittes auf den

hageren, nervös schnaufenden Jugendlichen zu und stellte sich vor ihn.
„Polizei! Lassen Sie uns in Ihre Wohnung!", knurrte er und der Junge gehorchte wie ein gut erzogener Hund. Die beiden Beamten folgten ihm ins Wohnzimmer, wo er sich vor Angst zitternd in eine Ecke stellte.
„Sören Schneider?", fragte Keller mit ernstem Blick.
„Ja!", stieß der Junge aus und sein Atmen wurde lauter.
„Sind Sie allein?", hakte Keller nach.
„Ja, meine Eltern sind auf der Arbeit."
„Wo ist Ihr Computer?", wollte Kuhmichel wissen und fixierte den rothaarigen Teenager mit stechendem Blick.
„Warum?", stammelte dieser.
„Sie wissen warum! Wo ist er?", schob Keller nach.
„Im Arbeitszimmer von meinem Vater. Also hier…", erklärte Sören.
Im nächsten Moment stand Keller auch schon vor einem Schreibtisch, auf dem ein schäbiger Rechner stand. Der Beamte grinste.
„Eben noch online gewesen, wie?"
„Nein! Ich bin gerade erst nach Hause gekommen", beteuerte der Junge und seine Schnappatmung wurde zu einem Zischen und Hecheln, während seine Wangen bereits so weiß wie eine Kalkwand waren.
„Natürlich!" Marvin nickte ihm mit versteinerter Miene zu.
Marvin war bereits dabei, die Festplatte des Computers herauszunehmen, um sie sicherzustellen. In seiner Panik hatte der Jugendliche offenbar sogar den Stecker aus der Steckdose gerissen, doch das nützte ihm jetzt nichts mehr.

„Wir wissen durch den automatisierten Festplattenscan ohnehin schon, was hier alles an unschönem Zeug drauf ist, aber wir nehmen die Platte trotzdem mit. Ist amtliche Vorschrift", meinte Kuhmichel zum Abschluss.
Während der junge Mann, der laut seinen Scanchipdaten vor einigen Tagen gerade einmal 16 Jahre alt geworden war, Blut und Wasser schwitzte, verließen die beiden Polizisten die Wohnung wieder, ohne ihn noch eines Blickes zu würdigen. Entsetzt schweigend sah ihnen Sören Schneider hinterher.
„Gibt ein schönes AG, mein Freund!", rief Keller noch und schüttelte ungläubig den Kopf.
Damit war der Einsatz auch schon beendet. Zurück blieb ein Teenager, der sich seine Zukunft im Verwaltungssektor „Europa-Mitte" soeben für immer verbaut hatte.

Sicherheitskomplexleiter Jürgens riss die Augen auf, als er die Dateien sah, die Sören Schneider auf der Festplatte des väterlichen Computers abgespeichert hatte. Das war ganz schön harter Tobak für einen so jungen Burschen, meinte er. Die drei Polizeibeamten, die vor dem Bildschirm hockten, sahen sich die Dateien im Grunde nur aus reiner Neugier an, denn die Auswertung war längst abgeschlossen und das Automatisierte Gerichtsverfahren eingeleitet worden.
Sören Schneider musste nun neben einem dauerhaften Negativeintrag in seinem Scanchipregister, der ihn als „politisch unkorrekte Person" brandmarkte, mit einer Haftstrafe rechnen.
„Dieser Rechner stand schon seit drei Wochen unter automatisierter Beobachtung. Hier sind zwölf verbotene Bücher drauf. Außerdem drei Werbevideos der „Frei-

heitsbewegung der Rus". Unglaublich, was sich der Hosenscheißer alles heruntergeladen hat!" Kevin Keller kratzte sich nachdenklich an seinem kurzen Kinn.
„Das kommt immer häufiger vor. Vor allem „Der Weg der Rus" kursiert im Internet, ungeachtet aller Sicherheitsmaßnahmen. Warum interessiert sich ein Jugendlicher für ein derartiges Buch?", wunderte sich Kuhmichel und strich sich durch die Haare.
„Da ist auch ein Video über diesen verrückten Terroristen aus Deutschland!" Keller deutete auf den Bildschirm.
„Über diesen Frank Kohlhaas etwa?", fragte Jürgens und beugte sich etwas herunter.
„Ja, genau!", erwiderte Kuhmichel und klickte das Video an.
„Tsss!", machte Keller verächtlich, als eine Fahne mit einem Drachenkopf in der Mitte den Bildschirm ausfüllte und mitreißende Musik ertönte.
Dann wurde ein mittelgroßer, kräftiger Mann in grauschwarzer Uniform eingeblendet. Es folgte ein Porträt, bei dem man sein Gesicht in Großaufnahme sah. Trotzig dreinblickende, grüne Augen sahen den Betrachter mit grimmiger Entschlossenheit an.
„Ich werd nicht mehr!", stieß Keller aus.
„Frank Kohlhaas - Kriegsheld der Volksarmee" hieß das Propagandavideo der „Freiheitsbewegung" und irgendjemand hatte es sogar mit deutschen Untertiteln versehen.
Eine tiefe, ernste Stimme ertönte und irgendein russisches Gerede quoll aus dem kleinen Lautsprecher neben dem Flachbildschirm.
„Seit den ersten Tagen der Revolution steht General Frank Kohlhaas an der Seite unseres geliebten Führers Artur Tschistokjow. Man kann mit Recht sagen, dass

kaum ein Soldat unserer Bewegung schon seit so vielen Jahren heldenhaft an der Front gegen die Feinde unseres Volkes kämpft.
Noch bevor sich Frank Kohlhaas unserer Freiheitsbewegung angeschlossen hat, stand er schon im Kampf gegen die Sklavensoldaten der Weltregierung. Damals, als das tapfere japanische Volk im Jahre 2031 seinen Befreiungskrieg gegen die internationalen Völkerzerstörer ausgefochten hat, meldete sich Frank Kohlhaas bereits als Freiwilliger bei der japanischen Armee, um unsere Verbündeten in Ostasien bei der Abwehr der Global Control Force zu unterstützen.
Zwei Jahre zuvor war es ihm mit einer unglaublichen Einzelaktion gelungen, einen der schlimmsten Völkerverderber und Verbrecher, den ehemaligen Gouverneur des Sektors „Europa-Mitte", Leon-Jack Wechsler, zu eliminieren.
Schließlich schloss sich Frank Kohlhaas im Jahre 2033, in einer Zeit der völligen Hoffnungslosigkeit, der kleinen, verlachten Revolutionsbewegung unseres Anführers Artur Tschistokjow an, um ihm als treuer Weggefährte in einen damals fast aussichtslos erscheinenden Kampf zu folgen.
Seit diesen frühen Tagen der Freiheitsbewegung ist der tapfere Deutsche immer in der ersten Reihe der Volksrevolution gewesen und ihr, die russische Jugend, die ihr im Glauben an Artur Tschistokjow und unser Vaterland wiedergeboren seid, sollt nun von seinen glorreichen Taten erfahren. Schaut auf zu Frank Kohlhaas, dem unerschütterlichen Preußen, dem General der Warägergarde, der die besten Soldaten des russischen Volkes in den revolutionären Kampf führt..."

Bevor der Sprecher jedoch die angeblichen Heldentaten des in Russland geliebten und im Verwaltungssektor „Europa-Mitte" geächteten Deutschen weiter anpreisen konnte, klickte Kuhmichel das Video weg.
Diesmal schüttelte Keller den Kopf so energisch, dass seine speckigen Backen wackelten wie ein Schokopudding. Kuhmichel kicherte in sich hinein.
„Da sitzt so ein junger Mann zu Hause vor seinem Rechner, schaut sich ein Video über diesen geisteskranken Massenmörder an und hält ihn dann noch für einen Helden!", empörte sich der Beamte. „Ich habe Fernsehberichte über diesen Bastard gesehen, die schlimmer waren als jeder Horrorfilm."
„Die Russen verehren Kohlhaas jedenfalls. Allein das zeigt schon, wie bekloppt sie sind", bemerkte Jürgens angewidert und drehte sich seinen beiden Untergebenen zu.
„Der Kerl ist einer der grausamsten Bluthunde, die Tschistokjow um sich geschart hat", ergänzte Keller. „Die bringen da hinten jeden um, der kein echter Russe ist. Habe ich neulich noch gelesen. Und jeden, der eine andere Meinung hat."
Sicherheitskomplexleiter Jürgens lächelte theatralisch und meinte: „Aber, aber, Herr Kollege! Unser Weltpräsident hat doch vor, mit den Verbrechern in Russland Frieden zu schließen. Die Weltregierung und der Nationenbund der Rus sind doch längst Freunde, wollen sich friedlich einigen und so weiter."
„Tschistokjow hat da drüben bestimmt schon eine Menge Atomwaffen gehortet, die er uns eines Tages auf's Dach knallen will. Da bin ich mir sicher. Die hätten diese Verrückten gleich zu Beginn platt machen sollen. So hätte ich das gemacht! Gleich zu Beginn: Bamm!", ereiferte sich

Keller und deutete mit den Händen eine Atomexplosion an.
„Genau wie die Japsen! Matsumoto ist ein genauso wahnsinniger Diktator wie Tschistokjow", fügte der Sicherheitskomplexleiter hinzu.
Seine beiden Untergebenen nickten eifrig und sahen ihn für einen Moment an. Jürgens nickte zurück.
„Ist doch so, oder?"
„Ja, natürlich, Herr Jürgens. Die sind alle beide verdammt gefährlich. Feinde unserer Weltdemokratie, Faschisten und alles", betonte Keller.
„Wie auch immer, Männer", brummte der Chef, erhob sich von seinem Platz und strich sich über den Bauch.
„Ich widme mich jetzt mal wieder wichtigeren Dingen. Bis später."
Er stand auf und verließ den Raum. Kuhmichel schaute dem hochgewachsenen Beamten mit der von einem weißgrauen Haarkranz umgebenen Halbglatze schweigend nach. Inzwischen ging der Chef schon auf die sechzig zu, dachte er.
Jürgens musste in der Blüte seiner Jahre der Prototyp des engagierten Polizisten gewesen sein, sagte Marvin manchmal zu seinen Kollegen. Noch immer wirkte der Leiter von FAM-IV recht kräftig und durchtrainiert für sein Alter. Das einst mittelbraune Haar war jedoch im Laufe der Zeit grau und dünn geworden. Ein paar kleinere Fettpölsterchen hatte die jahrelange Schreibtischarbeit ebenfalls sichtbar werden lassen. Alles in allem war Jürgens aber ein angenehmer Vorgesetzter, der irgendwann angefangen hatte, seinen Job mit einer gewissen Lässigkeit zu erledigen.

„Ich muss noch ein paar Datensätze bearbeiten", kam von der Seite und Keller stand auf, um wieder zu seinem Schreibtisch zurückzukehren.
„Ja, ich auch" Kuhmichel loggte sich ins interne System des Sicherheitskomplexes ein und erledigte den einen oder anderen Schreibkram, bis die Dienstzeit endlich vorbei war.

Eine Woche war seit dem Vorfall mit dem jungen Mann, der die illegalen Dateien im Internet hochgeladen hatte, vergangen. Detective Kuhmichel hatte sich in dieser Zeit vor allem mit eintöniger Büroarbeit beschäftigt und noch Dutzende Automatisierte Gerichtsverfahren abgesegnet.
Einmal waren Keller und er zu einer Wohnung gerufen worden, nachdem ein Mann seine Frau und seinen Sohn mit einer Eisenstange krankenhausreif geprügelt hatte. Nachbarn hatten die Polizei nach einem stundenlangen, ohrenbetäubenden Familienstreit gerufen. Als sie angekommen waren, hatte der Mann einfach wortlos die Tür geöffnet und die Polizisten hereingebeten.
„Die sollten besser mal zum Arzt", hatte er nur gesagt und auf seine Frau und seinen Sohn gedeutet, die bewusstlos in der Küche gelegen hatten. Das war der einzige Außeneinsatz der letzten Woche gewesen.
Seit Jahrzehnten übernahm die automatisierte Scanchipüberwachung viele Dinge, die früher von der Polizei erledigt werden mussten. Im Jahre 2045 gab es kein Bargeld mehr und Kreditkarte und Personalausweis waren zum sogenannten „Scanchip" verschmolzen.
Jeder Bürger im Verwaltungssektor „Europa-Mitte" hatte einen solchen Scanchip und sobald jemand gegen das Gesetz verstieß, erhielt er eine Vorladung zu einem Automa-

tisierten Gerichtsverfahren. Im Falle von „realer Körperverletzung" - nicht zu verwechseln mit „theoretischer Körperverletzung" - und anderen mittelschweren Delikten musste die Polizei die Vorladungen jedoch noch immer absegnen oder zumindest formal zur Kenntnis nehmen.
Ansonsten konnte man dem Betreffenden auch „negative Scanchipeinträge" verpassen, die ihn als Straftäter bei jeder Behörde und jedem Arbeitgeber sichtbar machten. Alternativ konnte das elektronische Konto auf dem Datenträger einfach gesperrt werden, so dass der Delinquent von der einen auf die andere Sekunde finanziell mittellos war.
Außerdem hatte ein Scanchip eine Peilfunktion, was bedeutete, dass der Träger jederzeit durch das Sicherheitssystem zu orten war.
Die Weltregierung, die im Jahre 2018 die Regentschaft über die gesamte Erde angetreten hatte, war nunmehr seit Jahren dabei, den alten Scanchip, der noch immer wie eine Kreditkarte in der Tasche getragen wurde, durch einen neuartigen Implantationsscanchip zu ersetzen. Dieser hochmoderne Chip wurde unter der Haut eingesetzt und war ein winziger Datenträger, der jedoch alle Funktionen seines Vorgängers erfüllen konnte. Mit einem Laserscanner oder Datenstift konnte der Implantationsscanchip ausgelesen werden.
Damit wäre das Leben noch einfacher, wie Keller immer wieder begeistert betonte. Detective Kevin Keller trug den neuen Scanchip bereits seit einigen Jahren und gehörte damit zu jenen Bürgern in „Europa-Mitte", die der dauerhaften Werbekampagne der Weltregierung bereitwil-

lig gefolgt waren und sich den Datenträger hatten implantieren lassen.

„Lassen Sie sich jetzt registrieren! Einfacher geht es nicht!", schallte es wieder und wieder aus den Fernsehern und Radios.

Kuhmichel jedoch hatte noch immer seinen alten Scanchip, was ihn auf seiner Dienststelle schon fast zu einem schwarzen Schaf machte, denn die meisten seiner Kollegen hatten die moderne „Implantationsregistrierung" schon hinter sich gebracht.

Sogar Loreen trug den neuen Datenträger bereits unter der Haut ihres Unterarms - ihr Mann dagegen noch immer nicht.

Warum er sich bisher geweigert hatte, sich etwas in seinen Körper einpflanzen zu lassen, konnte er nicht genau sagen.

Irgendein Gefühl des Misstrauens hielt Marvin zurück, wenn es auch noch so unbegründet war. Natürlich war er keiner dieser irren Verschwörungstheoretiker, die behaupteten, dass die Weltregierung dunkle Absichten in Bezug auf die Implantationsscanchips hegte, doch änderte das nichts an seiner subtilen Verweigerungshaltung.

„Wann ist es denn bei Ihnen endlich einmal so weit, Herr Kuhmichel?", fragte Jürgens in letzter Zeit ständig und seine großen, blauen Augen sahen dann vorwurfsvoll auf Marvin herab.

„Demnächst, Chef!", gelobte der Detective jedes Mal und bemühte sich zu lächeln.

„Beamte mit implantierten Scanchips kommen schneller nach oben, Kuhmichel. Denken Sie daran!", kam dann meistens vom Sicherheitskomplexleiter, der das immer in einem väterlichen Ton sagte.

Oft dachte Kuhmichel über die „Implantationsregistrierung" nach und machte sich selbst Vorwürfe. Immerhin war er ein „Staatsdiener", wenn man diesen veralteten Begriff benutzen wollte. Genau genommen existierten ja seit 2018 keine Nationalstaaten mehr, sondern nur noch Verwaltungssektoren wie etwa „Europa-Mitte". Trotzdem war er einer und ein dauerhaftes Ignorieren der „Scanchip-Frage" war definitiv keine gute Idee. Das wusste er nur zu gut.

Die grinsende Dame

Neben Marvin stolzierte seine Frau Loreen in ihren hochhackigen Schuhen durch den Haupteingang der Central City Shopping Mall, dem größten Einkaufszentrum in Frankfurt. Der riesenhafte, mehrstöckige Konsumtempel war im Jahre 2032 nahe der Zeil aus dem Boden gestampft worden und bildete inzwischen so etwas wie das kulturelle Zentrum der Mainmetropole.
Jeden Tag strömten Tausende von Sektorbürgern in das bunte Riesengebäude, um einkaufend ihre Freizeit zu verbringen. Marvin und Loreen waren auch wieder einmal unter ihnen. Wenn sie frei hatten, ging es eben in die „Mall". So hatte es sich bei den beiden Eheleuten eingebürgert. Nicht zuletzt aus dem Grund, da es außerhalb des riesigen Kaufkomplexes kaum noch Geschäfte in Frankfurt gab.
Marvin musterte seine Frau, die sich heute nach allen Regeln der Kunst geschminkt hatte. Sie sah wirklich gut aus, dachte er. Loreens lange, schlanke Beine, ihr kurzer Rock, die gepflegten, blondierten Haare, die sie zu einem Pferdeschwanz zusammengebunden hatte. Sie war ohne Zweifel eine Augenweide.
Allerdings war Loreen wieder einmal wesentlich flinker als er, wenn es darum ging, nach der neuesten Mode oder irgendwelchen Schnäppchen Ausschau zu halten.
Während sich Marvin etwas überfordert von den vielen Konsumenten und den blitzenden Werbetafeln um ihn herum in der Einkaufspassage umsah, war Loreen schon zu „Cool Wear" gegangen; einem Laden, in dem es modi-

sche und zugleich bezahlbare Kleidung gab. Marvin trottete Loreen träge hinterher und stand kurz darauf hinter ihr. Loreen drehte emsig einen Kleiderständer.
„Und? Schon was gefunden, Schatz?"
Sie schwieg und drehte weiter. Marvin kam noch etwas näher.
„Hast du schon was gefunden, Schatz?", fragte er erneut.
„Noch nichts...", kam zurück.
„Aha!"
Loreen drehte sich um und sagte: „Ich muss mal nach einem neuen Oberteil schauen."
„Ja, okay."
Sie ging zu einem anderen Kleiderständer und versank in Gedanken. Marvin gähnte leise und hielt sich die Hand vor den Mund. Draußen auf der Einkaufsstraße hörte man unzählige Leute schwatzen und lachen. Diese Geräuschkulisse war allgegenwärtig in der Mall und sie vermischte sich mit einem Bombardement aus Werbesprüchen und leichter Musik, das aus einer Vielzahl von überall angebrachten Lautsprechern auf die kauffreudigen Massen niederging.
„Einfach schön bei Cool Wear!", hallte es über Marvins Kopf von der Decke.
Schließlich kam Loreen mit ein paar Kleidungstücken in den Händen zu ihrem Gatten zurück. Ihre blauen Augen leuchteten zufrieden. Marvin lächelte und nickte seiner Frau zu.
„Ich gehe mal eben bezahlen", meinte Loreen und war sofort wieder weg, um sich an der Kasse anzustellen.
„Die neuen Mini Skirts bei Cool Wear! Jetzt anprobieren! So stylisch!", kam es von oben, gleich einer göttlichen Botschaft.

Wenig später hatte Loreen bezahlt und schwang zwei große Einkaufstaschen voller Kleider. Marvin gähnte und folgte ihr nach.
„Wollen wir zu „Jack`s Pizza", Liebling?", wollte er wissen.
„Ja, später", antwortete sie. „Wollte erst noch in den Perfume Shop."
„In Ordnung." Kuhmichel versuchte, mit Loreen Schritt zu halten und lauschte für einen Moment dem Klackern ihrer Stöckelschuhe.
Plötzlich drehte er sich um, weil irgendwo im Menschengewühl jemand laut aufgeschrien hatte. In einiger Entfernung, am Fuß einer der langen Rolltreppe, die in die zweite Shopping Passage führte, lamentierte ein junger Mann und lieferte sich ein hitziges Wortgefecht mit einem Mitarbeiter der Mall Security.
„Lass mich los, du Penner! Ich habe das bezahlt!", schrie der Jugendliche, während ihn ein bulliger Mann in blauer Uniform am Kragen packte und per Funk seine Kollegen rief.
„Ich habe die Scheiße bezahlt, Mann! Was willst du denn von mir?", kreischte der Junge und wandte sich im Griff des Wachmannes wie ein Fisch im Netz eines Anglers „Hurensohn! Arschloch! Ich hab das bezahlt, Alter!"
Kuhmichel schüttelte den Kopf und wollte seiner Frau folgen, doch Loreen war längst in der Konsumentenmasse verschwunden. Sicherlich war sie schon auf dem Weg zu diesem Perfume Shop am anderen Ende der Einkaufsstraße, dachte Marvin.
„Wo ist dieser verdammte Shop noch mal?", überlegte er und kämpfte sich genervt durch die dichten Käuferschwärme, die die erste Etage der Central City Shopping

Mall verstopften. Hier verlor man schnell den Überblick, sinnierte der Polizist, während er verzweifelt nach dem Perfume Shop suchte.

Die Anzahl der Autos hatte sich in den letzten Jahren stetig verringert. Im Jahre 2045 besaßen immer weniger Einwohner von „Europa-Mitte" die finanziellen Mittel, ein Fahrzeug zu unterhalten. Unabhängig vom allgemeinen Niedergang der Autoindustrie.
Die Spritpreise waren in astronomische Höhen geklettert und Umweltsteuern zur „Klimarettung" hatten Neuwagen zu teuren Luxusartikeln werden lassen. Nur noch die reichen Leute konnten sich neue Autos leisten.
Dennoch wurden die Kreuzungen im Herzen der Mainmetropole an diesem Morgen von einer Vielzahl schäbiger Autos überschwemmt und es ging nur langsam voran. Genervt und müde quälte sich Kuhmichel in seinem alten, schwarzen „Clinton" durch das Verkehrschaos und kam erneut vor einer roten Ampel zum Stehen.
„Verfluchte Scheiße!", zischte Marvin und machte sich Sorgen, dass er diesmal nicht pünktlich am Arbeitsplatz erscheinen könnte.
Kurz darauf ging es weiter und eine lange Kolonne rostiger Autos setzte sich in Bewegung. Bis zum Sicherheitskomplex FAM-IV war es noch ein gutes Stück, denn der lag am anderen Ende der Stadt. Kuhmichel schaltete das Radio ein und blickte zornig über die verstopfte Straße.
„Der bekannte Journalist und Bürgerrechtler Matthias Dallenbeck ist heute Morgen tot im Vorgarten seines Hauses in Rostock aufgefunden worden. Laut Polizeiangaben wurde Dallenbeck durch zwei Schüsse in die Brust getötet. Die Sicherheitsbehörden des Lokalverwaltungs-

sektors „D-Ost 1" vermuten, dass die Ermordung Dallenbecks auf das Konto der extremistischen „Deutschen Freiheitsbewegung" geht.
Dallenbeck hatte in den letzten Monaten als Chefredakteur der „Rostocker Rundschau" immer wieder öffentlich zu einer entschiedeneren Bekämpfung der Terrororganisation aufgerufen. Regionalverwalter Dustin Rodrow erklärte heute vor Medienvertretern, dass er tief betroffen von der zunehmenden Gewalt im Lokalsektor „D-Ost 1" sei.
Die „Deutsche Freiheitsbewegung", die sich an den Lehren des russischen Diktators Artur Tschistokjow orientiert, verlangt ein autonomes Schutzgebiet für die deutsche Bevölkerung mit einer eigenständigen Regierung. Angesichts derart verrückter Forderungen sprach Rodrow von „absurden Wahnvorstellungen einer kleinen, aber hochaggressiven Gruppe gefährlicher Dummköpfe".
„Mir fehlen die Worte, wenn ich sehe, mit welcher Brutalität diese Extremisten inzwischen gegen die öffentliche Ordnung in „D-Ost 1" vorgehen", sagte der Vorsitzende des „Vereins für Menschenrechte und Humanität", Prof. Theodor Bloch, in Stralsund.
Noch heute wird Subsektorverwalter Dieter Bückling persönlich nach Rostock reisen, um sich vor Ort ein Bild von der Lage zu machen. Die Sicherheitsmaßnahmen im gesamten Lokalsektor „D-Ost 1" sind seit den frühen Morgenstunden drastisch erhöht worden...", berichtete eine ernst klingende Frauenstimme.
„Diese Irren! Dass sie die noch immer nicht haben!", sagte Kuhmichel leise zu sich selbst.
„In Nordindien hat sich die ODV-Seuche weiter ausgebreitet. In der Region zwischen..."

Der Polizist schaltete das Radio aus, um sich in Ruhe über den vor ihm fahrenden „Schleicher" aufregen zu können.
„Gaspedal ist rechts!", grollte der Beamte, warf die Arme in die Höhe und wurde immer nervöser, da die Zeit drängte.
Eine halbe Stunde später hatte er endlich den Sicherheitskomplex FAM-IV erreicht und raste durch den Haupteingang, wo ihm Kollege Keller bereits entgegenkam. Der leicht untersetzte Ordnungshüter hob die Hand und winkte ab.
„Brauchst gar nicht erst hochkommen, Marvin. Wir müssen nach Sossenheim", erklärte er.
„Was ist denn?", wollte Kuhmichel wissen. Er war noch ganz außer Atem.
„Keine Ahnung! Wir haben eben einen Anruf erhalten. Sollen was untersuchen", brummte Keller und ging in Richtung des Streifenwagens.
„Geht`s auch etwas genauer?", ärgerte sich Marvin.
„Nein! Jetzt komm!" Keller öffnete die Tür und setzte sich ans Steuer. Diesmal wollte er fahren.
„Was ist denn los?", drängelte Kuhmichel und schnallte sich an. Sein Kollege glotzte ihn für ein paar Sekunden mit seinen braunen Glubschaugen an und zuckte mit den Achseln.
„Das werden wir gleich sehen", gab er dann zurück und startete den Motor.

Kurz darauf waren sie auf dem Weg nach Sossenheim, einem Stadtteil von Frankfurt, der nicht gerade den besten Ruf genoss. Als die beiden Beamten ihr Ziel erreicht hatten, standen sie vor einem klobigen, völlig verwahrlosten

Hochhaus. Im Hintergrund schoben sich einige graubraune Wohnklötze in die Höhe, die ebenso schmutzig und heruntergekommen waren. Angewidert verzog Kuhmichel das Gesicht und warf seinem Kollegen einen vielsagenden Blick zu.
„Drecksgegend!", war alles, was Keller dazu zu sagen hatte.
Marvin nickte und sie stiegen aus. Der Geruch von Müll und getrocknetem Urin stach den beiden in die Nasen. Keller ließ es sich nicht nehmen, noch ein paar Kommentare vom Stapel zu lassen.
Derweil wurde das Polizeiauto von einer neugierigen Schar Kinder umringt. Sie fingen sofort an, laut zu schreien und zu schwatzen, als die beiden Polizisten auf sie zukamen. Kuhmichel vermutete, dass sie Arabisch redeten.
„Lasst uns mal durch!", brummte Keller und bahnte sich einen Weg durch den lärmenden Schwarm.
„Was wollt ihr hier? Ey, was wollt ihr hier?", hörte Marvin hinter sich.
„Was ist das für ein Waffe, Herr Polizist? Kann ich die mal sehen? Hä?", kam es von der Seite.
Die beiden Beamten gingen einige verwitterte Betonstufen herauf und kamen zur Eingangstür des Wohnblocks, die mit zahllosen Schrammen, Schmierereien und Rissen übersät war. Sie klingelten bei „Fichte" - dem Mann, der sie angerufen hatte.
„Ich will auch so eine Waffe! Ha! Ha! Kann ich die mal haben, Herr Polizist? Ey?", nervte eines der Kinder und tänzelte um Kuhmichel herum.
„Geh spielen!", herrschte dieser den Jungen an und wedelte mit der Hand.
Als der Türöffner summte, betraten die beiden Beamten

das düstere Treppenhaus. Dort wurden sie von einer Wolke unangenehmer Gerüche empfangen.
„Bah! Ist ja ekelhaft!", fauchte Marvin und hielt sich die Hand vor die Nase, um im nächsten Moment über einen Müllsack zu stolpern, den irgendjemand mitten auf den Gang geworfen hatte.
„Hier steige ich in keinen Aufzug", meinte Keller. Die zwei Polizisten beschlossen, das Treppenhaus zu benutzen, um in die fünfte Etage zu kommen, wo Fichte wohnte.
Draußen vor dem Haupteingang hörte man noch immer die schrillen Stimmen der Kinder, die jetzt wieder in ihrer Sprache durcheinander schrien.
Das Treppenhaus war ebenso dreckig und widerwärtig wie der Rest des Gebäudes. Überall lag Müll auf den Stufen und nicht einmal der Lichtschalter funktionierte mehr.
„Ich ficke alle Weiba!", hatte jemand an die graue Betonwand geschmiert und einen großen Penis daneben gemalt. Kuhmichel kratzte sich am Kinn.
„Einfach nur asozial, die ganze Gegend", knurrte Keller verächtlich, seinem Kollegen die ramponierte Tür aufhaltend, die zum Hausflur der fünften Etage führte.
Die beiden Beamten betraten einen langen Korridor, der in schummriges Licht getaucht war. Hinter den Wohnungstüren hörten sie die Geräusche laufender Fernseher oder lautes Gerede in den verschiedensten Sprachen. Kuhmichel stieß mit dem Fuß gegen eine zerbeulte Coladose und fluchte. Schließlich erreichten sie die Wohnung von Herrn Fichte, der laut seinen Scanchipdaten 71 Jahre alt war.

„Hier oben stinkt es ja noch schlimmer als unten. Absolut ekelhaft", sagte Keller und klopfte gegen die Tür.
„Alter Spasti!", bemerkte Marvin grinsend und stieß seinem Kollegen den Ellbogen in die Seite.
„Was?"
„Da hat einer „Alter Spasti!" in die Tür geritzt! Sieh mal!", erklärte er.
„Aha? Nett!", kam zurück.
Im selben Moment öffnete eine grauhaarige, völlig abgemagerte Gestalt die Tür und schielte den beiden Polizisten entgegen.
„Max Fichte! Guten Tag!", stellte sich der Alte vor.
„Was ist denn?", fragte Keller barsch und winkte die traurige Gestalt zu sich.
„Riechen Sie das nicht?", fragte Fichte im Gegenzug „Hier stinkt es doch wie Sau! Riechen Sie das wirklich nicht?"
„Guter Mann, in diesem Wohnblock stinkt es überall wie Sau. Nichts für ungut." Kuhmichel verdrehte die Augen.
„Ist etwas vorgefallen, Herr Fichte?", wollte Keller wissen und wurde langsam ungehalten.
Der Alte wankte den Korridor herunter und führte die beiden Polizisten zur Tür einer Wohnung am Ende des Ganges. Kuhmichel und Keller wichen zurück, als sie direkt davor standen.
„Himmel! Welches Schwein haust denn hier?", stieß Letzterer aus und kramte ein Taschentuch hervor, um es sich vor die Nase zu halten. Marvin tat das Gleiche, während Herr Fichte zu grinsen anfing und dabei seine gelbbraunen Zähne entblößte.
„Da wohnt keiner, wissen Sie, aber es stinkt, als ob da einer am verwesen ist. Wird immer schlimmer. Stinkt im-

mer mehr, wissen Sie? Da sollten Sie mal nachgucken. Da wohnt nämlich gar keiner und trotzdem stinkt es wie im Puff. Das ist doch nicht normal, meinen Sie nicht auch?"
Kuhmichel betrachtete die Wohnungstür, die einst mit einer dunkelgrünen Lackfarbe angestrichen worden war. Jetzt blätterte die Farbe überall ab und enthüllte ein modriges, hellbraunes Holz.
„Da wohnt also keiner, wie?", keuchte Keller und versuchte, gegen den furchtbaren Gestank anzukämpfen.
Max Fichte dagegen schien das weniger auszumachen. Offenbar hatte er sich schon an die furchtbaren Gerüche in diesem Wohnblock gewöhnt.
„Neee! Keiner wohnt da drinnen! Schon seit Jahren nicht mehr, Herr Polizist. Aber da habe ich trotzdem mal Geräusche drin gehört. Ist aber schon eine Weile her. Das ist doch nicht normal. Da hab` ich es mit der Angst zu tun bekommen. War ganz schön unheimlich. Geräusche aus einer Wohnung, wo keiner mehr drin wohnt. Das ist seltsam. Kann ja gar nicht normal sein, wie ich meine. Hab ich doch Recht mit, oder?", sagte der alte Mann.
„Wir kümmern uns darum", versprach Kuhmichel und ging noch einen Schritt zurück, in der Hoffnung, dem bestialischen Gestank entgehen zu können.

Die beiden Beamten benötigten fast eine Viertelstunde, um die Wohnungstür aufzubrechen. Offenbar hatte sie sich verhakt. Vorher hatten sich Kuhmichel und Keller zwei Atemmasken aus dem Kofferraum des Streifenwagens geholt, um ihre Arbeit überhaupt verrichten zu können.
Als sie es endlich geschafft hatten, schob Marvin die verkantete Tür mit einem letzten, wuchtigen Schulterstoß

zur Seite, so dass sie in die Wohnung eindringen konnten. Fichte beobachtete die beiden Polizisten indes mit größter Neugierde und inzwischen waren auch ein paar der anderen Hausbewohner auf dem Flur zusammengekommen. Sie unterhielten sich lautstark.
Keller wurde das nervige Geschwätz hinter seinem Rücken zu viel. Der untersetzte Beamte brüllte die Hausbewohner an, endlich wieder zu verschwinden. Anderenfalls würde ein jeder von ihnen ein saftiges Ordnungsgeld zahlen.
Nachdem die Gaffer bis auf Herrn Fichte wieder in ihre trostlosen Wohnlöcher gekrochen waren, setzten die beiden Polizisten einen ersten Schritt in die stockfinstere Wohnung. Sämtliche Rollläden waren heruntergelassen worden und auch hier funktionierten die Lichtschalter nicht.
„Was für ein Mist!", schimpfte Kuhmichel und bat seinen Kollegen, noch zwei Taschenlampen aus dem Streifenwagen zu holen.
Einige Minuten später kam Keller, schnaufend und völlig außer Puste, den Korridor heruntergelaufen und überreichte Kuhmichel eine Taschenlampe. Fluchend staksten die beiden Polizisten durch den Wohnungsflur und ihre Augen folgten den durch die Finsternis tanzenden Lichtkegeln. Beim ersten Fenster, am Ende des Flures, sahen sie, dass die Rollläden gar nicht mehr hochgezogen werden konnten. Jemand hatte die Zuggurte durchgeschnitten.
Marvin ging in die Küche. Hier stand lediglich ein kleiner Tisch, ansonsten war der Raum leer. An der Decke hatte sich ein riesiger Wasserfleck gebildet und es hatte zu schimmeln begonnen. Die Wände waren mit einer gelb-

lich-braunen Tapete überzogen, die ebenfalls schon angeschimmelt war.
„Hier ist nichts!", hörte Marvin seinen Kollegen aus dem Nebenraum rufen. Er verließ die Küche und eilte über den Flur zu ihm. Keller stand in einem leeren Raum, der früher wohl einmal ein Wohnzimmer gewesen war. Nur etwas Müll lag hier auf dem Boden.
Kuhmichel leuchtete ins Bad der kleinen Wohnung, dessen Wände mit schmutzigen, grauen Kacheln bedeckt waren, und wich angewidert zurück. Hier war alles verrostet und verdreckt. Vom Wasserhahn bis zur Toilettenschüssel.
Plötzlich zuckte er zusammen, als neben ihm ein Gesicht im Halbdunkel auftauchte.
„Was?", zischte er, bis ihm bewusst wurde, dass er lediglich sich selbst im Spiegel an der Wand gesehen hatte. Marvin lachte leise und beruhigte sich wieder.
Angestrengt in die Atemmaske schnaufend beugte sich Kuhmichel daraufhin nach unten und leuchtete den Boden ab.
Der Lichtkegel seiner Taschenlampe streifte etwas, das nur auf den ersten Blick wie Rost aussah. Marvin kniete sich hin und musterte ein paar rote Flecken auf dem gekachelten Boden etwas genauer. Daneben entdeckte er einen abgebrochenen Zahn. Der Beamte betrachtete ihn und stieß ein nachdenkliches Brummen aus.
„Ein Zahn?", flüsterte sich Marvin leise zu und war verdutzt.
Und die roten Flecken auf dem Boden? Noch einmal leuchtete er die Stelle ab und hielt für einige Sekunden inne. Nein, das waren keine Rostflecken, dachte er sich, doch er kam nicht mehr dazu, den Gedanken zu Ende zu

führen. Im Nebenraum kreischte Keller auf einmal so panisch auf, als hätte er einen Geist gesehen. Verstört schwenkte Marvin herum und rannte über den Flur, um nach seinem Partner zu sehen. Dieser taumelte ihm mit bleichem Gesicht entgegen und starrte ihn an.
„Verdammte Scheiße!", japste Keller, um dann die Atemmaske von seinem Gesicht zu reißen und sich zu übergeben.
„Was ist denn los?", fragte Kuhmichel aufgeregt.
„Wir müssen die anderen holen", keuchte Keller und torkelte aus der Wohnung heraus.

Etwa eine Stunde später kamen drei weitere Kollegen. Sie hatten es zunächst nicht sonderlich eilig gehabt, doch als sie das Schlafzimmer der Wohnung betraten und es mit ihren Taschenlampen ausleuchteten, gefror auch ihnen das Blut in den Adern. Ihre Lichtkegel trafen dort auf ein grinsendes Frauengesicht und Kuhmichel war sich sicher, dass auch die drei Kollegen diesen grauenhaften Anblick nicht mehr so schnell aus ihren Köpfen würden verbannen können.
„Wir müssen diese verdammten Rollläden irgendwie hoch stemmen", knurrte Keller und Marvin folgte ihm und den anderen Polizisten widerspenstig in das Schlafzimmer.
Den schrecklichen Anblick in seinem Rücken ignorierend, half er seinen Kollegen dabei, die beiden Fenster des Zimmers zu öffnen und die Rollläden nach oben zu schieben, so dass das Tageslicht in den stockfinsteren Raum eindringen konnte. Dann sahen sie das Grauen in seiner ganzen abartigen Pracht. In der Mitte des Zimmers stand ein rostiges Bett, auf dem eine tote Frau lag. Ihre

beiden nackten Arme, die inzwischen eine graue Farbe angenommen hatten, waren mit Stacheldraht an die Eisenstangen am Kopfende des Bettes gebunden worden.
Genau genommen lag die Frau auch nicht auf dem Bett, sondern saß halb aufrecht, die Arme an den Stangen befestigt. Um ihren Hals und die Bettstange dahinter war ebenfalls Stacheldraht gewickelt worden, so dass sie geradeaus schaute - und grinste.
Entsetzt starrte Marvin auf die Tote, deren milchige, kalte Augen zurück starrten. Die Beamten neben ihm tuschelten leise.
„Was für eine kranke Scheiße ist das denn?", fragte Keller und sah hilfesuchend zu Kuhmichel herüber.
„Das ist offenbar „Scanfleisch". Steht zumindest dort an der Wand", merkte einer der anderen Polizisten zynisch an und deutete auf die Buchstaben an der Wand, die jemand mit Blut an die vergilbte Tapete geschmiert hatte.
„Was soll man dazu sagen?" Kuhmichel wischte sich den Schweiß von der Stirn. Er hatte Angst, sich vor den fremden Kollegen übergeben zu müssen.
„Sie grinst…", meinte einer der Beamten und musterte das Gesicht der Toten. Jemand hatte das Lächeln der Frau verewigt, indem er ihr Gesicht mit einem Tacker bearbeitet hatte. Sie grinste breit, obwohl ihr die Schneidezähne fehlten.
„Wie lange liegt die schon hier?", fragte Keller.
„Keine Ahnung, vermutlich wohl schon mehrere Monate", erwiderte Kuhmichel fassungslos.
Das blonde Haar der Frau, deren Alter er auf Mitte zwanzig schätzte, war zu Zöpfen zusammengebunden. Sie erinnerte an ein untotes Schulmädchen mit vertrockneter, ausgedörrter Haut.

„Irgendwer hat ihr den Bauch aufgeschnitten und darin herumgewühlt. Das gibt es doch alles überhaupt nicht", schnaufte Keller und Marvin merkte ihm an, dass er mit den Nerven am Ende war.
Kuhmichel betrachtete lediglich wortlos die riesige Lache aus getrocknetem Blut, die sich auf der schäbigen Matratze rund um den Unterleib der Frau ausgebreitet hatte.
„Brustwarzen sind auch ab!", bemerkte einer der Kollegen, der die Leiche jetzt näher untersuchte. „Einfach abgeschnitten. Was für eine kranke Scheiße."
Marvin fuhr sich mit der rechten Hand durch seine schweißnassen Haare und wusste nicht, was er noch sagen oder tun sollte. In den 14 Jahren, in denen er bereits Polizist war, hatte er zwar schon viele tote Menschen gesehen, aber einen derartigen Anblick hatte er noch nie ertragen müssen. Diese verstümmelte und in eine grinsende, verfaulte Pippi Langstrumpf aus dem Zombieland verwandelte Frau war mit Abstand das Widerlichste, was er jemals gesehen hatte.

Der Fernseher dröhnte nebenan und Marvin lauschte dem aufgeregten Geschnatter einer jungen Frau, die zwischendurch immer wieder kicherte, um dann wie ein Wasserfall weiter zu plappern. Er schenkte sich in der Küche ein Glas Mineralwasser ein und kam anschließend zurück ins Wohnzimmer, wo Loreen auf der Couch saß. Kurz dachte er darüber nach, ob er mit ihr über die Leiche sprechen sollte, aber dann beschloss er, seine Frau nicht mit derartigen Dingen zu belästigen.
Detective Kuhmichel sprach zu Hause fast nie über seine Arbeit und wollte es auch dabei belassen.

„Und Maverick ist jetzt einfach mit Cindy zusammen, ohne dir etwas davon zu sagen, Steffi?", kam aus dem Fernseher.
Ja!", ereiferte sich eine dickliche Frau. „Der is einfach mit Cindy unterwegs und dabei is er mit mir zusammen, Dennis!"
Marvin setzte sich neben seine Frau, die schweigend den großen Plasmabildschirm anstarrte. Derweil wurde die dickliche Frau im Fernsehen immer lauter.
„Das sagste immer, Maverick! Das haste mir schon `ne Millionen Male gesagt. Hör doch auf, ey!"
Loreen schaute wieder einmal „Daily Dennis", eine populäre Talkshow, die jeden Samstagvormittag ausgestrahlt wurde.
„Dääännis, jetzt sag doch auch mal was zu Maverick!", jammerte die korpulente Frau und fing an zu weinen.
Ein lächelnder Moderator nahm sie liebevoll in den Arm und das Publikum machte „Oh!", um dann zu applaudieren.
Dann wandte er sich an Maverick, den Ex-Freund der Dicken, und hielt ihm das Mikrofon unter die Nase.
„Also Maverick, sei ehrlich", sagte er. „Hast du Steffi mit Cindy hintergangen oder nicht?"
„Nein!", brüllte eine hagere Gestalt mit dummen Glotzaugen in die Kamera. Sie ruderte mit den Armen. „Die lügt! Die lügt wie eine elende Sau!"
„Oah!", raunte das Publikum und ein paar Buh-Rufe erschallten.
„Du bist selber eine Drecksau, Maverick! Der einzige Mann, wo lügt, bist du!", wetterte Steffi und stampfte augenblicklich los, um ihrem Ex-Freund eine Ohrfeige zu verpassen.

Doch der Moderator warf sich dazwischen und versuchte, die zornige Dame aufzuhalten. Kuhmichel dachte für einen Moment an einen römischen Legionär, der sich todesmutig einem von Hannibals angreifenden Kriegselefanten in den Weg zu stellen versuchte. Das hatte er einmal in einem Spielfilm gesehen.
Das Publikum schrie und johlte, während Steffis schwabbelige Fettarme wild umherflogen und der Moderator zur Seite sprang.
„Zu Hause donner` ich dir so eine rein, ey!", röhrte die betrogene Steffi in Richtung von Maverick.
Dieser zeigte ihr den Stinkefinger. „Du kannst mich mal am Arsch lecken, du dumme Kuh!"
Loreen lachte schallend auf. Mit einem verzweifelten Stöhnen schnappte sich Marvin die Fernbedienung und schaltete auf einen anderen Kanal um. Seine Frau erwachte aus ihrer Ich-muss-Dennis-gucken-Starre.
„Was soll das denn?", schimpfte sie. „Wir gucken doch immer „Dennis", Schatz."
„Diesmal nicht. Vielleicht kommt ja auch noch was anderes", meinte Marvin.
„Und was willst du gucken?"
„Keine Ahnung! Irgendwas - aber nicht immer diesen Schwachsinn, Loreen."
Ein vorwurfsvoller Blick aus zwei schönen, blauen Augen traf Marvin wie ein Dartpfeil. „Na, toll!"
Er suchte etwas anderes, wobei er feststellte, dass das Programm auf den anderen Sendern auch nicht besser als „Daily Dennis" war.
„Kommt doch eh nichts. Also lass uns weiter „Dennis" gucken. Ich will doch wissen, wie es mit Steffi ausgeht", nörgelte Loreen.

„Mich interessiert die fette Qualle nicht und ich will auch nicht wissen, ob sie ihren debilen Freund zurückgewinnt oder nicht", knurrte Marvin.
„Warum bist du denn so gemein?", fragte Loreen verdutzt.
„Ich bin nicht gemein, Schatz. Ich will es nur nicht wissen."
„Aber Steffi ist auch ein Mensch..."
„Habe ich gesagt, dass sie keiner ist?"
„Nur weil sie etwas dicker ist, muss man sie ja nicht gleich fertig machen, Marvin."
„Was hat das denn damit zu tun?"
„Ist doch so!", murrte Loreen und zeigte sich mit Steffi solidarisch.
„Es geht mir um diese Sendung und nicht um diese dämliche Steffi. Dieser Mist läuft jeden Samstag und wir verschwenden unsere Zeit, indem wir uns das Zeug ansehen. Stunde um Stunde nur Mist."
„Jetzt übertreibst du aber, Schatz", meinte Loreen. Kuhmichel schaltete den Fernseher aus, stand vom Sofa auf und drückte den Rücken durch. Dann sagte er: „Wir sollten einfach mal einen Spaziergang machen. Oder wir fahren in den Frankfurter Zoo. Ende des Jahres wird er nämlich geschlossen, weil kein Geld mehr da ist. Stand doch neulich im Internet. Also könnten wir ja noch einmal hinfahren und uns die Tiere ein letztes Mal ansehen."
„Warum willst du auf einmal in den Zoo und irgendwelche Tiere angucken? Seit wann interessiert dich das?", wunderte sich Loreen.
„Weil ich das neulich im Netz gelesen habe. Die wollen den Zoo demnächst schließen und da dachte ich, dass wir

vielleicht doch mal hinfahren und uns diese Tiere ansehen, bevor sie für immer weg sind", erklärte Marvin.
„Sorry, keine Lust. Die Woche war anstrengend genug. Da latsche ich nicht noch den ganzen Tag durch einen Zoo mit irgendwelchen Tieren", erwiderte seine Frau genervt und schaltete den Fernseher wieder an. „Daily Dennis" lief noch immer.
„Du latscht doch auch ständig durch die Mall oder die Zeil runter", sagte Marvin.
„Nein!", zischte Loreen. „Und lass mich jetzt bitte in Ruhe! Wenn du in den Zoo oder sonst wohin willst, dann fahr da allein hin."
Sie starrte wieder auf den Bildschirm, während ihr Mann leise vor sich hin grummelnd das Wohnzimmer verließ und sich dann in die Küche setzte.

Neue Fragen

Soeben hatte Detective Kuhmichel noch ein weiteres Automatisiertes Gerichtsverfahren auf den Weg gebracht, als Keller mit ernster Miene das Büro betrat und angestrengt atmete.
"Wir wissen, wer die junge Frau ist", sagte er.
"Und wer ist sie?", antwortete Marvin erwartungsvoll.
"Christine Rathfeld, 22 Jahre alt, Krankenschwester aus Sachsenhausen. Sie gilt seit fünf Monaten als vermisst", erläuterte der Kollege und kratzte sich nachdenklich am Hinterkopf.
"Das Stück Scanfleisch. Das ist sie also", murmelte Kuhmichel.
"Ja, so sieht`s aus, Marvin." Keller nickte betreten.
"Ich würde nur zu gerne wissen, was dieser Spruch zu bedeuten hat. "Scanfleisch" - das ergibt doch keinen Sinn, oder?"
Der rundliche Kollege antwortete mit einem Kopfschütteln. "Nein, keine Ahnung, was das heißen soll. Wer weiß schon, was im Kopf von dem kranken Bastard vorgeht, der sie umgebracht hat?"
"Aber irgendeine Bedeutung muss dieser Spruch doch haben, sonst hätte ihn der Mörder nicht an die Wand geschmiert, Kevin."
"Wir haben nichts in der Hand. Sämtliche Bewohner des Hauses haben niemanden gesehen. Eigentlich können wir den Fall bereits zu den Akten legen", meinte Keller.

„Bei unserer ganzen tollen Technologie haben wir dennoch nichts in der Hand? Schon komisch, oder?" Kuhmichel zischte verärgert.
Detective Keller setzte sich wieder an seinen Schreibtisch. Dann erwiderte er: „Da dieser Mordfall keinen politischen Hintergrund hat, kannst du kaum damit rechnen, dass uns der Chef hier allzu lange ermitteln lassen wird. Wir haben keine Verdächtigen. Also kommt der Fall zu den Akten. Arme Christine, ich habe mir ihr Scanchip-Foto angesehen. Wirklich ein süßes Mädel."
„Ist ja `ne tolle Einstellung, Kevin!", brummte Kuhmichel verstimmt.
„Wir haben nichts in der Hand. Begreif das doch einfach. Also können wir auch nichts tun", gab Keller zurück.
„Vielleicht sollten wir noch einmal mit ihren Eltern sprechen", schlug Marvin vor.
„Die wissen doch sowieso nichts!" Der untersetzte Polizist winkte ab.
„Ich überprüfe noch einmal die Internet- und Telefonverbindungen des Opfers. Unter Umständen...", meinte Kuhmichel.
„Das kostet zu viel Zeit. Eine mehrfache Überprüfung bei gewöhnlichen Fällen wie diesem wird vom Chef nicht gern gesehen."
„Das nennst du einen „gewöhnlichen Fall", Kevin? Dieses Mädchen wurde grausam ermordet und verstümmelt."
„Hat die Sache vielleicht einen politischen Hintergrund?"
„Nein!"
„Dann verweise ich hiermit auf die Vorschriften, mein Lieber. Mehrfache Überprüfungen nur bei politischen

Fällen ab Klassifizierungsstufe „Gamma 1". Ich kann es doch auch nicht ändern."
„Ja, hast ja Recht", murmelte Marvin frustriert und seine graublauen Augen sahen traurig zu Keller herüber.
„Hier hat einer einen angestochen. Das Opfer liegt im Krankenhaus. Habe ich eben als AG-Vorgang reinbekommen", erklärte der Kollege und tippte vor sich hin.
„Aha!", kam zurück.
Für einige Minuten schwiegen sich die beiden Polizisten an und machten ihre Schreibarbeiten. Dann sah Kuhmichel plötzlich hinter dem Bildschirm seines Computers auf und musterte seinen Kollegen. Heute wirkte Keller noch pummeliger als sonst, kam es ihm in den Sinn. Sein nach unten hängender Rundschädel, während er immer emsiger tippte, erinnerte Kuhmichel in diesem Moment an den eines Schweins, das gerade aus einem Trog fressen wollte. Der Beamte schüttelte den Kopf und versuchte, diesen blöden Gedanken zu unterdrücken, kaum merkend, dass er still in sich hineinkicherte.
„Manchmal verstehe ich die Vorschriften nicht, Kevin", sagte Kuhmichel schließlich.
Keller blickte kurz auf. „Wie?"
„Ich meinte, dass ich manchmal nicht genau weiß, was ich von der einen oder anderen Vorschrift zu halten habe. Da wird dem Leben einer jungen Frau weniger Wert beigemessen als irgendwelchen politischen Straftaten. Selbst wenn dabei kein Mensch umgekommen ist. Das verstehe ich einfach nicht. Warum gibt es derartige Vorschriften?"
„Was willst du denn jetzt von mir?", brummte Keller genervt.
„Wollte ich nur mal anmerken", antwortete Marvin.

Der Kollege hob den Zeigefinger und war sichtlich verärgert, dass ihn Kuhmichel bei seiner Schreibarbeit gestört hatte.
„Ich sage dir mal was, mein Lieber. Hinten im Osten lauern die Russen, dieser Tschistokjow. Da hinten wächst gerade ein riesiges Krebsgeschwür, das eines Tages auch bis nach Westeuropa wuchern könnte. Auch wenn die Weltregierung mit dem Nationenbund der Rus über den Frieden verhandelt und der Weltpräsident nach St. Petersburg fliegt, um diesem verrückten Diktator Honig um`s Maul zu schmieren, glaub doch nicht, dass die Russen hier nicht überall versuchen, ihre wahnwitzige Ideologie zu verbreiten und auch „Europa-Mitte" zu unterwandern."
„Das mag ja sein, aber warum wenden wir nicht alle Kräfte auf, um den Mörder dieser Kleinen ausfindig zu machen?", hielt Kuhmichel dagegen.
„Wie ich schon sagte: Wir haben nichts in der Hand. Ohne Verdächtigen sind wir machtlos. Und wir haben eben keinen Verdächtigen. So einfach ist das!", meckerte Keller.
„Aber…", schob Marvin noch nach, doch sein Kollege fiel ihm ins Wort.
„Jetzt mach bitte deine Arbeit und lass mich in Ruhe die meine machen, okay?"
„Schon gut, Kevin. Brauchst dich ja nicht gleich aufzuregen", versuchte Kuhmichel seinen Partner zu beruhigen.
Schließlich widmeten sich die beiden Sicherheitsbeamten wieder ihren Formalitäten und Marvin bemühte sich, nicht weiter über die Dienstvorschriften nachzudenken. Dennoch aber konnte er es in diesem Moment nicht ver-

hindern, dass sich die eine oder andere Frage in seinem Kopf einnistete.

„Langes Elend", flüsterte Marvin zärtlich und legte seine Hand auf den langen Oberschenkel seiner Frau.
Loreen lag mit gespreizten Beinen auf dem Bett und strich sich eine Haarsträhne aus dem Gesicht, während Marvin noch immer laut atmete. Dieser zwar recht kurze, aber feurige Liebesakt hatte ihnen beiden wieder einmal gut getan, dachte er mit einem befriedigten Lächeln.
„Das war schön", hauchte sie.
„Ja, fand ich auch", antwortete Kuhmichel.
Sie lagen nebeneinander auf dem Rücken und Marvins Hand ruhte noch immer auf Loreens schweißnassem Oberschenkel. Sie stöhnte leise und drehte ihm dann den Kopf zu.
„Vielleicht bist du ja irgendwann doch mal schwanger, Schatz", sagte Marvin verträumt.
„Wie kommst du denn jetzt da drauf?", kam zurück.
„Nur so, Loreen."
Sie stieß ein leises, verneinendes Brummen aus und erwiderte dann: „Mit der Verhütungskapsel kann da eigentlich nichts passieren. Mach dir mal keine Sorgen."
„Ich mache mir keine Sorgen", flüsterte Marvin und umarmte sie. Dann liebkoste er ihren Hals.
„Der Arzt sagt, dass diese Kapseln fast zu 100% sicher sind. Da wird man nicht schwanger", erklärte sie währenddessen.
„Ich fände es eigentlich schön, wenn du eines Tages…", sagte Marvin, doch Loreen unterbrach ihn und wirkte plötzlich genervt.

„Das Thema lassen wir jetzt besser. Für ein Kind fehlt uns das Geld", meinte sie.

„Unsinn! Als Polizist habe ich einen der am besten bezahlten Jobs. Und du arbeitest doch auch noch. Da haben wir schon genug Geld für ein Kind", sagte Marvin.

„Och, Marvin!", stöhnte sie. Diesmal allerdings nicht vor Lust, sondern vor Unwilligkeit.

„Ich will erst noch was aus mir machen. Beruflich, meine ich", antwortete Loreen.

„Aber du bist auch schon 33 Jahre alt. Da wird es langsam mal Zeit. Wenn wir noch ein Kind wollen, meine ich."

Sie richtete sich auf und kletterte aus dem Bett. Wortlos schlüpfte sie in eine Jogginghose und streifte sich ein T-Shirt über. Dann drehte sie sich um und funkelte ihren Mann verärgert an.

„Dass du immer wieder mit diesem Mist anfangen musst!"

„Warum sind Kinder „Mist"? Hä?", knurrte Marvin zurück und stand ebenfalls auf.

„Du weißt, was ich meine!"

Bevor Kuhmichel noch etwas sagen konnte, hatte seine Frau schon das Schlafzimmer verlassen und er hörte sie die Treppe ins untere Stockwerk hinuntergehen. Vermutlich wollte sie noch etwas fernsehen.

„Na, toll!", murrte Marvin und legte sich wieder auf das große Doppelbett, um einsam die Decke anzustarren.

Keller nahm den Kopf genauer in Augenschein und Marvin hoffte, dass er seinen Mageninhalt bei sich behalten konnte. Das Gleiche hoffte er auch für sich selbst.

„Ein Mitarbeiter der Müllfirma hat uns informiert. Wirk-

lich sehr unschön", meinte ein Kollege vom Sicherheitskomplex FAM-II, der zuerst am Tatort eingetroffen war.
„Irgendwer hat den Kopf einfach in die Mülltonne geworfen", fügte ein hochgewachsener Mann von der Spurensicherung hinzu.
Kuhmichel betrachtete seine weißen Gummihandschuhe. Es kostete ihn eine Menge Überwindung, den Kopf selbst in die Hand zu nehmen. Er gehörte zu einer toten Frau, der mit einem Tacker das gleiche Grinsen verpasst worden war, wie dieser Christine Rathfeld, deren Leiche sie in dem verrotteten Wohnblock gefunden hatten.
Auch die blonden Zöpfe, die mit Schmutz verklebt waren, fehlten nicht, genau wie die Zahnlücken, die der Mörder wohl mit Hilfe einer Zange hinterlassen hatte.
„Scanfleisch - immer lustig!", sagte Keller angeekelt und zeigte auf den Spruch, den jemand mit einem roten Edding auf das schwarze Plastik der Rastplatzmülltonne geschmiert hatte.
Kuhmichel legte den Kopf auf den Boden und ging benommen ein paar Schritte zurück. Noch immer glotzten ihn die milchigen, blauen Augen der Toten an. Er wandte sich ab und betrachtete schweigend die anderen Polizisten.
„Falls es Ihnen bei Ihren Ermittlungen hilft, so kann man wohl sagen, dass der Täter zur Gruppe der Autofahrer gehört. Damit dürfte er zumindest nicht vollkommen verarmt sein", meinte ein dunkelhaariger Mann von der Spurensuche mit einem leichten Anflug von Sarkasmus.
„Ja, vielen Dank für diesen Hinweis", zischte Keller und ließ ein Kopfschütteln folgen.
Kuhmichel schloss die Augen und lauschte für einen Moment dem monotonen Brummen der Fahrzeuge, die im

Hintergrund über die Autobahn rasten. Dann öffnete er sie wieder und sah den Autos zu. Ein schrottreifer LKW donnerte die rechte Spur herunter und der Detective hatte den Eindruck, als würde die Erde unter seinen Füßen erbeben. Nein, das konnte nicht sein, dachte er sich. Dafür war der LKW zu weit weg gewesen - völliger Unsinn.
„Ist ja auch egal", flüsterte er. „Absolut scheißegal."
„Was hast du gesagt?" Keller drehte sich um und nahm seine Mütze vom Kopf.
„Was? Nichts!", antwortete Kuhmichel geistesabwesend.
„Überprüfen Sie die Videoaufzeichnungen der Autobahnüberwachung hier im Umkreis. Ansonsten werden Sie wohl keine Zeugen finden. Vielleicht wissen Sie mehr, sobald feststeht, wem der Kopf gehört", erklärte einer von der Spurensuche und nickte Kuhmichel und Keller zu.
„In Ordnung", murmelte Marvin.
Kurz darauf verschwand der grinsende Kopf in einer Plastiktüte und wurde als Beweisstück sichergestellt, was bedeutete, dass Marvin und sein Kollege wieder zum Sicherheitskomplex FAM-IV zurückfahren konnten.
„Noch ein Grinsemädel", sagte Keller. Angewidert trottete er auf den Streifenwagen zu. Kuhmichel folgte ihm schweigend und grübelnd.

Drei Monate lang tauchte keine weitere Leiche auf, die dem „Grinse-Killer", wie man den Täter inzwischen im Sicherheitskomplex FAM-IV nannte, zugeordnet werden konnte.
Inzwischen hatte die „Frankfurter Post", die größte Zeitung der Mainmetropole, mehrfach über die Morde berichtet und auch im Fernsehen waren sie zumindest einmal kurz erwähnt worden. Ansonsten hielt sich das Inter-

esse der überregionalen Medien jedoch in Grenzen, denn es gab wichtigere Themen als zwei tote junge Frauen, denen irgendjemand ein letztes Grinsen verpasst hatte.

Derzeit kamen im Fernsehen den halben Tag lang Sonderberichte über die Friedensgespräche zwischen der Weltregierung und dem Nationenbund der Rus, jenem Staatsgebilde, das sich von Weißrussland bis zum Ural und der Ukraine ausdehnte und von Artur Tschistokjow regiert wurde.

Vor knapp zehn Jahren hatte die „Freiheitsbewegung der Rus", Tschistokjows politische Revolutionsbewegung, die Kontrolle in Weißrussland und wenig später auch im Baltikum übernommen. Die Rebellen hatten die Macht der Weltregierung in diesen Gebieten zerschlagen und wieder die alten Nationalstaaten gegründet. Später hatte Tschistokjow seine Revolution sogar bis nach Russland ausgedehnt, wo gleichzeitig eine rivalisierende Revolutionsbewegung - der Kollektivismus - zu Tage getreten war.

Bis Mitte 2042 war Russland vom blutigen Bürgerkrieg zwischen den Rus und den Kollektivisten erschüttert worden. Am Ende hatte Tschistokjow seine Rivalen in die Knie zwingen können.

Nun war der ehemalige Revoluzzer aus dem weißrussischen Untergrund zum Oberhaupt eines neuen, riesigen Staatenbundes geworden, der sich mit Japan, das sich 2032 aus dem Weltverbund herausgelöst hatte und seitdem wieder ein unabhängiger Nationalstaat war, verbündet hatte.

Das war die „Achse des Bösen", wie es im Fernsehen hieß. Die Allianz der beiden Diktatoren Tschistokjow und Matsumoto, den Feinden der Humanität und Weltdemokratie, den drohenden Schatten, die über dem Frieden schwebten wie das Schwert des Damokles. Gegenwärtig hatte der scharfe Ton der internationalen Medien gegenüber den Russen und Japanern allerdings etwas nachgelassen - das war selbst Kuhmichel aufgefallen - denn zurzeit fanden umfassende Friedensverhandlungen zwischen der Weltregierung und den beiden feindlichen Staaten statt.

Jetzt wurde vermehrt von Abrüstung und Übereinkunft gesprochen, während sowohl der Weltpräsident, das Oberhaupt der Weltregierung, wie auch der russische Staatschef Artur Tschistokjow ihren Willen zum Frieden bekundeten.

Loreen sagte manchmal, dass sie Angst vor einem zukünftigen Atomkrieg zwischen dem Nationenbund der Rus und dem Weltverbund habe, aber Marvin sah die ganze Sache wesentlich gelassener.

„Tschistokjow hätte keine Chance gegen uns", antwortete er ihr stets. „Sollen die da hinten in Russland doch machen, was sie wollen."

Doch tief im Inneren fürchtete sich Kuhmichel ebenfalls vor dem unbekannten Reich der Finsternis jenseits der Grenzen des Verwaltungssektors „Europa-Ost". Also dem ehemaligen Polen und den angrenzenden Gebieten. Die Berichte über die Rus und ihre brutale Diktatur, die er im Fernsehen gesehen hatte, bereiteten auch ihm ein Gefühl des allgemeinen Unbehagens.

Den Bewohnern von „Europa-Mitte", wurde gesagt, dass Tschistokjow vollkommen wahnsinnig sei und er an wirre Verschwörungstheorien glaube. Es war in den Zeitungen und im Fernsehen berichtet worden, dass dieser Mann bereits unfassbare Verbrechen begangen hatte. Seine Bluttaten reichten vom massenhaften Abschlachten seiner politischer Gegner bis hin zur Vernichtung ganzer Volksgruppen und groß angelegten ethnischen Säuberungen. Russland sei mit Internierungslagern übersät, hieß es. Und dieser Tschistokjow würde aufrüsten, um eines Tages gleich einem Mongolendespot über die freie Welt herzufallen.

Allerdings waren diese Gräuelberichte in den letzten Monaten weniger geworden, denn jetzt wurde zunehmend der „Weltfrieden" beschworen. Vielleicht hatte sich Tschistokjow inzwischen sogar geändert, wie sie es manchmal im Fernsehen sagten. Scheinbar hatte er seine Pläne, die ganze Welt zu erobern, tatsächlich aufgegeben und war auf dem Weg von einem blutgierigen Tyrannen zu einem halbwegs menschlichen Herrscher. So erzählten sie es in letzter Zeit jedenfalls immer öfter im Fernsehen.

„Hauptsache Frieden", dachte sich Marvin und gestand sich zugleich selbst ein, dass er von Politik im Grunde keine Ahnung hatte.

„Die da oben wissen schon, was sie tun", war ein Spruch, der des Öfteren von Keller kam, wenn es um dieses Thema ging.

Außerdem war da noch eine weitere äußerst beängstigende Sache, die die Aufmerksamkeit der internationalen Medien immer wieder auf sich zog: Die ODV-Seuche.

In Asien waren ihr bereits Millionen Menschen zum Opfer gefallen.

„ODV", das bedeutete „Organ Destroying Virus", also ein Erreger, der innerhalb kürzester Zeit zu einem Versagen der inneren Organe führte.

„Diese neue Seuche ist schlimmer als die Pest im Mittelalter", sagten sie im Fernsehen und Kuhmichel bekam es beim Gedanken, dass diese furchtbare Seuche eines Tages

auch Europa im großen Stil heimsuchen könnte, mit der Angst zu tun. Doch bisher litten vor allem Indien und Südchina unter ODV, wobei es inzwischen auch Regionen in Südamerika und Afrika gab, in denen das tödliche Virus wütete.
Die ersten ODV-Fälle hatte es vor einigen Jahren in Südindien gegeben. Seitdem hatte sich die Seuche konsequent ausgebreitet.
„Ein Gegenmittel gibt es nicht und es ist fast unmöglich eines zu finden, denn der Virus verändert stetig seine Gestalt", wurde immer wieder gesagt.
„Wir müssen leider mit ODV leben!", bestätigte der Weltpräsident die düstere Prognose in regelmäßigen Abständen.
Und während die Friedensgespräche zwischen der Weltregierung und dem Nationenbund der Rus fortgesetzt wurden und die ODV-Seuche im fernen Asien ganze Landstriche entvölkerte, lebte Marvin Kuhmichel sein kleines Leben als Polizist mit „mittleren Ermittlungsbefugnissen" in Frankfurt am Main im Lokalsektor „D-West III".
Ein neues Opfer des „Grinse-Killers" war jedenfalls nicht mehr aufgetaucht und die Ermittlungen bezüglich der beiden toten Frauen waren mittlerweile eingestellt worden.
Bei der zweiten Leiche wusste man allerdings dank einer DNA-Analyse nun wenigstens, zu wem der Kopf gehörte. Die junge Frau hieß Nora Helmer und stammte aus Friedberg. Sie hatte dort in einem Modegeschäft gearbeitet und war 25 Jahre alt gewesen. Den Rest ihres Körpers hatten die Beamten jedoch nicht finden können.
Weder die Auskünfte ihrer Eltern, noch ihrer Geschwis-

ter und Freunde oder die Daten auf ihrem Scanchip hatten den Ermittlern etwas genützt. Allerdings hatte sich der Aufwand der Beamten auch sehr in Grenzen gehalten.

Es war der 27. November 2045 als Kuhmichel und Keller erneut zu einem Tatort gerufen wurden. Ein Hausmeister hatte in einer leerstehenden Wohnung in Offenbach ein weiteres Opfer des „Grinse-Killers" entdeckt.
Waren die meisten Stadtviertel in Frankfurt in den letzten Jahrzehnten bereits zu schmutzigen und verkommenen Gebieten geworden, so war so gut wie ganz Offenbach ein einziger verrotteter Slum. Hier hauste eine bunt zusammengewürfelte Bevölkerung in zerfallenen Häusern, die teilweise an Ruinen erinnerten. Deutsche lebten in Offenbach fast keine mehr, außer in ein paar Gebieten am Stadtrand.
Vor allem in der Innenstadt herrschten Zerfall und Chaos und die Straßen dort waren ein äußerst gefährliches Pflaster.
Kuhmichel und Keller rückten mit fünf weiteren Kollegen an. Diesmal trugen sie sogar kugelsichere Westen. Die Hände hatten sie stets an den Waffen, denn das war in einem Ghetto wie diesem absolut notwendig. Bei gewöhnlichen Verbrechen, also Raub oder Körperverletzung, wurde in derartigen Vierteln überhaupt nicht mehr ermittelt, da die gewöhnlichen Polizeibeamten mit Recht einen Bogen um diese Gebiete machten.
Wenn etwas vorfiel, dann wurde ein AG eingeleitet. Wenn der Betreffende aber überhaupt nicht zu seinem Gerichtstermin erschien, also gar nicht zum örtlichen Justizkomplex und der dort auf ihn wartenden Gerichtszelle

hinging und selbst eine Scanchipsperrung ignorierte, dann kümmerte sich auch die Polizei nicht mehr darum. In der Vergangenheit war es einfach zu häufig vorgekommen, dass Beamte, die jemanden, der seine AG-Vorladung missachtet hatte, aus einem derartigen Viertel herausholen und zur Gerichtszelle bringen wollten, von einem aggressiven Mob empfangen worden waren.
In dieser Hinsicht waren die Nichtdeutschen wesentlich renitenter und gewaltbereiter als die meist obrigkeitshörigen Ureinwohner des Subverwaltungssektors „Deutschland". Manche der ausländischen Großfamilien oder Gangs hatten sogar für den Fall einer Scanchipsperrung ein primitives, aber effektives System der gegenseitigen Versorgung und des Tauschhandels entwickelt, so dass die Betroffenen trotzdem als Teil ihrer Gemeinschaft weiterleben konnten.
Nicht selten setzten sich diese Gruppen einfach mit Gewalt zur Wehr und zeigten den „Bullen" mit Pflastersteinen, Knüppeln und manchmal sogar Schusswaffen, dass sie ihre Autorität nicht anerkannten.
„Da kommen die Cops, Alter. Ey, gibt`s hier Verbrechen, oder wat?", erschallte es hinter Kuhmichels Rücken, als sich auf der Straße eine Meute brüllender Jugendlicher zusammenrottete.
„Ich hab deine Frau gefickt! Is das verboten, Wachtmeister?", kam hinterher.
„Nicht beachten", flüsterte Keller und blickte sich kurz um, während das Gejohle immer lauter wurde und die lärmende Schar anwuchs.
Ein gebeugt gehender Mann mit einem schwarzen Vollbart winkte den Beamten zu.
„Kommst du hierher, ja?", rief er.

Kuhmichel verdrehte die Augen. „Zeigen Sie uns die Wohnung. Bitte!"

„Ja, kann ich machen", gab der Mann zurück und seine schwarzen Augen funkelten die Polizisten nicht sonderlich freundlich an.

Die sieben Polizisten gingen durch das mit Müll und Unrat übersäte Treppenhaus und kamen in die dritte Etage. Offenbar stand dieses Mehrfamilienhaus schon länger leer. Lediglich im Erdgeschoss wohnte ein alter Jordanier mit seiner Frau.

„Ich bin Hausmeister von mehreren Häusern. Auch von diesem, ja?", erklärte der Mann mit dem schwarzen Vollbart.

„Verstehe!", brummte Keller.

„Normal habe ich Schlüssel von jeder Wohnung, aber diese Wohnung hat ein neues Schloss. Wirst du gleich sehen", schimpfte der Hausmeister, der vermutlich türkischer Herkunft war.

Er führte die Beamten durch einen langen Gang und sie kamen zu einer Wohnung, deren Tür bereits mit einem Brecheisen aufgestemmt worden war.

„Hier! Da hat jemand einfach ein neues Schloss reingemacht. Dann habe ich sie aufgebrochen. Und dann habe ich sie gesehen", erklärte der Mann.

„Die Leiche meinen Sie?", hakte Kuhmichel nach.

„Ja, sicher. Die Leiche! Was sonst?" Der Hausmeister nickte genervt.

Sie standen für einen Moment vor der aufgebrochenen Eingangstür, hinter der sich der stockfinstere Flur wie ein gähnender Schlund auftat. Kuhmichel atmete durch und ging als erster in die Wohnung.

Er folgte dem Lichtkegel seiner Taschenlampe und seine Kollegen folgten ihm. Alle schwiegen. Erneut waren sämtliche Rollläden heruntergelassen worden und es roch modrig, wenn auch lange nicht so furchtbar wie in der Wohnung in Sossenheim.

„Da ist sie!", sagte Kuhmichel mit tonloser Stimme und wunderte sich über die Tatsache, dass ihn der Anblick der Toten längst nicht mehr so mit Entsetzen erfüllte wie beim ersten Mal. Trotzdem hielt er sich die Hand vor den Mund. Er atmete schwer, während sein Herz zu hämmern anfing.

„Welches kranke Arschloch war das?", wetterte der Hausmeister draußen auf dem Gang.

Die Lichtkegel der Taschenlampen tanzten wild umher, während sich zwei Beamte daran machten, die Fenster zu öffnen, um die Jalousien nach oben zu schieben. Wieder waren die Gurte durchgeschnitten worden.

Kuhmichel zuckte zusammen, als er sah, was der Täter diesmal an die grauweiß gestrichene Wand neben dem Bett geschmiert hatte.

„Scanfleisch Fotze! Grins, grins!", las er leise vor.

Ansonsten war das schreckliche Szenario jenem in der ersten Wohnung sehr ähnlich. Wieder ein Bett in der Mitte des Raumes, auf dem eine Frau mit aufgeschnittenem Bauch halb aufrecht saß. Die Arme mit Stacheldraht an die Stangen des Bettgestells gebunden, Stacheldraht auch um den Hals und die eiserne Stange dahinter gewickelt. Ein paar blonde Haarsträhnen waren der Toten ins Gesicht gefallen und bedeckten ihr linkes Auge, während das andere gespenstisch ins Leere starrte. Sie grinste breit mit ihrem getackterten Mund, wie ihre beiden Vorgängerinnen auch.

Dr. Filzmann, Loreens Hausarzt, hatte ihr neue Pillen verschrieben, denn sie hatte ihm neulich erzählt, dass sie unter leichten Depressionen litt. Das war allerdings nicht ungewöhnlich, denn Depressionen waren in „Europa-Mitte" - abgesehen von Krebs - längst zur Volkskrankheit Nummer 1 geworden. Es gab kaum noch jemanden, der nicht depressiv war, wobei vor allem der deutschstämmige Bevölkerungsanteil einen besonderen Hang dazu zu haben schien.

Aber gegen Depressionen hatten die Pharmakonzerne in den letzten Jahren eine ganze Armada neuer Medikamente aufgefahren. Nun wurde versucht, die schlechte Stimmung im Lande einfach unter Bergen von Pillen und Kapseln zu begraben.

Warum Loreen an diesem Abend nicht weniger als neun „Happy Mood Capsules", so der Name der Antidepressiva, geschluckt hatte, wusste Marvin nicht. Jedenfalls hatte sie sich damit eine Überdosis verpasst und war im Wohnzimmer zusammengebrochen.

Als Kuhmichel vom Dienst nach Hause gekommen war, hatte er seine Frau neben dem Glastisch auf dem Teppich gefunden. Loreen hatte ihre Arbeitsstelle bei „Clothing Store" an diesem Tag aufgrund von Kopfschmerzen und Übelkeit frühzeitig verlassen und war nach Hause gefahren. Normalerweise war Marvin stets vor seiner Frau daheim, doch diesmal war es anders gekommen.

Jetzt lag Loreen im Krankenhaus. Kuhmichel stand neben dem Bett und sah auf sie herab. Seine Frau war noch immer bewusstlos. Am Bettende stand ein Arzt und notierte etwas auf seinem DC-Stick.

„Kommt vor wegen Überdosis. Ist nicht so schlimm. Nur der Kreislauf hat ein Problem gehabt, verstehen sie?", erklärte der Arzt, der offenbar aus Polen stammte.
„Dann geht es ihr bald wieder gut, nicht wahr?", hakte Marvin nach.
„Ja, ja! Ich habe ihr ein Gegenmittel gespritzt, das die Wirkung der Pillen aufhebt", meinte der Doktor.
„Also Chemie gegen Chemie. Sehr clever!", antwortete Marvin sarkastisch.
„Wie meinen Sie das?", kam zurück.
Kuhmichel winkte ab. „Schon gut!"
Der Arzt nickte beiläufig und verließ daraufhin das Krankenzimmer. Marvin setzte sich auf einen Stuhl neben dem Bett und betrachtete Loreen, die regungslos dalag. Es könnte einige Stunden dauern, bis sie wieder klar wird, hatte der Arzt gesagt.
Am Ende war Loreen erst in den frühen Morgenstunden des nächsten Tages wieder halbwegs ansprechbar gewesen. Marvin hatte sie wieder mit nach Hause genommen.
Ganze 985 Globes wurden ihm für die ärztliche Hilfe von seinem Scanchipkonto abgebucht, was bedeutete, dass sich damit ein beträchtlicher Teil seines Gehaltes für diesen Monat verabschiedet hatte.
Aber Loreen ging es wieder gut, dachte er sich. Das war die Hauptsache. Nun nahm sie neue Stärkungspillen für ihren Kreislauf, die zugleich auch positiv auf ihre Psyche wirkten, wie man ihrem besorgten Ehegatten im Krankenhaus erklärt hatte.

Opfer Nr. 4

In letzter Zeit fühlte sich auch Marvin nicht sonderlich gesund. Ständig war er übermüdet und litt zunehmend unter Atemproblemen. Ein Besuch beim Arzt hatte außer der Weisung, zusätzliche Pillen zu kaufen, keine Befunde zu Tage gefördert. Mit anderen Worten: Marvin war gesund - zumindest körperlich. Demnach mussten die Ursachen seiner Probleme psychisch sein, wie sich der Polizist dachte. Auch der Arzt hatte das so gesehen.
Jedenfalls war es in den letzten Monaten nicht besser, sondern stetig schlechter geworden. Es gab Tage, da hatte Kuhmichel das Gefühl, jeden Moment ersticken zu müssen.
Dann hatte er den Eindruck, als würde ihm eine unsichtbare Hand den Hals zudrücken. In Situationen wie diesen bekam er regelmäßig Panikattacken, die er am Ende mit Beruhigungspillen zu unterdrücken versuchte.
Seitdem er auf die grausigen Hinterlassenschaften des „Grinse-Killers" gestoßen war, litt er noch mehr, auch wenn er sich zwang, diesen Gedanken als absurd und lächerlich abzutun. Eigentlich konnte es keinen Zusammenhang zwischen seinem tiefsitzenden Gefühl der Beklemmung und den toten Frauen - oder gar seinem Job im Allgemeinen - geben. Dafür war er schon zu lange im Staatsdienst und hatte bereits genug gesehen, um an ein paar Leichen mehr nicht zu zerbrechen.
Dennoch dachte er seit sie das letzte Opfer des Serientäters gefunden hatten, fast ununterbrochen an den Fall, der sich einfach nicht lösen ließ und an dessen Aufklä-

rung seine Vorgesetzten kaum ein Interesse hatten. So wichtig schienen die jungen Mädchen, die von einem perversen Irren zu Tode gequält worden waren, dem System dann doch nicht zu sein. Eine Tatsache, der Kuhmichel zunehmend nachdenklich machte.

Heute saß er wieder einmal an seinem Schreibtisch im vierten Stock des Sicherheitskomplexes FAM-IV und befasste sich mit dem üblichen Schreibkram. Genau wie Keller, der schon eifrig Daten eintippte und ganz in seine Arbeit vertieft war. Kuhmichel sah auf und richtete den Blick auf seinen emsigen Kollegen.

„Dieser Sören Schneider hat drei Jahre Haft aufgebrummt bekommen", bemerkte er.

„Wovon redest du, Marvin?", fragte Keller.

„Der Junge, der dieses Buch von Tschistokjow im Internet zum Download angeboten hat. Drei Jahre Umerziehungshaft. Ganz schön viel, oder?"

„Naja, selbst schuld", meinte der rundköpfige Polizist am anderen Ende des Büroraumes.

„Wenn du das so siehst, Kevin", brummte Kuhmichel.

„Man lädt so einen Mist eben auch nicht runter und bietet ihn vor allem nicht im Netz an. So ist das eben", erwiderte Keller.

Für einen Moment herrschte Ruhe. Lediglich das ständige Tippen der beiden Beamten war zu hören. Dann schaute Kuhmichel noch einmal zu seinem Partner herüber und begann erneut ein Gespräch.

„Ich habe mir die Scanchip-Dateien des letzten Opfers des „Grinse-Killers" wirklich genau angesehen. Auch die Internetverbindungen und Telefongespräche, aber mir ist nichts aufgefallen, was uns diesem Drecksack näher brin-

gen könnte. Das deprimiert mich irgendwie. Dass wir einfach nichts tun können, meine ich."
„Ja, ist schon ärgerlich", kam von Keller zurück.
„Dann kommt Stefanie Dietrich wohl auch bald zu den Akten, nicht wahr?", schob Kuhmichel mit zynischem Unterton nach.
„Sieht ganz danach aus, Marvin. Hör mal, ich habe hier noch eine Menge Daten ins System einzuspeisen", antwortete Keller und stieß ein Stöhnen aus.
„Schon gut, Kevin. Gleich ist ja eh Feierabend", murmelte Kuhmichel und widmete sich auch wieder seiner Arbeit.

„Sugar Beanies liebe ich total", freute sich Loreen und verputzte noch eine Handvoll roter Zuckerkapseln. „Auch welche?"
Marvin antwortete mit einem Kopfschütteln. „Nein, ich mag das Zeug nicht."
„Sei doch mal fröhlich", flötete Loreen und nahm noch einen Sugar Beanie zu sich.
Ihr Gatte sah sich um und ließ seinen Blick durch die dritte Etage der Central City Shopping Mall wandern. Gleich war es schon 23.00 Uhr, was bedeutete, dass die Pforten des Riesengebäudes bald geschlossen würden.
Kuhmichel gähnte, was aber weniger an der fortgeschrittenen Uhrzeit, sondern an seinem körperlichen Zustand im Allgemeinen lag. Er war in letzter Zeit einfach immer und immer müde, wie er meinte.
Seine Frau erhob sich von ihrem Platz und grinste breit. Dann sagte sie: „Wir wollten doch noch zu „Jupiter", dem Techno-Megamarkt, nicht wahr?"
Kuhmichel sah sie an. „Die Mall macht doch gleich zu."

„Ach, komm", sie berührte sanft seine Schulter. „Nur noch kurz mal gucken gehen. Die neue File von Evan Steele ist draußen. Sagte mir gestern die Mary auf der Arbeit."
„Macht der Typ immer noch Musik?", brummte Marvin.
„Ja, klar. Sonst hätte er ja keine neue File rausgebracht, oder?", erwiderte Loreen.
„Meinetwegen", sagte Marvin mit einem Schnaufen und stand ebenfalls auf.
Die beiden fuhren eine Rolltreppe hinauf in die zweite Etage und eilten eine lange Einkaufspassage herunter. An deren Ende befand sich der Techno-Megamarkt. Hier verstopften Dutzende von kauffreudigen Sektorbürgern den Durchgang und Marvin und Loreen hatten Mühe, sich durch die Masse der Konsumenten zu kämpfen.
Sie gingen an hohen, mit Plasmafernsehern, DC-Sticks, Computern und allem möglichen Technoartikeln vollgestopften Regalen vorbei und kamen dann zu den Mu-Files, den musikalischen Tonträgern.
Loreen eilte zur Cyber Hip Core Abteilung und kam kurz darauf mit dem neuen Hit des weltbekannten Popstars in der Hand auf ihren Mann zugelaufen. Dieser bevorzugte, wenn er überhaupt einmal Musik hörte, eher den etwas härteren New Smash Metal.
„Ich gucke auch mal nach was, ja?", brummte Kuhmichel und ging zu einem riesenhaften Regal voller Mini-Discs.
Dies war die New Smash Metal Abteilung. Loreen verdrehte die Augen und stöhnte genervt.
„Muss das sein, Schatz?", quengelte sie.
„New Smash Metal ist nicht verboten, also darf ich mir auch ein paar Files ansehen", meinte Marvin und zog eine Scheibe heraus.

Die ursprünglich vom alten Heavy Metal abgeleitete Musikrichtung „New Smash Metal" durfte gehört werden, auch wenn unzählige Bands und Alben seit einigen Jahren verboten waren. Es kam ganz auf den „Härtegrad" an, ob ein Album verkauft werden durfte oder nicht, denn zu aggressive und harte Musik war schon lange nicht mehr legal. Offenbar fürchtete die Politik, dass diese Musikrichtung bei einigen Leuten eine „rebellische Grundhaltung" hervorrufen könnte, weshalb sie wie keine andere kritisch beäugt wurde.

Aber alles, was es hier bei „Jupiter" zu kaufen gab, war selbstverständlich vorher eindringlich geprüft worden und daher legal.

„Wir haben mal einen Kriminellen hochgenommen, der hatte eine ganze Sammlung von illegalem „Brutality Hate Metal" in seiner Wohnung. War ein übler Typ. Der hörte Bands wie „Prey World", „Final Blood Crusade" und noch schlimmeres Zeug", bemerkte Marvin mit einer gewissen Faszination.

Loreen nickte, sie trat ungeduldig auf der Stelle. „Ist ja der Hammer, Schatz. Du weißt, dass ich diese Metal-Musik einfach nur schrecklich finde. Die Mall schließt übrigens gleich. Lass uns endlich gehen."

„Ja, sofort!", knurrte Marvin. Er steckte sich zwei Hörknöpfe in die Ohren und drückte auf „Play".

Loreen tippte ihm energisch auf die Schulter. „Schatz, die Mall macht gleich zu."

„Gleich!" Kuhmichel winkte ab und ignorierte seine Frau. Diese sah ihn böse und genervt an, doch Marvin beachtete sie nicht weiter, während ein beinhartes Gitarrenriff seine Ohrmuscheln durchschüttelte.

Die nächsten vier Monate verliefen im Zeichen der üblichen Arbeitsroutine. Der „Grinse-Killer" verschwand aus den Köpfen der Polizeibeamten, da in dieser Zeit keine weiteren Opfer gefunden wurden.
Mehrfach gab es Schießereien in der Frankfurter Innenstadt, wo ein Krieg zwischen türkischen und marokkanischen Drogenhändlern tobte. Insgesamt gab es 38 Tote. Kuhmichel und Keller mussten mehrere Tatorte begutachten, um anschließend Berichte schreiben. Die Polizei hatte zwar eine Reihe von Verdächtigen im Blick, aber diese wohnten im Frankfurter Gallusviertel, einem berüchtigten Slum, und Sicherheitskomplexleiter Jürgens entschied schließlich, nicht weiter zu ermitteln. Die Kriminellen sollten ihre Angelegenheiten selbst regeln, meinte er.
In einem anderen Fall war die Frankfurter Polizei wiederum vollkommen anders vorgegangen. Ein Streit zwischen zwei kurdischen Großfamilien im Osten der Stadt war in eine Massenschlägerei mit Toten und Schwerverletzten ausgeartet. Mehrere Angehörige des einen Clans hatten sich in einem Wohnblock verschanzt, der im Gegenzug von ihren Rivalen belagert wurde. Am Ende hatten fast 80 Polizeibeamte, darunter auch Detective Kuhmichel und Detective Keller, ausrücken müssen, um den Aufruhr niederzuschlagen. Die Beamten waren schwer gepanzert mit zwei Anti-Riot-Tanks in das berüchtigte Viertel eingedrungen und hatten den Häuserblock gestürmt, nachdem die Leichtpanzer einfach jeden auf der Straße niedergeschossen hatten.
Schließlich waren auch noch 21 bewaffnete Männer in dem Wohnblock selbst erschossen worden. Alles in allem waren insgesamt 44 Tote zu beklagen. Ein derart brutales

„Dazwischenschlagen" war laut Kuhmichels Vorgesetzten gelegentlich einfach notwendig, um die öffentliche Ordnung in einigen Teilen der verkommenen Mainmetropole nicht völlig zusammenbrechen zu lassen. Zudem versuchte man, den Bewohnern gewisser Brennpunkte durch solche Aktionen doch noch ein wenig Respekt vor den Sicherheitskräften beizubringen, die sich ansonsten weitgehend aus derartigen Dingen heraushielten.

Kuhmichel hatte in seinen 14 Jahren als Polizist erst fünf solcher „Vergeltungsschläge" - so die interne Bezeichnung - mitgemacht, was zeigte, dass so etwas eher selten vorkam.

Die lokalen Medien erwähnten den brutalen Einsatz nur kurz und sprachen lediglich von einem „Familienstreit im Ostende".

Die moderne Jurisdiktion lief fast immer über die automatisierten Gerichtsverfahren und die dahinter stehende Techno-Bürokratie.

Wenn Kuhmichel, Keller und ihre Kollegen raus mussten, dann ging es meistens darum, Bürger abzuholen und sie zu einer Gerichtszelle zu bringen, wenn sie ihre AG-Vorladung ignoriert hatten. Gelegentlich protestierte einer und musste dann mit dem Knüppel gefügig gemacht werden.

Bürger, die in besonders gefährlichen Problemvierteln lebten, wurden hingegen des Öfteren „übersehen" und ihre AG-Verfahren eingestellt.

In Frankfurt am Main war die Kriminalität nicht besonders hoch - laut den offiziellen Statistiken. Ein Großteil der schweren Straftaten, die in den verwahrlosten Ghettos und Slumvierteln verübt wurden, fiel nämlich einfach unter den Tisch. „Normale Bürger" jedoch, also Perso-

nen, die eine Arbeit hatten und demnach überhaupt in der Lage waren, Strafen zu bezahlen, wurden hingegen nicht ignoriert, sondern gnadenlos zur Kasse gebeten und oft sehr hart bestraft.
So lief es in „Europa-Mitte" und auch Kuhmichel hatte es aufgegeben, sich darüber noch Gedanken zu machen.
In anderen Regionen des riesigen Verwaltungssektors, der das Gebiet der ehemaligen Staaten „Deutschland", „Österreich", „Schweiz" und einige mehr umfasste, fing die öffentliche Ordnung dennoch allmählich so sehr zu bröckeln an, dass es selbst Marvin nicht verborgen blieb.
Sie zerbröckelte ebenso wie die allgemeine Infrastruktur, die Straßen, die Kanalsysteme und die Energieversorgung. Stromausfälle waren inzwischen an der Tagesordnung, nicht nur in den Slums.
Besonders schlimm war es im Nordosten des Lokalsektors „D-Ost I" geworden, dem ehemaligen Bundesland „Mecklenburg-Vorpommern".
Hier war die „Deutsche Freiheitsbewegung" seit Anfang des Jahres 2046 zu einer regelrechten Offensive gegen das „System" übergegangen. In Wismar war Ende Januar ein Sprengstoffanschlag auf das Zentralgebäude der lokalen Scanchip-Registrierungsbehörde verübt worden, bei dem mehrere Angestellte getötet worden waren.
Außerdem war der Stadtverwalter von Anklam ein paar Tage später von Unbekannten erschossen worden. Die Behörden vermuteten hinter dem Anschlag Mitglieder der DFB.
Die Untergrundorganisation hatte weiterhin sämtliche Nichtdeutsche aufgefordert, den Lokalsektor „D-Ost I" zu verlassen, was die meisten von ihnen aus Furcht ohnehin längst getan hatten.

Langsam aber sicher wurde die dünnbesiedelte Region im Nordosten des Subverwaltungssektors „Deutschland" zu einem Landstrich, in dem die militante Widerstandsbewegung in immer mehr Dörfern und Kleinstädten das Sagen hatte.

Die gewöhnlichen Polizisten vor Ort schauten inzwischen weg oder arrangierten sich mit den Aufständischen, um noch halbwegs in Ruhe leben zu können. Das Erstarken der DFB in einigen Teilen des Lokalsektors „D-Ost I" konnte nicht einmal mehr durch die ständigen Vergeltungs- und Verhaftungsaktionen der GSA verhindert werden.

Da kein Sozialsystem mehr existierte und nur noch eine Minimal-Einheitsrente ausgezahlt wurde, war die Armut für Millionen derart extrem geworden, dass sie sich zu blinder Gewalt und offenem Aufruhr hinreißen ließen.

Schließlich wurden im März 2046 sogar einige Einheiten der Global Control Force, also der internationalen Armee der Weltregierung, in den Problemsektor verlegt. Doch die Aufgabe der Soldaten beschränkte sich weitgehend darauf, die inzwischen panisch gewordenen Stadtverwalter und andere Diener der Regierung zu schützen.

Nach und nach wurden die Wohnhäuser dieser Personen in regelrechte Festungen verwandelt, die von Stacheldrahtzäunen und Wachposten umgeben waren.

Das Gleiche galt auch für diverse öffentliche Gebäude in den größeren Städten des Lokalsektors, etwa Rostock, Wismar oder Stralsund. Presse- und Medienzentren, die beliebte Ziele der Aufständischen darstellten, glichen mittlerweile schwer bewachten Trutzburgen, die sich vom Rest der Bevölkerung abschotteten. Auch die gewöhnlichen Deutschen im Lokalsektor „D- Ost I" wurden im-

mer aufsässiger. Sie ignorierten zunehmend die AG-Vorladungen, verweigerten den lokalen Behörden den Gehorsam oder ließen sich keine Scanchips einpflanzen. Manche von ihnen versorgten die DFB-Mitglieder sogar mit Nahrungsmitteln und gewährten ihnen Unterschlupf.
Als sich das erste Quartal des Jahres 2046 schließlich dem Ende zuneigte, waren einige Regionen im Osten des Subverwaltungssektors „Deutschland", auch außerhalb von „D-Ost I", bereits von einer allgemeinen Stimmung der Aufsässigkeit erfasst worden.
Marvin Kuhmichel hatte derweil weiterhin stumpfsinnig seinen Job gemacht und seinen einwöchigen Urlaub Anfang Dezember 2045 mit Loreen weitgehend in der Central City Shopping Mall verbracht.
Anschließend hatten sie zu Hause Sylvester gefeiert - wie immer nur zu zweit - und sich die Neujahrsansprache von Dieter Bückling, dem Hauptverwalter des Subsektors „Deutschlands", im Fernsehen abgesehen.
Bückling hatte davon gesprochen, dass das nächste Jahr ganz im Zeichen des Weltfriedens stehen würde. Endlich, so hatte er verkündet, wären die Weltregierung und der Nationenbund der Rus auf dem Weg zu einer echten Versöhnung. Niemand bräuchte sich mehr Sorgen zu machen, denn die Kriegsgefahr sei endlich gebannt.
Marvin Kuhmichel hatte zum ersten Mal Zweifel an Bücklings Aussagen gegenüber Loreen geäußert, doch diese hatte erwidert, dass sie inzwischen viel beruhigter wäre und alles ein wenig gelassener sehen würde.

Für sein viertes Opfer hatte sich der „Grinse-Killer" wieder etwas Neues ausgedacht. Ein Spaziergänger hatte die Leiche der jungen Frau vormittags in einem Waldstück

außerhalb der Stadt entdeckt und sofort die Polizei gerufen. Leise murrend und vom strömenden Regen durchnässt stapften die Beamten durch das Dickicht und Kuhmichel zog den Kragen seines Mantels fluchend noch etwas höher, als ihm der Wind die Regentropfen ins Gesicht peitschte. Neun weitere Polizisten folgten ihm, natürlich auch Kevin Keller, der ebenfalls wenig begeistert von diesem unerwarteten Waldspaziergang war.
„Dort hinten ist sie!", sagte der Rang 2 Detective neben Marvin und verzog angewidert das Gesicht.
Sie kamen näher und musterten das Grauen zu ihren Füßen. Eine tote Frau hockte vor einem Baum, die graublauen Beine gespreizt, die Hände hinter dem Baum mit Stacheldraht zusammengebunden. Um ihren Hals war ebenfalls Stacheldraht geschlungen worden, so dass sie wieder einmal nach vorn schaute und dem Betrachter ihr totes Grinsen zeigen konnte.
Das Übliche, dachte Kuhmichel verstört - nur diesmal an einem Baum. Der Polizist sah auf die zarten, langen Zehen der Leiche herab, die aus dem nassen Gras ragten. Sie hatten eine dunkelblaue Farbe angenommen. Die milchigen Augen der Toten glotzten gespenstisch geradeaus.
In ihrem blutverschmierten Unterleib steckte diesmal ein rostiges Brotmesser mit gezackter Klinge.
„Die ist wohl schon ein paar Tage hier, schon ein bissel verwest, gell?", bemerkte Keller und sein ansonsten leicht hessischer Akzent war diesmal unüberhörbar.
Kuhmichel beugte sich derweil zu der Toten herab und machte ein paar Fotos. Diesmal hatte der Mörder keinen seiner zynischen Sprüche irgendwo hin geschrieben.
„Dieser Mist muss doch irgendwann einmal aufhören", murmelte einer der Polizisten im Hintergrund.

Marvin betastete die eingefallenen Wangen der Leiche, nachdem er sich Gummihandschuhe übergezogen hatte. Er tippte mit dem Zeigefinger gegen eine der rostigen, mit getrocknetem Blut verkrusteten Klammern, die das breite Grinsen der Toten für die Nachwelt festhielten. Dann fuhr sein Zeigefinger in den Mund der schon halb verfaulten Leiche, denn er hatte ein Stück Plastikfolie zwischen ihren Zähnen schimmern sehen. Er zog es heraus und stutzte.

„Der Mörder hat einen kleinen Zettel in Plastikfolie eingewickelt und ihn ihr in den Mund gesteckt", sagte er zu den anderen.

„Na, toll", brummte Keller.

Kuhmichel gab das winzige Päckchen einem seiner Kollegen und dieser schälte den Zettel heraus. Kurz darauf las er laut vor: „Scanfleisch Maid. Made a little walk…"

„Ein echter Spaßvogel!", kam von Keller.

Der rundliche Beamte erntete von seinen Kollegen einen wenig begeisterten Blick. Kuhmichel kam auf ihn zu und sagte energisch: „Wir müssen die Leiche genau untersuchen. Irgendetwas müssen wir doch endlich einmal finden."

„Wir bringen sie einfach in die Pathologie. Sollen sich die Eierköppe da mit ihr beschäftigen. Vielleicht finden die ja was raus. Glaube ich aber kaum, wenn ich ehrlich bin", meinte einer der anderen Polizisten und machte sich mit einer Zange daran, den Stacheldraht zu zerschneiden.

„Vielleicht hat dieser Hurensohn ja diesmal einen Fehler gemacht, so dass wir ihn am Ende doch in die Finger kriegen", grollte Marvin.

„Wir machen sie los und nehmen sie mit. Schauen wir mal, ob noch was dabei rauskommt", fügte Keller mit erdrückender Sachlichkeit hinzu.

Marvin schimpfte kaum hörbar vor sich hin und sagte seinen Kollegen, dass er erst einmal einen warmen Tee bräuchte.

„Ich hole mal die Thermoskanne, ja?", grummelte er.

„Bring meine auch mit", antwortete Keller, doch Kuhmichel war schon losgelaufen und hatte die Bitte seines Kollegen überhört.

Er ging zurück zum Streifenwagen, der in einigen hundert Metern Entfernung am Rand einer Landstraße stand.

Schweigend betrachtete er dabei die dunkelgrünen Baumwipfel über seinem Kopf, die vor dem trüben Wolkenhimmel sanft hin und her wogten. Alles war still in diesem Wald, totenstill.

Nicht einmal ein Tier gab irgendwo im Dickicht einen Laut von sich. Kuhmichel fühlte sich in diesem Moment allein mit dem prasselnden Regen und dem Gefühl, dass endlich etwas getan werden musste.

Jaqueline Teese, das vierte Opfer des „Grinse-Killers", war 24 Jahre alt und hatte vor einem Jahr ihr Studium an der Marc-Zuckerberg-University in Frankfurt am Main begonnen. Sie hatte „Global Business Science" studiert und vielleicht davon geträumt, eines Tages in einem internationalen Konzern das große Geld machen zu können. So jedenfalls umschrieb es Kollege Keller.

Gestern war sie von einem der Pathologen im Keller des Sicherheitskomplexes FAM-IV untersucht und anschießend eingeäschert worden. „Tod durch Verbluten nach schwerer Stichwunde" hatte der Fachmann herausgefunden. Das hätte sich Kuhmichel allerdings auch selbst zusammenreimen können. Jedenfalls war Jaqueline Teese das erste der vier Opfer, das überhaupt von einem Pathologen untersucht worden war.

„Die Sache wird langsam nervig", hatte Sicherheitskomplexleiter Jürgens die Mordserie des „Grinse-Killers" kommentiert und die teure und zeitaufwendige Untersuchung dann doch erlaubt.

Marvin kochte inzwischen vor Zorn und nahm diesen Fall langsam persönlich. Er stellte sich manchmal vor, wenn er wieder einmal Daten eintippte oder Automatisierte Gerichtsverfahren durchwinkte, dass er dem Mörder der jungen Frauen mit einem Skalpell ebenfalls ein Grinsen verpasste, bevor er ihm mit einem Brecheisen den Schädel einschlug. Sicherlich waren derartige Tagträume nicht sehr professionell, aber Kuhmichel schämte sich seiner Rachefantasien nicht.

„Ja, das hätte dieser Drecksack mehr als verdient", sagte er dann zu sich selbst und ballte zornig die Faust in der Tasche, ohne es zu merken.

Marvin blickte auf und lächelte verhalten, als der Pathologe, der die Leiche von Jaqueline Teese untersucht hatte, das Büro betrat. Auch Keller drehte dem hageren Mann im weißen Kittel den Kopf zu und glotzte ihn fragend an.

Bevor der Sachverständige etwas sagen konnte, bemerkte Marvin: „Ich habe die Scanchipdaten des Opfers überprüft. Auch die Telefonverbindungen. War nichts dabei, was ich für brauchbar halte."

„Das klingt, als ob auch Nummer 4 bei den Akten landen wird", fügte Keller hinzu.

Der Pathologe räusperte sich und kratzte sich am Hinterkopf. „Eine Sache hätte ich noch, Detective Kuhmichel."

„So?", kam zurück.

„Nur der Vollständigkeit halber: Bevor Sie den Fall eintüten und ins ewige Datennirvana schicken, speisen Sie bitte noch dieses Foto ein. Es ist das Foto von ihrem Tattoo. Das hatte die junge Dame über dem Hintern."

Der Pathologe beugte sich zu Kuhmichel herab und hielt ihm das Display seiner Digitalkamera unter die Nase. Dieser stieß ein verwundertes Brummen aus und betrachtete nachdenklich das Foto. Die Tätowierung zeigte ein verschnörkeltes Symbol, das einem Stern ähnlich sah. Darüber stand der Schriftzug „Official GF Chick".

„Was soll das bedeuten?", murmelte er.

„Keine Ahnung. Speisen Sie es ein und dann ist der Fall abgeschlossen, Herr Kollege", antwortete der Pathologe mit tonloser Stimme.

Anschließend ging der schlaksige Mann wieder hinaus, ohne sich noch einmal umzusehen. Kuhmichel blickte ihm fragend hinterher und beäugte dann die flache Digitalkamera, die ihm der Pathologe auf den Schreibtisch gelegt hatte.

„Ich habe hier schon wieder sechs neue AGs bekommen. Heute geht es ja richtig rund", stöhnte Keller im Hintergrund und neigte seinen Rundkopf zur Seite, als ob er von seinem Kollegen ein paar Worte des Trostes erwartete.

Kuhmichel jedoch beachtete ihn nicht weiter und starrte ununterbrochen das Bild an. Dann sagte er: „Ich würde gerne wissen, was dieses Tattoo aussagen soll. Außerdem wüsste ich gerne, was das für ein Symbol ist."

„Irgendein Symbol halt. Hast du deine ganzen AGs schon fertig?", brummelte Keller.

„Damit befasse ich mich später. Ich will erst einmal wissen, welche Bedeutung dieses seltsame Zeichen und der komische Spruch haben", erwiderte Kuhmichel und ging ins Internet.
Der untersetzte Kollege am gegenüberliegenden Schreibtisch ließ noch einen Spruch los, den Marvin überhörte. Sogleich begann er mit der Recherche.
„Official GF Chick" gab der Polizist als Suchbegriff ein und wurde schon im nächsten Augenblick fündig - zumindest was eine Reihe von Webseiten betraf, die diese Keywords enthielten.
Zunächst klickte er auf „Myface.com", das weltweit bekannteste Social Network. Hier gab es zwei Gruppen, die „Official GF Chicks" hießen. Weiterhin hatten mehrere Dutzend User von Myface.com diesen Begriff unter den Rubriken „Hobbys" oder „Interessen" angegeben.
Kuhmichel hielt den Atem an und starrte auf den Bildschirm. Er sah sich die Profile der User an, die in der ersten Gruppe, die sich „Official GF Chicks" nannte, aufgelistet waren. Es waren allesamt junge Frauen. Das Gleiche galt für die zweite Gruppe. Häufig überschnitten sich auch die Mitgliedschaften.
Unter den 233 Userinnen, die in der ersten Gruppe waren, befand sich auch Jaqueline Teese. Kuhmichel ging auf das Myface-Profil der Toten und untersuchte es etwas genauer.
Kurz darauf wusste er auch, was „GF" bedeutete. Das Kürzel stand für „Great Freedom", eine der Studentenverbindungen in Frankfurt am Main.
Jaqueline Teese war wirklich eine hübsche, blonde Frau gewesen, dachte Marvin. Sogar sehr hübsch. Nein, nicht nur hübsch, sie war eine wahrhaftige Schönheit gewesen,

wie die vielen Fotos, auf denen sie halbnackt im Internet posierte, bewiesen.
Und die junge Studentin war auch noch Mitglied in anderen „Interessensgruppen" gewesen. Unter anderem: „Frankfurt Uni Whores" oder „Cock Lovin` Girlz".
Kuhmichel schüttelte den Kopf, als er einige der Kommentare unter Jaquelines Fotos las. Auch ihre „Myface-Freunde", genau 3247 an der Zahl, hatten zum Teil bemerkenswerte Namen. Von „Jimmy the Dick" bis hin zu „Black Party Boy" war alles vertreten.
Schließlich verließ der Beamte Myface.com wieder und suchte nach „Great Freedom Frankfurt". Sekunden später befand er sich schon auf der Homepage der Studentenverbindung und sah sich die Bildergalerie an.
„Scheint ja ein Haufen recht feierfreudiger, reicher Kids zu sein", murmelte er und notierte sich die Adresse des Verbindungshauses.
„Was machst du denn da? AGs?", fragte Keller neugierig.
„Nein, Kevin!", antwortete Kuhmichel und lugte am Flachbildschirm seines Computers vorbei. „Ich erlaube mir noch etwas in einem Mordfall zu ermitteln."

Der Verdächtige

Der heutige Fernsehabend stand ganz im Zeichen eines unzufriedenen Detectives, der nicht aufhören konnte, ständig dazwischenzureden. Dies sei wirklich störend, bemerkte Loreen mehrfach, doch ihr Mann ließ sich auch davon nicht abhalten.
„Mamadou hat wieder „Quiek!" gesagt. Hast du gehört, Schatz?", stieß Loreen aus und klopfte sich auf die Schenkel.
Marvin verzog den Mund. Jetzt schaute seine Frau schon wieder diese Doku-Soap, dachte er verärgert und kratzte sich brummelnd am Kinn.
„Immer, wenn er nicht weiß, was er sagen soll, dann macht Mamadou einfach „Quiek!". Das ist so bescheuert! Hi! Hi!", rief Loreen. Sie deutete auf den Bildschirm.
Eine schallende Lachdose kam aus dem Fernseher und unterstrich die unglaublich witzige Szene. Loreen ergriff Marvins Hand und starrte vollkommen fasziniert in die Röhre.
„Quiek!"
„Quiek!"
„Quiek!"
Kuhmichel zog seine Augen zu einem dünnen Schlitz zusammen und brütete schweigend vor sich hin, während weitere Lachdosen aus der Glotze quollen. „Quiek!"
„Ich glaube manchmal, dass unsere Welt irgendwie nicht mehr rund läuft. Ich meine, dass sie nicht mehr normal ist", sagte er.
„Quiek!" Diesmal klang Loreens Lachen meckernd.

„Irgendetwas ist faul an unserer Welt. Es sieht nicht gut aus, wenn man einmal genauer hinsieht, nicht wahr?", fuhr Marvin fort.
„Was?", stammelte sie.
Er drehte ihr den Kopf zu. „Findest du, dass wir in einem schönen Land leben, Schatz? Bist du zufrieden mit allem?"
Die Späße der Fun-WG im Fernsehen waren einfach zu überwältigend. Loreen hatte seine Frage überhaupt nicht gehört.
„Ich habe ja noch eine Arbeit – und du auch. Aber so viele Millionen Menschen in „Europa-Mitte" haben gar nichts mehr. Allein in Frankfurt leben Zehntausende von Obdachlosen. Es sind Massen und es werden immer mehr.
Und dann diese Ghettos, in die sich kein normaler Mensch mehr hineintraut. Die meisten Viertel dieser Stadt sind einfach nur noch elende Drecklöcher, wo alles verrottet."
„Obdachlose?", wunderte sich Loreen und wandte ihren Blick für einen kurzen Moment von der Fernsehkiste ab.
„Ja! Wer keine Arbeit mehr hat, bekommt keinen einzigen Globe vom Staat. So ist es seit Jahren. Viele gehen einfach vor die Hunde und haben auch keine Chance mehr, noch irgendwo unter zu kommen. Das sind doch keine normalen Verhältnisse, oder?", fand Marvin.
„Von Obdachlosen halte ich mich fern", bemerkte Loreen.
Kuhmichel stöhnte genervt auf. „Das meine ich nicht. Dieses ganze Land zerfällt immer weiter. Es wird immer schlimmer und die Regierung tut überhaupt nichts dagegen. Im Gegenteil, sie redet den Zerfall lediglich schön.

Den Eindruck habe ich manchmal. Es geht einfach immer so weiter..."
„Quiek!" Einer aus der Fun-WG im Fernsehen machte einen Handstand und Loreen lachte sich schlapp.
„Ich gehe ins Bett!", knurrte Marvin und seine Frau wirkte verdutzt.
„Ich dachte, wir wollten „Alle sind da!" noch zu Ende gucken", sagte sie.
„Nein! Ich bin müde, Schatz!" Marvin stand von der Couch auf und ging aus dem Wohnzimmer, während ihm Loreen mit fragender Miene nachblickte.
„Quiek!", kam es aus der Glotze und eine laute Lachsalve folgte.

Sicherheitskomplexleiter Jürgens wälzte ein paar Akten, was im Jahre 2046 bedeutete, dass er die Daten einiger bereits autorisierter AGs noch einmal durchsah, um dann auf „Manuell überprüft" zu klicken.
Als Chef von FAM-IV musste er gelegentlich Stichproben machen und das tat Jürgens eigentlich die meiste Zeit.
Als jemand an die Tür seines Büros klopfte, sah er kurz auf und rief: „Herein!"
Es war Detective Kuhmichel, der auf seinen Schreibtisch zueilte und ihn anlächelte. Jürgens nippte an einer Kaffeetasse und kratzte sich an der grauen Schläfe.
„Ja?"
„Ich glaube, wir haben eine erste Spur im Grinse-Killer-Fall. Also einen ersten Hinweis", erklärte Kuhmichel freudig und wartete auf eine anerkennende Geste seines Vorgesetzten.
„Ist das so?"

„Ja, Chef. Diese Jaqueline Teese, das letzte Opfer des Serienmörders, hatte eine Tätowierung, die mich stutzig gemacht hat. Das hat etwas mit einer Studentenverbindung an der Frankfurter Marc-Zuckerberg-Universität zu tun, wie ich mittlerweile herausgefunden habe", sagte Marvin.
„Ach?", brummte Jürgens.
„Ich würde gerne einmal mit Keller zu dem Haus dieser Verbindung fahren, um ein paar Nachforschungen an zu stellen. Geht das in Ordnung, Chef?"
Der ergraute Vorgesetzte wirkte nicht sonderlich begeistert und antwortete: „Halten Sie das wirklich für nötig? Was ist mit den AGs auf Ihrem Schreibtisch, Kuhmichel?"
„Darum kümmere ich mich, wenn wir wieder da sind. Versprochen! So schnell wie möglich, Herr Jürgens. Aber erst einmal wollen Keller und ich zu diesem Verbindungshaus."
Jürgens grinste. „Keller will mit Ihnen da hin?"
„Naja, ich nehme ihn einfach mit", gab Kuhmichel zurück.
„Und wie lange wird der Spaß dauern?", wollte der Chef wissen.
„Ich tippe mal auf zwei bis drei Stunden. Länger bestimmt nicht, Herr Jürgens. Wir werden die Sache zügig durchziehen", versprach der Detective und war angesichts des offenen Desinteresses seines Vorgesetzten etwas enttäuscht.
Dieser strich sich mit der rechten Hand über das Gesicht, als wolle er seine Falten glatt ziehen. Daraufhin nickte er, um zu erwidern: „Versuchen Sie, es in etwa zwei Stunden zu erledigen, Kuhmichel."

„Wird wohl klappen, Chef", meinte Marvin.
„Ich verstehe zwar nicht, was diese Studentenverbindung mit dem Verrückten zu tun haben soll, aber von mir aus...", murmelte der Sicherheitskomplexleiter teilnahmslos.

Kuhmichel beschleunigte entschlossen den Streifenwagen und huschte noch in der Gelbphase über eine Ampel. Sein Kollege Keller sah sich indes schuldbewusst um, während Marvin grinsen musste.
„War noch gelb, Kevin. Also mach dir nicht ins Hemd", sagte er schmunzelnd.
„Auch wir werden zur Kasse gebeten, wenn wir Mist bauen. Das weißt du ja hoffentlich", nörgelte der pummelige Erbsenzähler.
Kuhmichel gab ihm keine Antwort, grinste allerdings noch immer. Er fuhr eine breite Hauptstraße hinab und bog dann nach links ab. Inzwischen hatten sie das Frankfurter Westend, einen nach wie vor noch recht sauberen und teilweise sogar nobel wirkenden Stadtteil, erreicht. Kuhmichel wunderte sich über die vielen, neuen Autos, die hier überall am Straßenrand standen. Im Westend wohnten eine Menge Leute mit Geld, das wusste jeder.
Zehn Minuten später waren sie am Ziel und sahen das prächtige, weiße Verbindungshaus zu ihrer Rechten. Kuhmichel parkte den Streifenwagen unmittelbar davor und stieg aus, während sein Kollege noch immer leise vor sich hin moserte, da er der Meinung war, dass dies alles reine Zeitverschwendung wäre.
Der Bürgersteig war völlig frei von Unrat und Müll und die große Rasenfläche vor dem Verbindungshaus, das wohl noch aus der alten Zeit stammte, sah äußerst ge-

pflegt aus. Keller fluchte im Hintergrund, doch Marvin nickte ihm mit ernstem Blick zu und winkte ihn zu sich.
„Komm jetzt endlich! Und hör mit der albernen Heulerei auf. Vielleicht finden wir ja doch etwas raus", knurrte er.
„Die Tusse war ein GF Hühnchen. Ja, großartig! Das ist nicht verboten, Marvin", meckerte Keller und folgte seinem Kollegen widerwillig zum Verbindungshaus.
Kurz darauf standen sie vor einer mit zahllosen Schnörkeln und dem Sternensymbol der Verbindung verzierten Eingangstür aus polierter Bronze. Kuhmichel sah nach oben und bewunderte für einen Moment die schöne, alte Baukunst des Hauses. So etwas gab es schon lange nicht mehr, dachte er.
Keller klingelte bereits Sturm und stemmte die Arme in die Hüften. Er schnaubte wie ein wütender Ochse und schob seine wulstige Unterlippe nach oben. Marvin verdrehte die Augen und musste schmunzeln, als er seinen Partner beobachtete.
Drinnen hörten sie Schritte; dann wurde die protzige Tür zaghaft geöffnet. Ein junger Mann mit rotblondem Haar streckte den Kopf zunächst durch einen Spalt und glotzte Kuhmichel mit blutunterlaufenen Augen an.
„Was ist denn?", stammelte er genervt.
„Detective Kuhmichel und Detective Keller, Sicherheitskomplex FAM-IV", erwiderte Ersterer barsch „Dürfen wir eintreten?"
„Und was wollen sie?", hakte der junge Mann schnodderig nach. Im gleichen Moment sah man hinter ihm einen Asiaten mit modischer Designerbrille und Pomadenfrisur auftauchen.
„Ohne Durchsuchungsbefehl darf hier keiner rein, Herr Wachmeister", rief der Kerl lachend.

„Leben wir vielleicht im letzten Jahrhundert, Junge?", zischte Keller verärgert.
„Gucken Sie doch einfach auf unsere Scanchips. Wir haben nichts Unrechtes getan", provozierte der rothaarige Student.
Kuhmichel lächelte ihn mit kaltem Blick an. Er ging einen Schritt vorwärts und riss die Tür auf, während die beiden jungen Männer eingeschüchtert zurückwichen und sich hinter ihnen einige ihrer Kommilitonen versammelten.
„Ihr zwei habt wirklich schöne, weiße Schneidezähne. Möchtet ihr die behalten?", flüsterte Kuhmichel dem Rotschopf und seinem asiatischen Verbindungsbruder mit finsterem Blick zu.
Keller schubste den Pomadenigel in der nächsten Sekunde unsanft zur Seite. „So, sind wir uns langsam einig?"
„Ja, keine Panik, Bruder!", antwortete dieser und hob beschwichtigend die Hände.
„Ich bin nicht dein Bruder, du Schleimkopp. Wenn das so wäre, würde ich meine Eltern verklagen", grantelte Keller.
„War das jetzt eine rassistische Bemerkung? Sie wissen, dass Sie als Polizist derartige Dinge nicht sagen dürfen", beschwerte sich der Asiate mit der Designerbrille.
„Mongoloide gibt es überall - nicht nur in Asien", konterte Keller hämisch, während es Kuhmichel allmählich zu bunt wurde.
„Alle Anwesenden holen jetzt sofort ihre Scanchips raus! Schluss mit dem Kindergarten! Los! Los!", brüllte er. Die Studenten gehorchten.
„Habt ihr hier einen Besprechungsraum?", brummte Keller in Richtung des rotblonden Burschen.
„Ja, erste Etage", kam zurück.

„Dann werden wir uns dort mal ein wenig unterhalten, Herrschaften", rief Marvin und hob den Zeigefinger.

Es dauerte nicht lange, da standen die beiden Polizisten 16 jungen Männern gegenüber. Diese waren längst nicht mehr so vorlaut wie am Anfang, nachdem ihnen Kuhmichel noch einmal ein Verhör im Keller des Sicherheitskomplexes FAM-IV angedroht hatte.
„Ihr studiert also alle Global Business Science, wie?", donnerte Keller und stolzierte wie ein Gockel vor den Burschen auf und ab. „Muss ich das auch erst studieren, bevor ich mir Schleim in die Haare schmieren darf?"
Die Studenten nickten wie aus einem Guss. Kuhmichel, der sich auf einem antiken, mit dunkelgrünem Samt bezogenen Sessel in der Ecke des Besprechungsraumes niedergelassen hatte und seinem Kollegen zusah, erhob sich wieder. Mit einem Foto von Jaqueline Teese kam er auf die Jungakademiker zu.
„Die hier war ein sogenanntes „Official GF Chick"? Kann mir einer von euch erklären, was das genau ist?", fragte er.
„Was meinen Sie mit „war", Detective?", wollte einer der Studenten wissen.
„Das Mädel ist tot. Deshalb „war"…", fuhr Keller dazwischen.
„Warum ist sie denn tot?", kam von einem der Verbindungsbrüder zurück.
„Bei der nächsten dämlichen Frage gibt es was in die Fresse! Ist das jetzt klar? Kannte einer von euch diese Frau?", brüllte Kuhmichel und hielt das Foto hoch.
Es folgte betretenes Schweigen. Die beiden Polizeibeamten wurden energischer. Kuhmichel packte einen der Stu-

denten am Hals und schrie ihn an: „Du siehst so aus, als würde es in deinem Kopf rattern. Hast du etwas zu sagen?"
„Nein, wirklich nicht", jammerte die verängstigte Gestalt und röchelte leise. Marvin stieß ihn zurück.
„Was ist ein „Official GF Chick"? Weiß das keiner vor euch? Müssen wir euch erst alle mal im Keller in die Mangel nehmen?", grollte er und wurde angesichts der reichen Söhnchen und dem sie umgebenden Prunk immer giftiger.
„Naja, das ist so ein Partygirl. Also ein Mädel, das hier zu unseren Partys kommt und so…", stammelte der Rotschopf, der den Beamten die Tür geöffnet hatte.
Kuhmichels graublaue Augen funkelten ihn böse an.
„Weiter! Diese Mädels kommen hier in euer schönes Haus und lassen sich flachlegen, ja?"
Der Student antwortete mit einem verschämten Nicken. Seine Kommilitonen starrten auf den Boden und gaben keinen Laut mehr vor sich.
„Aber die war nie hier, richtig?", schob Kuhmichel nach.
„Kann sein, dass die auch mal auf einer Feier gewesen ist. Hier sind jedes Wochenende Partys", antwortete ein schmalbrüstiger Junge im Hintergrund.
„Kann sein…kann sein…", äffte Keller den Studenten nach. Er sprang vor und gab ihm eine schallende Ohrfeige. „Willst du uns verarschen, du kleines Milchgesicht? War sie hier oder nicht?"
„Ja, ich glaube, ich habe sie schon einmal gesehen. Die war mal mit Steven hier", meinte ein hagerer Bursche mit zurückgekämmten, schwarzen Haaren.

Kuhmichel grinste und sah an dem Studenten vorbei. Dann deutete er auf ein Porträt hinter ihm an der dunkelrot gestrichenen Wand des Raumes.
„Wer ist das eigentlich? Der Gründer eures exklusiven Reiche-Söhnchen-Clubs?", knurrte er.
„Nein, das ist David Rockefeller. Ein großer Mann", erwiderte einer der jungen Männer.
„David Rockefeller? Kenne ich nicht. War der auch so eine Schwuchtel wie du?" Kuhmichel lachte bellend auf.
„Wie auch immer, dieses Mädchen war demnach die Freundin von einem Steven", sagte Keller genervt. „Hat dieser Steven auch einen Nachnamen?"
„Ich habe nur gesagt, dass die junge Frau vermutlich einmal mit Steven hier war. Ich meine Steven Weiss. Er heißt Steven Weiss!", ergänzte der Student und lächelte beschwichtigend.
Kuhmichel drehte sich seinem Kollegen zu und verschränkte die Arme vor der Brust. Jetzt sah er äußerst finster und bedrohlich aus.
„Wir brauchen eine Liste aller Mitglieder dieser Verbindung. Und diesen Steven werde ich mir persönlich vornehmen", brummte er Keller zu.

Am nächsten Tag holten Kuhmichel und Keller Steven Weiss, einen kleinen, dicklichen Studenten, direkt vom Campus der Marc-Zuckerberg-Universität im Stadtzentrum ab und schleppten ihn zum Sicherheitskomplex FAM-IV. Wer Kuhmichel bisher nur für einen gemütlichen Schreibtischhengst gehalten hatte, wurde im Verlauf des folgenden Verhörs eines Besseren belehrt. Weiss, der gerade einmal 23 Jahre alt war und empört auf die „Freiheitsberaubung" reagiert hatte, wurde nun intensiv befragt, wobei er anfangs wenig Kooperationsbereitschaft zeigte. Er verhielt sich den Beamten gegenüber frech und überheblich und drohte Kuhmichel sogar damit, ihm „richtige Probleme" zu bereiten, da sein Vater ein einflussreicher Mann mit einer Menge Beziehungen zum Innenministerium des Subverwaltungssektors „Deutschland" war.

Doch Marvin, der diese reichen Söhnchen mehr als alles andere hasste, zeigte sich davon unbeeindruckt. Keller hingegen wirkte plötzlich recht zurückhaltend und verwies seinen Kollegen auf eventuelle Konsequenzen, wenn man die Sprösslinge einflussreicher Personen zu hart ins Gebet nahm.

„Ich muss hier überhaupt nichts sagen, wenn ich nicht will!", schrie Weiss Kuhmichel an, was dazu führte, dass die in einem Quarzhandschuh steckende Faust des Polizisten in der nächsten Sekunde sein Nasenbein zertrümmerte.

In den folgenden zehn Minuten war die kleine Betonzelle im Kellergeschoss des Sicherheitskomplexes von dem jämmerlichen Wehklagen des Studenten erfüllt, der im weiteren Verlauf des Verhörs noch drei Zähne verlor und einen Schlüsselbeinbruch davontrug. Am Ende lag Steven Weiss in einer Ecke des halbdunklen Raumes und Kuhmichel starrte auf ihn herab.

„Ich war einmal mit dieser Jaqueline auf einer Party und hatte was mit ihr. Ich kannte sie nur flüchtig aus einem Seminar über die Geschichte der Globalisierung. Ansonsten hing sie meistens mit Dave rum", lamentierte Weiss und spuckte einen Schwall Blut auf den mit hellgrauen Kacheln bedeckten Boden.

„Dave? Dave wer?", brüllte Kuhmichel und trat dem Studenten mit voller Wucht in den Magen.
„Dave Hirschberger! Der ist auch in unserer Verbindung", winselte Weiss. Er hielt sich die Schulter.
„Eigentlich sollte ich ihm noch irgendwas brechen, oder was meinst du? Darauf hätte der kleine Wichser hier doch auch schneller kommen können, oder? Was meinst du, Kevin? Soll ich ihm noch ein wenig die Fresse zerlegen?"
Kuhmichel packte den Studenten an den Haaren und sah ihm in die Augen. „Fällt dir sonst noch etwas ein, Junge?"
„Lass es jetzt gut sein, Marvin. Komm schon!", mischte sich Keller ein und zog seinen ungestümen Kollegen am Kragen der Uniformjacke zurück.
„Wohnt dieser Dave auch hier in Frankfurt?", hakte Kuhmichel nach.
Die Jammergestalt unter ihm nickte und fing schließlich an zu weinen wie ein kleiner Junge, den man in einen dunklen Schuppen gesperrt hatte.
„Dann verpiss dich jetzt! Du darfst gehen!", sagte Marvin und winkte ab.
Steven Weiss humpelte aus der Zelle heraus und Keller brachte ihn zum Ausgang des Gebäudes. Kuhmichel blieb auf dem langen Korridor stehen, der diesen Abschnitt des Kellergeschosses durchzog, und zog sich die blutverschmierten Handschuhe aus. Mit einem befriedigten Lächeln betrachtete er das schwarze Leder, das ein paar kleine Macken abbekommen hatte, als es mit den Schneidezähnen des Verbindungsstudenten kollidiert war.
„Manchmal muss das einfach sein", sagte der Polizist kaum hörbar zu sich selbst und klatschte in die Hände.

Mit aller Kraft versuchte Marvin eine verfaulte Kommode, die jemand vor die Tür gestellt hatte, zur Seite zu wuchten. Schnaufend hob er sie an und zog sie dann auf den mit Müll übersäten Flur der kleinen Wohnung, die von einem entsetzlichen Modergeruch erfüllt war.
Diesmal war er ganz alleine gekommen. Jemand hatte im Sicherheitskomplex FAM-IV angerufen und gesagt, dass er eine weitere Leiche gefunden hatte. Kuhmichel war sofort aus seinem Büro gestürmt, hatte die AGs stehen und liegen lassen und stand nun in einer stockfinsteren Wohnung vor einer verschlossenen Tür, deren rote Lackfarbe schon zum größten Teil abgeblättert war.
Auf dem Boden lag seine Taschenlampe und leuchtete eine Fußleiste an der Wand an. Marvin hatte sie aus der Hand legen müssen, um die sperrige Kommode wegschieben zu können. Nun nahm er die Taschenlampe wieder auf und stellte sich vor die Tür.
„Sie ist hier drin, Herr Polizist!", hörte er eine krächzende Stimme hinter dem rotlackierten Holz.
Er versuchte sich zu beeilen. In der verdreckten, leerstehenden Wohnung gab es keinen Strom mehr, genau wie im Rest dieses hässlichen Häuserblocks, der nach totem Fleisch und Urin stank. Es war ekelhaft und unheimlich zugleich, doch Kuhmichel unterdrückte das unbehagliche Gefühl in seinem Inneren, denn die Lösung des Falles war wichtiger als sein eigenes Befinden.
„Kommen Sie endlich, Herr Polizist! Sie ist hier!", krächzte es hinter der verschlossenen Tür.
Marvin trat so fest er konnte gegen das Holz und die morsche Tür bekam einen tiefen Riss in der Mitte. Grimmig donnerte er mit dem Fuß erneut gegen das brüchig gewordene Holz, die gespenstische Finsternis um ihn

herum tapfer ignorierend. Warum er ganz allein in diesen gottverlassenen Wohnblock gegangen war, wusste er nicht mehr. Er konnte sich einfach nicht mehr daran erinnern, aber das war in diesem Moment nicht wichtig.

Der Fall musste gelöst werden und ihm blieb keine Zeit. Marvin trat noch mehrmals gegen die Tür, bis sie endlich mit einem lauten Krachen in sich zusammenfiel und er den Raum dahinter betreten konnte.

Schlagartig wurde Marvin bewusst, dass er von völliger Dunkelheit und absoluter Stille umgeben war. Er erschauderte und sein Herz fing wie wild zu schlagen an. Dann überfiel ihn eine regelrechte Welle grenzenloser Panik und er versuchte zu schreien, doch eine unsichtbare Hand drückte ihm die Kehle zu.

Hektisch leuchtete Marvin den Raum vor sich aus und der Lichtschein seiner Taschenlampe huschte über ein verrostetes Bett, das in der Mitte des ansonsten leeren Zimmers stand. Auf dem Bett lag eine schon stark verweste Frauenleiche in der typischen Position der Opfer des „Grinse-Killers". Allerdings hing ihr Kopf nach unten, genau wie ihre zerzausten, blonden Haare.

Kuhmichel ging noch einen Schritt vorwärts und leuchtete die Wand hinter dem rostigen Bett an. „Scanfleisch" stand dort in großen, blutigen Lettern an der vergilbten Tapete.

Zitternd und atemlos vor Angst richtete Marvin den Lichtkegel seiner Taschenlampe wieder auf die tote Frau auf dem Bett, deren Haut eine graue Farbe angenommen hatte. In ihrem Bauch steckte ein großes Messer mit langer Klinge und unter ihrem zerschnittenen Gewand hatte sich ein dunkelroter Fleck aus getrocknetem Blut auf der Matratze gebildet.

Der Detective richtete den Lichtschein seiner Taschenlampe auf den nach unten hängenden Kopf des verwesten Etwas auf dem Bett und ging ängstlich einen Schritt zurück. Irgendetwas wurde mit einem leisen Knacken vom Absatz seines Schuhes zermalmt und Kuhmichel zuckte wie vom Blitz getroffen zusammen.
In diesem Moment hob die Leiche ihren Kopf langsam an. Marvin traute seinen Augen nicht und sein Unterkiefer sank nach unten, während er vor Schreck zur Salzsäule zu erstarrte. Das tote Ding drehte ihm den Kopf zu und Kuhmichel sah schließlich direkt in seine verrottete Fratze. Schmale, ausgetrocknete Lippen entblößten gelbliche Zahnstümpfe, verzogen sich zu einem teuflischen Grinsen und glasige Milchaugen richteten ihren Blick auf den panischen Polizisten.
„Loreen!", schrie Marvin, als er erkannte, wer die Tote war.
Seine Zombiefrau neigte ihren Kopf leicht zur Seite und krächzte: „Lass dir endlich den Scanchip implantieren, Schatz!"
In der nächsten Sekunde schoss Marvin wie eine Rakete aus dem Bett und schlug laut schreiend um sich. Der Ellbogen seines rechten Armes traf Loreens Schulter und diese schreckte ebenfalls auf. Verstört sah sie ihren Mann an, der wie ein Verrückter brüllte, als er sie erblickte. Kuhmichel fiel aus dem Bett und riss den kleinen Nachtisch neben sich mit lautem Gepolter zu Boden.

Obwohl sich die zu bearbeitenden AG-Vorlagen inzwischen angehäuft hatten, widmete sich Kuhmichel dem „Grinse-Killer-Fall" am nächsten Tag mit noch größerer Hingabe. Vielleicht hatten sie diesmal endlich eine erste

Spur gefunden, die sie auf die Fährte des Verrückten bringen konnte.

Doch zunächst wollte sich Marvin mit diesem „Dave" befassen. Inzwischen hatte er bereits die primären Daten auf dem Scanchip des Verbindungsstudenten studiert und auf Myface.com das Profil des jungen Mannes gefunden. „Happy fuckin` Daveboy" nannte sich dieser hier und der Detective fand den Kerl schon auf den ersten Blick noch unsympathischer als die anderen Mitglieder von „Great Freedom".

David Hirschbergers Scanchip-Foto zeigte einen süffisant grinsenden jungen Burschen mit dunkelbraunem, leicht lockigem Haar und ebenso dunklen Augen, die etwas Hinterlistiges hatten, wie Kuhmichel meinte.

Auf die übliche Pomade im Haar, die bei „Great Freedom" offenbar Pflicht war, hatte auch Dave nicht verzichtet. Auffällig war die leicht herabhängende Unterlippe des Studenten, die dessen Grinsen noch herausfordernder machte. Laut seinem Myface-Profil stand Hirschberger auf alle Arten von „Chicks", besonders aber auf Blondinen, wie einige seiner Kommentare unterstrichen.

Als Kuhmichel jedoch auf die Scanchips der Eltern des jungen Mannes zugreifen wollte, erlebte er eine Überraschung.

„Nicht autorisiert! Zugriff verweigert!", leuchtete es auf dem Bildschirm auf.

Kuhmichel riss die Augen auf. „Was ist denn jetzt los?"

„Nicht autorisiert! Zugriff verweigert!"

„Nicht autorisiert! Zugriff verweigert!"

Die Meldung kam nach jedem Klick. Verwundert versuchte der Detective anschließend, auf die Subdateien von David Hirscherbergers Scanchip zuzugreifen, denn

hier konnten die Behörden normalerweise alles Mögliche abfragen - von der politischen Einstellung über die sexuelle Orientierung bis hin zum Kaufverhalten des Bürgers. Die versteckten Subdateien eines Scanchips, von deren Existenz der gewöhnliche Bürger nichts wusste, waren der eigentlich interessante Teil der Datenbank, doch auch hier wurde Kuhmichel der Einlass verwehrt. So etwas war ihm in seiner gesamten Dienstzeit noch nie passiert.
„Verdammt! Ich glaube, das System spinnt!", stieß Marvin aus und sah hilfesuchend zu Keller am gegenüberliegenden Schreibtisch herüber.
„Wovon redest du, Marvin?", antwortete dieser.
„Ich komme nicht mehr ins Subdatenverzeichnis von diesem David Hirschberger - und auf die Scanchips seiner Familienmitglieder kann ich überhaupt nicht zugreifen."
„Das kann nicht sein. Du sitzt an einem Polizeirechner und natürlich haben wir die Befugnis, sämtliche Dateien zu lesen. Rede doch keinen Quatsch. Vermutlich hast du dich bloß vertippt."
Kuhmichel klickte erneut. „Nicht autorisiert! Zugriff verweigert!"
„Nein, es geht nicht!", schimpfte er.
Keller kam zu seinem Schreibtisch herübergelaufen und versuchte zu helfen. Doch auch er war schnell mit seinem Latein am Ende, obwohl er die üblichen Tücken des riesigen Datensystems noch besser kannte als sein Kollege. Die beiden versuchten es noch eine Viertelstunde lang und gaben dann frustriert auf.
„Das muss ein Fehler im Programm sein. So etwas ist mir auch noch nie passiert. Keine Ahnung, was da los ist", murmelte Keller und trottete dann wieder zu seinem Rechner zurück.

Am Ende wussten nicht einmal die IT-Experten im Sicherheitskomplex FAM-IV, wie die Sperrung umgangen werden konnte. Es ging einfach nicht und das „Warum" konnte nicht ergründet werden.
Marvin war mittlerweile derart wütend, dass er den Computer am liebsten aus dem Fenster geworfen hätte. Doch besann er sich schnell eines Besseren, da er noch eine Menge Arbeit auf dem Schreibtisch liegen hatte. Inzwischen war er zeitlich schon stark in Verzug geraten.
Am nächsten Morgen war Kuhmichel noch vor seinem Kollegen Keller im Büro und saß bereits am Rechner, als dieser gähnend den Raum betrat. Das war in den letzten Monaten noch nie vorgekommen. Sofort packte er seinen Partner am Arm und zerrte ihn von seinem Schreibtisch weg.
„Wir besuchen jetzt diesen David Hirschberger! Scanchipdateien hin oder her, wir werden schon etwas über den Burschen herausfinden", sagte Kuhmichel voller Tatendrang, während ihn Keller missmutig anstarrte.

Mall Wrecker und reiche Leute

„Ich denke, wir haben Wichtigeres zu tun, Marvin", wehrte sich der Kollege und schüttelte seine Hand ab. Bevor Marvin antworten konnte, wurde er durch das Dröhnen des allgemeinen Dienststellenalarms unterbrochen. An der Zimmerdecke hatte eine rote Lampe zu blinken begonnen und der gesamte Sicherheitskomplex FAM-IV wurde vom einschneidenden Lärm heulender Sirenen erfüllt.
„Großalarm in der Innenstadt! Mall Wrecking auf der Zeil! Alle Beamten sofort zu den Rüstkammern!", schallte es aus dem Lautsprecher auf dem Gang.
„Och, nein!", stöhnte Keller und hielt sich verzweifelt den Kopf.
„Mall Wrecking auf der Zeil! Alle Beamten sofort zu den Rüstkammern! Prioritätsstufe Alpha!"
Kuhmichel und Keller sprinteten augenblicklich den langen Korridor herunter und rannten dabei beinahe einige ihrer Kollegen über den Haufen. Diese waren gleichzeitig aus ihren Büros gestürmt.
„Mehrere Hundert Personen nehmen die Central City Shopping Mall und die anderen Einkaufszentren auf der Zeil auseinander! Kam eben über Funk!", brüllte ein breitschultriger Polizist durch das Chaos und stieß Kuhmichel einfach zur Seite.
„Verfluchter Mist!", zischte dieser und folgte den anderen.
Fast die gesamte Belegschaft des Sicherheitskomplexes FAM-IV rückte wenig später geschlossen aus. Alle Beam-

ten steckten in schweren Körperpanzern, trugen Maschinengewehre und wurden sofort von einer Reihe von Großtransportern in Richtung Innenstadt gebracht. Dort ginge es verdammt heiß her, warnten die Kollegen vor Ort über Funk immer wieder.

„Mall Wrecking" - dieser Begriff stammte ursprünglich aus England und bedeutete so viel wie „Einkaufszentren plattmachen".

Mit anderen Worten war es eine Mischung aus Zerstörungsorgie und groß angelegtem Plünderungszug. Im Zuge des schrittweisen Wegfalls des Sozialsystems im Sektor „Europa-Mitte" hatten derartige Krawalle in den letzten Jahren stetig zugenommen. Mittlerweile kam es immer häufiger vor, dass Shopping Malls von riesigen Horden ausgehungerter und verwahrloster Gestalten geplündert und verwüstet worden.

Die ersten Fälle von Mall Wrecking hatte es vor etwa zwanzig Jahren im Londoner Eastend, einem inzwischen völlig in Anarchie und Gewalt versunkenen Ghetto, gegeben. Im Jahre 2046 waren solche Überfälle in den Ballungsgebieten fast schon an der Tagesordnung, obwohl die meisten Einkaufszentren inzwischen durch bewaffnete, private Wachleute beschützt wurden.

Doch selbst das hielt die „Wrecker" kaum noch davon ab, sich das zu nehmen, was sie sich nicht mehr leisten konnten. Manche von ihnen, beispielsweise die Obdachlosen, von denen es in Frankfurt zehntausende gab, hatten nichts mehr zu verlieren und riskierten sogar ihr Leben, um an Nahrung, Kleidung und andere lebenswichtige Dinge zu kommen.

Weiterhin hatten einige Gangs aus Sektorbürgern nichteuropäischer Herkunft das „Mall Wrecking" bereits profes-

sionalisiert. Sie griffen in großer Zahl und gut organisiert an, wobei sie äußerst brutal gegen jeden vorgingen, der sie am Eindringen in ein Einkaufszentrum zu hindern versuchte.
Diese Dinge wusste sowohl Kuhmichel, als auch jeder seiner Kollegen. Sie konnten sich alle vorstellen, dass es unschön werden würde, wenn sie gleich aus ihren gepanzerten Transportern heraussprangen und sich einer wütenden Masse von „Mall Wreckern" gegenübersahen. Kuhmichel hatte bereits einige Plünderungskrawalle mitgemacht, doch was ihn heute erwartete, konnte er sich nicht einmal im Ansatz vorstellen.

„Feuererlaubnis wird gleich erteilt! Alle Ziele sind frei!", schallte es aus dem Minifunkgerät in Kuhmichels Helm.
Der breitschultrige Polizist, der in seinem schweren, blauschwarzen Körperpanzer äußerst respekteinflössend aussah, spähte über die Straße, sprintete dann ein Dutzend Meter geradeaus und lugte am Heck eines demolierten Kleinwagens vorbei. Nervös entsicherte er sein Sturmgewehr und hielt für einen Moment inne.
Die große Frankfurter Einkaufsstraße, die ihren alten Namen „Zeil" noch immer beibehalten hatte, war mit brüllenden Menschenmassen verstopft. Allein vor dem Haupteingang der Central City Shopping Mall drängten sich hunderte Plünderer zusammen und versuchten, in das Gebäude einzudringen. In dem mehrstöckigen Konsumtempel musste bereits die Hölle los sein, dachte Marvin. Er hielt den Atem an.
Die gepanzerten Polizisten rückten vor, während ihnen bereits Pflastersteine und Brandsätze entgegenflogen. Vom Dach des Einkaufszentrums begannen einige Plün-

derer zu schießen, andere warfen selbstgemachte Bomben hinab auf die Straße. Kuhmichels Herz hämmerte vor Aufregung und er hatte Probleme, Luft zu holen. Am liebsten hätte er sich einfach den engen Helm vom Kopf gerissen, doch das war keine gute Idee.
„Weiter vorrücken und ausschwärmen!", kam der Befehl und Marvin kroch hinter eine umgestürzte Mülltonne.
Ein paar Meter neben ihm klatschte ein Molotov-Cocktail auf das Straßenpflaster und eine Stichflamme schoss in die Höhe.
Kuhmichel schloss die Augen und versuchte, sich für einen Moment auf das zu konzentrieren, was gleich kommen würde.
„Bewegung abgeschlossen! Ziele anvisieren!", meldete der Truppführer.
Als wollten die Plünderer auf diesen Satz antworten, schrien sie wüste Verwünschungen in Richtung der Polizeibeamten und bewarfen sie mit allem, was sie in die Finger bekommen konnten. Die bewaffneten Mall Wrecker auf dem Dach des Einkaufszentrums johlten wie wild und eröffneten das Feuer.
„Eine solche Masse habe ich noch nie gesehen, Marvin", hörte Kuhmichel die besorgte Stimme eines Kollegen neben sich.
„Ruhig bleiben! Die hauen gleich schon ab", gab dieser zurück, obwohl er tief im Inneren keineswegs gelassen war.
„Stürmen! Ziele sind frei!", schallte es in der nächsten Sekunde aus dem Helmfunk.
Sofort eröffneten Dutzende von Polizisten das Feuer und mähten eine Gruppe zornig brüllender Obdachlosen nieder.

Die Menschenmenge vor dem Haupteingang der Central City Shopping Mall stob mit lautem Geschrei auseinander und die gepanzerten Beamten rückten als Schützenlinie vor.

Kuhmichel hatte bereits selbst ein paar Schüsse abgegeben, doch hatte er in die Luft geschossen, in der Hoffnung, dass sich die Plünderer zurückzogen. Seine Kollegen hatten weniger Erbarmen mit den verwahrlosten Gestalten und einige direkt über den Haufen geschossen. Gefährlicher waren jedoch die Mall Wrecker auf dem Dach des Einkaufszentrums. Sie hatten bereits selbst zwei Polizisten niedergestreckt.

Die Beamten rannten weiter vorwärts, während sich die schreiende Masse langsam auflöste und die Plünderer in alle Richtungen davonrannten. Kurz darauf war der Eingangsbereich des Einkaufszentrums freigeräumt und Kuhmichel stieg über ein paar Tote, die im Weg lagen. Teilweise waren es Gangmitglieder oder Obdachlose. Manchmal auch ein Wachmann, dem man den Schädel eingeschlagen oder die Kehle durchgeschnitten hatte.

In der großen Halle im Erdgeschoss des riesigen Einkaufspalastes trafen die Beamten auf weitere Plünderer, die verzweifelt versuchten, aus dem Gebäude zu entkommen und ihre Beute in Sicherheit zu bringen. Kuhmichel sprang zur Seite, als die ersten Mall Wrecker auf seine Kollegen schossen und drei von ihnen getroffen zusammenbrachen. Offenbar hatten die Mitglieder der Wreckergangs keineswegs vor, sich einfach verhaften zu lassen.

„Verpisst euch, ihr Hurensöhne!", brüllten sie am Ende einer langen Rolltreppe, die zur nächsten Etage führte. Schließlich griffen die Plünderer mit lautem Gebrüll an und strömten schreiend aus den verwüsteten Ladenlokalen heraus. Viele von ihnen schwangen Knüppel und Eisenstangen, einige hatten Schusswaffen. Diesmal schienen sie zu allem entschlossen zu sein.

Kuhmichel ging hinter einem großen Blumenkübel aus Beton in Deckung und feuerte drauf los. Seine Salve schlug in einem Mob wütender Angreifer ein und blutige Wolken spritzten auf. Seine Kollegen waren derweil schon weiter vorgerückt und mähten mit ihren Sturmgewehren jeden nieder, der ihnen über den Weg lief. Als Kuhmichel am Eingang eines hellerleuchteten Bekleidungsgeschäftes vorbeihuschen wollte, sprang plötzlich ein riesenhafter, dunkelhäutiger Mann hinter einem Kleiderständer hervor. Er brüllte wie von Sinnen und schwang eine Machete. Entsetzt drehte sich Marvin um, doch war es schon zu spät, um das Sturmgewehr noch einsetzen zu können.

Der Plünderer trat Kuhmichel mit voller Wucht gegen den Brustpanzer und dieser wurde nach hinten geschleudert, um im nächsten Augenblick gegen einen Wühltisch voller Wollsocken zu krachen.

Verstört versuchte Marvin wieder auf die Beine zu kommen, als die blitzende Klinge der Machete schon auf sein Helmvisier zuraste und mit einem lauten Knirschen darin stecken blieb.

„Ich bring dich um, du Drecksbullenschwein!", grollte der schwarzhäutige Riese und riss die Klinge seiner Waffe aus Kuhmichels Helm, um zu einem weiteren Schlag auszuholen.

Doch Marvin kam ihm zuvor. Blitzartig zückte er seine Pistole und schoss dem Plünderer in die Brust. Dieser stieß ein leises Röcheln aus und taumelte nach hinten, während sich Marvin vor Schmerzen stöhnend aufrichtete und dem Mann noch einen Kopfschuss verpasste.

Ohne einen Laut von sich zu geben, sackte das Gangmitglied zusammen und Marvin atmete erleichtert auf.
„Einfach schön bei „Cool Wear"...", murmelte Kuhmichel geistesabwesend, als er das in diesem Moment sichtbar gewordene Werbeschild betrachtete, das von der Decke herunterhing. Nun war das Schild, das eine freundlich lächelnde Frau zeigte, mit dunkelroten Spritzern übersät.

Der Plünderungszug der Gangmitglieder und Obdachlosen hatte sich in eine regelrechte Schlacht verwandelt. Inzwischen war die erste Etage des riesigen Shoppingcenters gesichert und überall lagen Tote. Das Wasser des Springbrunnens, der die glücklichen Kunden der Mall im Herzen der ersten Einkaufspassage erfreuen sollte, hatte sich mittlerweile rot gefärbt und ein alter Mann mit einem ungepflegten Bart trieb mit dem Gesicht nach unten im Wasser.
Kuhmichel sah sich verstört um und musste sich eingestehen, dass er in seiner gesamten Dienstzeit noch nie ein Szenario erlebt hatte, dass hiermit vergleichbar gewesen war.
Alles war außer Kontrolle geraten. Das Einkaufszentrum war zu einem Schlachthaus geworden. Wo sich Keller gerade aufhielt, wusste er nicht. Und auch sonst waren die meisten seiner Kollegen schon in der oberen Etage, wo sie nach und nach sämtliche Gangmitglieder eliminierten.
Marvin hastete die Stufen einer stillstehenden Rolltreppe hoch und rannte durch die inzwischen schon ebenfalls von der Polizei zurückeroberte zweite Etage des Einkaufszentrums. Schließlich fand er auch Keller, der sich den Helm vom Kopf gerissen hatte und schweißüberströmt auf einer Sitzbank hockte.

„Wir haben es so gut wie geschafft. Oben auf dem Dach sind noch etwa ein Dutzend Gangmitglieder, aber das erledigen die anderen", schnaufte der rundliche Beamte und sah Kuhmichel an.

Dieser nahm ebenfalls seinen Helm vom Kopf und betrachtete dessen Visier, das durch den Machetenhieb zersplittert war.

„Was war denn los?", wollte Keller wissen und deutete auf den beschädigten Helm.

„Beinahe hätte mich so ein Bastard erwischt. Aber ich habe ihm vorher den Schädel weggeschossen", knurrte Kuhmichel.

„Richtig so! Eine andere Sprache versteht dieser Abschaum ohnehin nicht", meinte Keller.

„Und? Auch welche erwischt?", fragte Kuhmichel mit zynischem Unterton.

„Ja, zwei oder drei. Ich habe einfach jeden abgeknallt. Wenn die Sache so ausartet wie heute, bleibt einem ja nichts mehr anderes übrig", gab der Kollege zurück.

Marvin ließ sich erschöpft neben seinem Partner nieder, sein Blick schweifte durch die verwüstete Einkaufspassage. Etwa ein Dutzend Meter zu seiner Linken lag ein vollkommen abgemagerter Obdachloser in einem blutgetränkten Trenchcoat im Eingang von „Speed Burgers". Vor der Theke des Schnellrestaurants lagen zwei weitere Leichen. Es waren zwei noch junge Männer unbekannter Herkunft. Einer der beiden hatte den vollen Feuerstoß eines Sturmgewehrs abbekommen. Zumindest ließ das, was von seinem Gesicht noch übrig war, darauf schließen.

„Das hier kann nicht normal sein. Mir soll keiner erzählen, dass das schon immer so gewesen ist. Das sind doch keine normalen Verhältnisse mehr", murmelte Kuhmichel, während ihn Keller fragend anglotzte und sich an seinem Schnauzbart kratzte.

„Schießerei unter Kriminellen in der Innenstadt" hatten die Lokalnachrichten nach dem Blutbad auf der Zeil gemeldet.
Damit war die Sache auch schon abgehakt gewesen. Genaue Opferzahlen wurden nicht genannt. Kuhmichel jedoch, der sich nach dem Gemetzel den offiziellen Einsatzbericht noch einmal durchgelesen hatte, wusste es besser. Genau 93 Plünderer und 6 Beamte hatten das Mall Wrecking und seine blutigen Folgen nicht überlebt. Einen derartigen Einsatz hatte der Detective noch nie erlebt - und das sollte etwas heißen.
Marvin hatte in seinen 14 Jahren bei der Frankfurter Polizei nämlich schon eine Menge gesehen und war im Laufe der Jahre immer abgestumpfter und brutaler geworden. Doch dieser Einsatz war noch um einiges schlimmer gewesen als alles bisher erlebte.
Abgesehen von dem Schock, den diese Operation in seinem Inneren hinterlassen hatte, wurde es Kuhmichel auch zum ersten Mal bewusst, dass die Medien die Sache einfach bagatellisierten oder nur in ein paar Nebensätzen erwähnten. Es hatten sich nicht irgendwelche Kriminellen gegenseitig beschossen, sondern die Polizei hatte wie ein Berserker dazwischengeschlagen und die Sache war am Ende völlig außer Kontrolle geraten.
Sicherlich hatten jene, die bestimmten, was in den Zeitungen stand und im Fernsehen gesendet wurde, die Order, die Sache nicht zu sehr „aufzubauschen", um die gewöhnlichen Bürger nicht zu verunsichern, doch diesmal ging die Verharmlosung für Kuhmichel entschieden zu

weit. Sie entsetzte ihn regelrecht und ließ ihn zunehmend an den Dingen zweifeln, die ihm täglich gezeigt und erzählt wurden.
Mit einer Mischung aus Enttäuschung, Verstörung und innerer Erschöpfung ging er schließlich zu Jürgens und bat um eine Woche Auszeit. Er fühle sich nicht gut, sagte er, und offenbar war er nicht der einzige Beamte im Sicherheitskomplex FAM-IV, dem es so ging.
Glücklicherweise genehmigte der Chef den Sonderurlaub und Marvin verbrachte die nächsten Tage zu Hause auf dem Sofa, wo er sich irgendwie zu sammeln versuchte. Die Central City Shopping Mall, das beliebteste Ausflugziel von Loreen und ihm, war erst einmal für ein paar Tage geschlossen. Aber dorthin zog es Kuhmichel ohnehin nicht mehr. Nein, diesen Ort wollte er von nun an meiden. Marvin beschloss, in Zukunft nie wieder in die Mall zu gehen.

„Und warum ist die Mall jetzt zu, Marvin?", wollte Loreen wissen. „Wegen der Schießerei dieser Kriminellen?"
„Es war keine Schießerei zwischen ein paar Kriminellen. Es war ein regelrechter Aufstand. Hörst du mir denn nie zu?", gab Kuhmichel ungehalten zurück.
„Aber in den Nachrichten haben sie von einer Schießerei zwischen einigen kriminellen Subjekten vor der Mall gesprochen. Was stimmt denn jetzt?"
„Ich war dabei, Loreen!" Marvin regte sich immer mehr auf und donnerte mit der Faust so heftig auf den Küchentisch, dass die Teller und Tassen darauf rasselten. Seine Frau zuckte zusammen.
„Schatz, bitte! Jetzt ist aber gut!", sagte sie.

„Nein! Ist es nicht! Diese verdammte Mall wurde von hunderten Obdachlosen und Gangmitgliedern gestürmt. Die haben geplündert, was sie finden konnten, und einige der Angestellten und Sicherheitsleute verletzt oder gar getötet. Dann kamen wir. Schwer gepanzert und mit dem Befehl, die ganzen Plünderer einfach über den Haufen zu schießen, wenn sie sich nicht freiwillig verhaften ließen. Natürlich hat sich so gut wie keiner von denen verhaften lassen, was bedeutete, dass wir den Feuerbefehl bekommen haben und es dann richtig rund ging. Es war ein Gemetzel mit fast 100 Toten und keine kleine Schießerei zwischen ein paar Ghettotypen."
„Wenn das wirklich so schlimm gewesen wäre, dann hätten sie das auch in den Nachrichten erwähnt, Marvin. Ich glaube, dass deine Phantasie manchmal mit dir durchgeht", meinte Loreen.
„Wie bitte? Glaubst du mir etwa nicht?", schrie Marvin wütend.
„Fast 100 Tote? Das wäre doch in den Nachrichten erwähnt worden, wenn es wirklich stimmen würde", erwiderte seine Frau.
Kuhmichel sprang auf und stieß dabei mit den Oberschenkeln gegen den Tisch, der mit einem Quietschen zur Seite gerückt wurde.
„Die verdammten Nachrichten waren falsch, Loreen! Sie haben gelogen! Kapier das doch endlich!", brüllte er.
Loreen stand auf und hob den Zeigefinger. Ihr Blick wirkte beinahe mitleidig. Still strich sie sich eine Haarsträhne aus dem Gesicht.
„Was ist in letzter Zeit eigentlich los mit dir? Du bist mir manchmal unheimlich, Marvin", sagte sie. Dann schlug

sie ihrem Mann vor, dass er sich noch ein wenig mehr Urlaub nehmen sollte.

„Ich brauche keinen verdammten Urlaub!", wetterte Kuhmichel. „Ich…ich weiß nur, dass sie in den Nachrichten eindeutig gelogen haben. Und das ist nicht das erste Mal, dass mir so etwas auffällt. Das ganze Gemetzel in der Mall ist einfach totgeschwiegen worden. So glaube mir doch!"

„Und warum sollten sie die Leute anlügen? Was haben sie denn davon?", fragte Loreen ungläubig.

„Denk doch mal nach!", schrie Marvin mit sich überschlagender Stimme.

„Worüber denn?", kam zurück.

„Über diese ganze Sache! Niemand würde mehr in die Mall gehen, wenn die Leute wüssten, was dort wirklich passiert ist. Deshalb haben sie gelogen."

Loreen winkte ab. „Jetzt reg dich wieder ab und iss endlich dein Brötchen. Ist doch eigentlich auch egal, oder?"

„Nein! Es ist nicht egal, Schatz! Dieser Wahnsinn hat Methode. Fällt dir das eigentlich nicht auf?", knurrte Marvin und setzte sich schließlich wieder an den Küchentisch.

Das Erste, was Detective Kuhmichel nach seiner einwöchigen Erholungspause in Angriff nahm, war, sich seinen Kollegen Keller zu schnappen und mit ihm zu David Hirschberger zu fahren. Den jungen Mann, den er unter allen Umständen verhören wollte, hatte Marvin nicht vergessen. Im Gegenteil, denn inzwischen war ihm der „Grinse-Killer-Fall" zu einer echten Herzensangelegenheit geworden.

So fuhren die beiden Polizisten hinaus zum anderen Ende der Mainmetropole, um David Hirschberger in seinem

Haus aufzusuchen. Es war noch früh am Morgen, als sie den noblen Vorort erreichten. Umso näher sie der Adresse, die auf Hirschbergers Scanchip stand, kamen, umso mehr erhöhte sich die Anzahl prunkvoller Villen und Herrenhäuser zu beiden Seiten der Straße. Als sie schließlich am Ziel waren, fielen den beiden Beamten fast die Augen aus den Köpfen.
„Das muss es sein!", sagte Keller ungläubig und deutete auf eine riesenhafte Villa.
„Mein Gott! Wer wohnt denn hier? Sieh dir diese Hütte an!", stieß Kuhmichel aus und drückte sich die Nase an der Scheibe der Beifahrertür platt.
Sie parkten den Streifenwagen am Straßenrand, stiegen aus und gingen einen langen Weg hinauf, der über eine große Rasenfläche führte. Überall standen weiße Marmorskulpturen, die irgendetwas darstellten. Was sie aber genau abbildeten, konnte sich Marvin nicht erklären. Vermutlich war das so etwas wie diese „moderne Kunst", dachte er.
Kurz darauf standen sie vor einer hohen, weißen Mauer, die die Riesenvilla vom Rest der Welt abschirmte. Kleine Überwachungskameras waren oben auf der Mauer angebracht worden und drehten sich den beiden Polizisten mit einem leisen Summen zu, als sich diese einem massiven Portal aus Gusseisen näherten. Kuhmichel und Keller blickten sich fragend an. Keiner von ihnen wusste so richtig, was er von der ganzen Sache halten sollte.
„Ich habe noch nie ein so riesiges Haus gesehen. Das ist keine Villa mehr - das ist schon fast ein Schloss", flüsterte Keller ehrfürchtig und betrachtete das mit roten Ziegeln bedeckte Dach des Gebäudes.

„Theodor Hirschberger", murmelte Marvin und deutete auf das Namensschild neben dem Portal.

„Das dürfte wohl der Vater des Burschen sein", meinte Keller.

Kuhmichel drückte auf die Klingel unter dem Namensschild und brummte nachdenklich. Sein Kollege knackte derweil mit den Fingern - das tat er immer, wenn er nervös war - und wartete angespannt. Nach etwa einer Minute schallte eine schrille Frauenstimme aus der Sprechanlage neben dem Tor. „Was kann ich für Sie tun?"

„Detective Kuhmichel und Detective Keller, FAM-IV. Bitte öffnen Sie!", antwortete Marvin und zog die Augen misstrauisch zu einem Schlitz zusammen.

„Worum geht es denn?", erwiderte die Frauenstimme.

„Öffnen Sie die Tür!", wiederholte Kuhmichel energisch.

Einige Sekunden lang herrschte Schweigen. Dann knackte die Sprechanlage wieder. „Sie müssen mir erst sagen, worum es geht. Ich habe die Anweisung, niemanden auf das Gelände zu lassen."

„Wir sind nicht irgendwelche Bettler, sondern Polizisten vom Sicherheitskomplex FAM-IV. Öffnen Sie jetzt endlich das Gatter!", drängelte Keller.

„Es tut mir leid, aber Herr und Frau Hischberger haben mir die Anweisung erteilt, niemanden auf das Gelände zu lassen", kam zurück.

Kellers Pausbacken blähten sich auf und er fuchtelte mit der Hand vor der Kamera neben dem Portal herum. Dann hüpfte er auf der Stelle auf und ab.

„Wir sind Polizisten! Öffnen Sie sofort dieses verdammte Tor!", rief er.

„Es tut mir leid, meine Herren!", sagte die Frau und ein leises Knistern verriet, dass sie die Sprechanlage ausgestellt hatte.

„Das...das gibt es doch nicht", schimpfte Keller, während seinem Kollegen die Kinnlade nach unten fiel.

„Wimmelt uns einfach ab, als wären wir zwei herumstreunende Penner", brummte Kuhmichel.

Keller klingelte noch einmal Sturm, doch es kam keine Reaktion mehr.

„Und jetzt?", knurrte er seinem Partner zugewandt.

„Die Mauer ist viel zu hoch, um einfach drüber zu klettern. Womöglich haben diese reichen Säcke auch noch ein paar scharfe Wachhunde. Keine Ahnung, was wir jetzt tun sollen."

Keller machte auf dem Absatz kehrt und trottete laut fluchend zurück in Richtung des Streifenwagens. Marvin kam ihm hinterher. Noch immer fehlten ihm die Worte. So etwas war weder ihm, noch seinem Kollegen jemals zuvor passiert. Normalerweise hatte kein gewöhnlicher Bürger den Schneid, einfach zwei Polizeibeamte wie einen Schwarm lästiger Schmeißfliegen abzuwimmeln.

Nach dem Dienst setzte sich Marvin erst einmal ins Wohnzimmer und sah eine halbe Stunde lang fern. Doch die ganze Zeit über nagte der Ärger über das unverschämte Verhalten dieser Frau in der Villa wie ein Wurm an seinen Eingeweiden. Es war unglaublich, was sich diese Person erlaubt hatte. Da kam die Polizei und sie machte einfach die Tür zu.

„Die wird sich noch verwundern", dachte er und schaltete dann den Fernseher aus, um eine zusammenklappbare Leiter aus der Garage neben seinem Reihenhaus zu holen.

Damit konnte er über die Mauer klettern, die die schlossähnliche Villa vom Rest der Welt abschottete. Er würde denen schon zeigen, was Sache war, grummelte Kuhmichel und trug die Leiter schließlich zu seinem Auto.
Um 20.17 Uhr kam Loreen endlich nach Hause und meinte nach einer flüchtigen Begrüßung, dass sie sich eine Stunde ins Bett legen wollte, weil sie so erschöpft war.
Marvin nickte lediglich und setzte sich dann in die Küche, um dort vor sich hin zu brüten und zu warten, bis es draußen dunkel wurde.
Kurz nach 23.00 Uhr, als Loreen wieder einmal vor der Fernsehkiste saß, ging er wortlos aus dem Haus und fuhr mit dem Auto zur Villa der Hirschbergers. Er stellte das Fahrzeug im Schutz einiger großer Büsche am Straßenrand ab und zog die Leiter heraus, um sie dann im Gestrüpp zu verstecken. Anschließend fuhr er wieder davon, nachdem er noch einen wütenden Blick auf die sich hinter der hohen, weißen Mauer erhebende Villa geworfen hatte.
„Morgen komme ich wieder, gute Frau!", sagte er mit einem listigen Grinsen und verschwand in der Nacht.

Auf eigene Faust

Am nächsten Tag machte sich Kuhmichel ohne seinen Kollegen Keller auf den Weg zur Villa der Familie Hirschberger. Als er den Streifenwagen in einer Nebenstraße abstellte, konnte er sich ein bösartiges Grinsen nicht verkneifen. Jetzt sollten ihn diese arroganten Schnösel erst einmal kennenlernen. Und für den Fall, dass sie Wachhunde hatten, trug Marvin eine massive Anti-Riot-Rüstung und eine durchgeladene Automatikpistole.
„Wollen doch mal sehen, ob die gleich auch noch so eine große Schnauze haben", zischte er in sich hinein und näherte sich schnellen Schrittes dem Anwesen der Hirschbergers.
Schließlich zog er die zusammenklappbare Leiter unter einem Busch hervor und schleppte sie in Richtung der weißen Mauer, die die Villa wie ein Festungswall umgab. Leise pfeifend stellte er sie auf und kletterte dann die Sprossen hinauf. Die Mauer war mindestens 2,50 hoch und als er oben angekommen war, sah er sich einigen messerscharfen Eisenspitzen gegenüber. Sie ragten direkt vor ihm bedrohlich in die Höhe.
Mehrere Überwachungskameras drehten sich Marvin mit einem leisen Summen zu und dieser nahm seine Mütze vom Kopf, um den Mann oder die Frau hinter dem Monitor irgendwo in dem Riesengebäude mit einem sarkastischen Lächeln zu begrüßen.
Daraufhin widmete er sich den scharfen Eisenspitzen, denn sie konnte er nicht ignorieren. Kuhmichel zog einen kleinen Handschneidbrenner aus der Hosentasche und

beseitigte die Hindernisse innerhalb weniger Minuten. Ein paar abgesägte Eisenspitzen fielen hinter der Mauer ins Gebüsch.

Anschließend vollzog der Polizist einen letzten Kletterakt, um dann in die Tiefe zu springen. Mit einem dumpfen Geräusch landete Kuhmichel auf dem Rasen hinter der Mauer und rannte auf den Eingang der Villa zu. Dort hämmerte er an die Tür aus dunklem Eichenholz, die mit zahllosen kleinen Verzierungen und Goldbeschlägen überzogen war.

„Aufmachen! Sofort!", brüllte er aus voller Kehle. „Sonst komme ich durch eines der Fenster - das verspreche ich Ihnen!"

Eine völlig entsetzte Frau mittleren Alters, eingefallenem Gesicht und weißgrauen Haaren öffnete die Tür und starrte den gepanzerten Polizisten zornig an.

„Haben Sie den Verstand verloren?", keifte sie.

Kuhmichel musterte grinsend die hagere Gestalt, die in einem schwarzen Geschäftsanzug steckte.

„Verschwinden Sie sofort von diesem Grundstück!", kreischte die Dame.

Der Detective schubste sie unsanft zur Seite und riss die Eingangstür auf. Dann drehte er sich zu der Frau um und grollte: „Verarschen Sie mich nicht noch einmal, Gnädigste! Und keine Security oder so eine Scheiße! Dann raste ich richtig aus! Scanchip raus! Los!"

Verschüchtert ging die Dame einen Schritt zurück. „Sie haben kein Recht, sich so aufzuführen."

„Geh mir nicht auf die Nerven, du verklemmte Ziege, sonst werde ich gleich mal richtig sauer. Scanchip raus! Letzte Warnung!"

Sie gehorchte und überreichte Marvin wortlos und mit trotzigem Blick den Datenträger. Dieser scannte die Daten mit einem Lesegerät und sagte daraufhin: „Mathilde Spielreim. Aha!"
„Und?", zischte sie zurück.
„Ich muss mich in dem Haus umsehen. Es geht um wichtige Ermittlungen", brummte er und betrat die pompöse Eingangshalle der Villa. Verblüfft sah sich der Polizist um und stieß schließlich ein lautes Schnaufen aus.
„Meine Herren!", murmelte er, als er die weißen Marmorsäulen, die bunten Wandteppiche und prachtvollen Gemälde betrachtete. Hinter ihm baute sich die Frau in dem schwarzen Geschäftsanzug auf und stemmte ihre knochigen Arme in die Hüften.
„Sie können hier nicht einfach eindringen! Das ist gegen das Gesetz! Herr Hirschberger wird ihnen die Hölle heiß machen, darauf können Sie Gift nehmen!", fauchte sie.
„Ich bin das Gesetz. Sehen Sie diese Uniform? Ja? Also halten Sie den Mund. Wo ist David Hirschberger?"
„Er ist nicht da!", antwortete Frau Spielreim.
„Aber er wohnt auch in dieser Villa, richtig?"
„Ja!"
„Wo wohnt er denn genau?"
Sie presste ihre schmalen Lippen zusammen und sah Kuhmichel mit einem finsteren Blick aus ihren grüngrauen Augen an.
„Das wird Konsequenzen für Sie haben! Verlassen Sie sich darauf!"
Kuhmichel lachte die Dame verächtlich an. „Sollen wir mal einen Ausflug zum Sicherheitskomplex machen und uns dort in Ruhe im Keller unterhalten?"

„David wohnt im Anbau hinter dem Haus", antwortete die Frau hastig.
„Und wo ist er jetzt?"
„Er ist zur Uni gefahren."
„Und wo sind seine werten Eltern?"
„Sie sind nicht da!"
„Und wo sind sie?"
„In New York!"
„In New York. Wie schön!", knurrte Kuhmichel und funkelte Frau Spielreim wütend an. „Zeigen Sie mir den Anbau, in dem David Hirschberger wohnt."
„Sie haben aber überhaupt keine Befugnis…", wandte die Frau noch einmal ein, während Marvin einen Schritt auf sie zukam.
„Ein blöder Spruch noch, noch eine einzige Bemerkung, dass ich keine verdammte Befugnis habe, du Klappergestell, dann geht es ab zum Sicherheitskomplex. Und dann wird es sehr, sehr unschön für Sie. Haben Sie das jetzt endlich kapiert?", schrie er sie an.
Mit einem kaum hörbaren Grummeln stiefelte Frau Spielreim los und winkte den Beamten zu sich. Sie führte ihn einen langen Gang hinunter und schließlich durch die halbe Villa. Kuhmichel folgte ihr schweigend und bewunderte insgeheim die ihn umgebende Pracht. Ein Haus, das so prunkvoll ausgestattet war, hatte er in seinem ganzen Leben noch nicht gesehen. Überall standen prächtige Vasen und Büsten auf Marmorpodesten zu beiden Seiten des Ganges; die Wände waren mit Bildern und Porträts verschiedenster Art geschmückt.
Das meiste, was auf den Bildern dargestellt wurde, ergab in Kuhmichels Augen allerdings keinen Sinn. Wirre Farbkombinationen und Symbole - offenbar diese „moderne

Kunst", die die reichen Schnösel so sehr liebten. Manche Gemälde wirkten auch verstörend, irgendwie krank. Aber sicherlich war das trotzdem irgendwie Kunst, sinnierte Marvin.

Nachdem sie einige große Räume voller Möbel und Garnituren, die so aussahen, als wäre jedes einzelne Stück davon schon teurer als Kuhmichels Reihenhaus, durchquert hatten, kamen sie zu einem weiteren breiten Gang, an dessen Ende sich eine verschlossene Tür befand. Frau Spielreim öffnete sie augenblicklich und starrte Kuhmichel dabei voller Verachtung an.

„Sie waren soeben in der Villa und nun führe ich Sie auch noch in den Anbau, wo Herr Hirschberger Junior wohnt", erklärte sie. „Dann sind Sie hoffentlich zufrieden, haben genug gesehen. Anschließend verschwinden Sie endlich wieder, nicht wahr?"

„Lassen Sie das gefälligst meine Sorge sein, Gnädigste", giftete Kuhmichel zurück.

Sie betraten ein riesenhaftes Wohnzimmer, in dessen Mitte eine Sitzgarnitur stand, die mit hellbraunem Leder überzogen war. In die gegenüberliegende Wand war ein überdimensionaler Flachbildschirm eingelassen worden. Kuhmichel staunte und kratzte sich am Hinterkopf.

„Sie bleiben genau hier stehen und warten, bis ich mich umgesehen habe. Das kann allerdings eine Weile dauern. Und anschließend schaue ich mir noch einmal die Villa an. Ich will wissen, wo die Computer in diesem Haus stehen. Alle Computer!", sagte der Polizist.

„Ich kann Sie nicht in den Büroraum von Herrn Hirschberger lassen. Das ist mir streng verboten worden", antwortete die Frau und wurde kreidebleich.

„Mir ist es aber nicht verboten worden und ich sehe mich hier so lange um, wie ich es für nötig halte", grollte Kuhmichel.
„Nein!" Sie hob die Hände und wirkte plötzlich regelrecht panisch. „Nein, ich bin hier nur angestellt. Bin doch lediglich die Sekretärin des Herrn Hirschberger. Es ist strengstens verboten. Nicht in das Büro, das kommt nicht in Frage."
Kuhmichel hielt sich den Kopf und stöhnte genervt. „Jetzt geht das schon wieder los! Gute Frau, nehmen Sie mal an, dass Sie ganz allein in dieser schönen Villa sind und vor Ihnen steht ein gewalttätiger Polizist mit zunehmend schlechter Laune in einem Anti-Riot-Panzer. Glauben Sie wirklich, dass Sie da realistische Chancen haben, ihren Willen durchzusetzen?"
Mathilde Spielreim sagte nichts mehr und blieb nur wie angewurzelt in der Mitte des Wohnzimmers stehen. In ihrem Blick mischten sich Abscheu, Wut und nicht zu übersehende Angst.

Allein der Anbau der Villa, in dem David Hirschberger wie ein König residierte, war mindestens drei mal so groß wie Kuhmichels eigenes Haus. Die eigentliche Villa, die seinem Vater Theodor Hirschberger gehörte, war noch viel größer und obwohl Detective Kuhmichel ganze sechs Stunden lang den Anbau durchsucht und sämtliche Schränke und Schubladen durchwühlt hatte, war ihm nichts in die Finger gekommen, was im Bezug auf den „Grinse-Killer-Fall" hätte nützlich sein können.
Zu guter Letzt kopierte er noch sämtliche Daten auf David Hirschbergers Computer und ging dann - trotz Frau Spielreims lautstarken Protest - ins Büro seines Vaters,

um auch dort das Gleiche zu tun. Wenig später verschwand er wieder und ließ die verstörte Verwalterin, die inzwischen einen Nervenzusammenbruch erlitten hatte, in der riesenhaften Residenz zurück.
Jetzt hoffte Kuhmichel, dass er im Meer der kopierten Daten doch noch einen dicken Fisch finden würde. Allerdings war die Datenmenge gewaltig und es würde eine Weile dauern, sie komplett auszuwerten.

Am nächsten Morgen schob Marvin die Datenschachtel, so nannte man das kleine, rechteckige Etwas, in seinen Dienstcomputer und begann sofort mit der Arbeit. Die vielen Automatisierten Gerichtsverfahren, die mittlerweile in der Warteschleife standen, ignorierte er an diesem Tag. Keller ließ ihn in Ruhe und kümmerte sich um seinen eigenen Papierkram. Allerdings hatte er sich köstlich amüsiert, als ihn Kuhmichel gestern Abend noch auf dem Handy angerufen und ihm von seinem Besuch in der Villa erzählt hatte.
„Studienplan 2046", murmelte Kuhmichel, schüttelte den Kopf und klickte die Datei weg.
Er hatte beschlossen, sich zuerst mit den Daten zu beschäftigen, die er auf der Festplatte von Hirschbergers Computer gefunden hatte.
Die nächsten drei Stunden vergingen wie im Flug. Kuhmichel klickte sich durch zahllose Ordner und Bildergalerien.
Von David Hirschbergers Seminarprotokollen des letzten Semesters bis hin zu seinen Urlaubsfotos huschte alles Mögliche über den Bildschirm. Nichts davon war jedoch für den Fall von Bedeutung.

„Morgen werde ich den Kerl selbst verhören. Vielleicht bringt uns das ja mehr", sagte Kuhmichel enttäuscht und sah zu seinem Kollegen herüber.
Dieser nickte ihm wortlos zu und tippte dann weiter vor sich hin. Zuletzt suchte Marvin nach irgendwelchen versteckten Dateien, in der Hoffnung, vielleicht doch noch etwas Interessantes zu finden. Das Programm zeigte nach einigen Sekunden nicht weniger als 47 Ordner an, die als „versteckt" markiert waren.
Bevor sich Kuhmichel über die Ordner hermachte, um sie zu durchsuchen, erinnerte er sich daran, dass seine Versuche, einen Fernscan von David Hirschbergers Festplatte zu machen, alle im Vorfeld gescheitert waren. Er hatte weder auf die Subdateien seines Scanchips, noch auf die Festplatte seines Rechners zugreifen können, weil das System ihm immer den Zugriff verweigert hatte. Im Falle seines Vaters und seiner Mutter schienen deren Scanchips noch nicht einmal im allgemeinen System gelistet zu sein. Das war mehr als seltsam, dachte sich Kuhmichel, während er sich nachdenklich auf die Unterlippe biss. Was waren diese Hirschbergers bloß für Leute?
Schließlich klickte der Polizeibeamte einige der soeben aufgerufenen Ordner an und erblickte ganze Sammlungen von Pornobildern. Von Sado-Maso bis hin zu Schwulenpornos hatte der junge David überall umfangreiche Bildbände angelegt. Einer der Ordner trug auch den Namen „GF Fucking" und zeigte ein paar seiner Kommilitonen, die es im Zuge einer berauschenden Party im Verbindungshaus mit diversen Frauen trieben.
„Die haben ja ihren Spaß", brummte Kuhmichel und wollte die Datensammlung schon schließen, als ihm ein

Ordner am unteren Bildschirmrand mit dem Namen „Keep Smiling" ins Auge stach.
Müde von der stundenlangen Arbeit und genervt von der Tatsache, dass die ganze Durchsuchungsaktion offenbar vollkommen sinnlos gewesen war, klickte er auf den Ordner, um in der nächsten Sekunde zusammen zu zucken.
Hastig öffnete er das erste Bild der Galerie und riss dann die Augen auf, während sein Mund zu einem staunenden Loch wurde. Auf dem Bildschirm grinste ihn das Gesicht einer jungen Frau an.

David Hirschberger hatte im Ordner „Keep Smiling" nicht weniger als 486 Fotos zusammengetragen. Es waren die Fotos seiner Opfer. Der Student hatte insgesamt zwölf verschiedene Frauen fotografiert. Vier seiner Opfer hatte die Polizei bereits gefunden. Manchmal hatten die jungen Mädchen noch gelebt und weinend und flehend in die Kamera geschaut, als er sie abgelichtet hatte.
Auf anderen Fotos hatten sie schon das klassische, gespenstische Grinsen mit Hilfe eines Tackers verpasst bekommen, nachdem sie bereits tot gewesen waren. Ansonsten hatte Hirschberger alle möglichen Details seiner blutigen Taten festgehalten und die jungen Frauen in den unterschiedlichsten Stadien ihres Martyriums fotografiert. Angesichts dieser Beweislast war die Sache klar und Hirschberger wurde noch am gleichen Abend verhaftet. Nun wartete er in einer Verhörzelle im Keller des Sicherheitskomplexes FAM-IV auf den weiteren Verlauf der Dinge.
Kuhmichel und Keller waren natürlich dabei gewesen, als ihre Kollegen den Studenten aus seiner schönen Villa herausgezerrt und zu einem Polizeiauto geschleift hatten.

Hirschberger selber hatte keinerlei Widerstand geleistet, obwohl dies Kuhmichel insgeheim gehofft hatte. Der junge Mann hatte weder eine Miene verzogen, noch ein einziges Wort zu den Beamten gesagt. Er hatte Kuhmichel und die anderen Polizisten lediglich mit eiskaltem Blick angestarrt und ansonsten alles über sich ergehen lassen.
Jedenfalls war der Fall jetzt gelöst und Marvin fiel ein Stein vom Herzen. Der wahnsinnige „Grinse-Killer" war endlich dingfest gemacht worden und in einem Fall wie diesem war die Todesstrafe so gut wie sicher.
„Ich würde dir gerne persönlich die Giftspritze in den Arsch rammen, du Stück Scheiße!", hatte Kuhmichel dem jungen Mann am Abend seiner Verhaftung noch ins Ohr geflüstert und sich nur schwer zurückhalten können, ihn nicht auf der Stelle zu erwürgen.
Keller und auch allen anderen Beamten, die an dem Einsatz teilgenommen hatten, war es nicht viel anders ergangen. Doch David Hirschberger hatte nicht einmal reagiert und Detective Kuhmichel bloß kurz angesehen und genickt, als hätte er diese Aussage zur Kenntnis genommen.

Es war bereits 9.30 Uhr. Kuhmichel war noch immer verwundert aufgrund der Tatsache, dass er heute Morgen noch nichts über die Verhaftung des „Grinse-Killers" im Radio gehört hatte. Hatten das diese Typen von den Medien etwa noch nicht mitbekommen? Die Nachricht war doch gestern Abend noch in den Presseverteiler eingespeist worden. Marvin konnte sich darauf einfach keinen Reim machen und wurde zunehmender wütender. Jetzt stand er mit Keller und drei weiteren Polizisten vor der massiven Stahltür der Gefängniszelle, hinter der David Hirschberger auf sie wartete.

„Ich habe auch noch nichts gehört. Ist schon seltsam", meinte Keller und sah Kuhmichel verdutzt an.
„Da haben wir diesen Drecksack endlich erwischt und die erwähnen es nicht einmal in den Morgennachrichten! Das ist doch nicht normal!", regte ich Marvin auf und strich sich aufgeregt durch die Haare.
Plötzlich kam der Chef den langen Korridor heruntergerannt und ruderte mit den Armen. Er lief direkt auf Kuhmichel zu und hob den Zeigefinger.
„Hören Sie zu!", schnaufte er außer Atem. „Wenn Sie gleich da reingehen, werden Sie ihn weder bedrohen, noch zusammenschlagen. Keine Gewalt, Kuhmichel. Das gilt auch für die anderen. Irgendwas stimmt an der Sache nicht."
„Wie bitte? Soll ich diesem perversen Scheißhaufen vielleicht sanft über den Kopf streicheln?", zischte Marvin ungläubig.
„Verhören Sie ihn, aber tun Sie ihm nichts. Das mit den gesperrten Scanchipdaten und so weiter ist bedenklich. Das ist kein gewöhnlicher Fall. Also halten Sie sich erst einmal zurück, bis wir mehr wissen", antwortete Jürgens energisch.
„Ich verstehe nicht, worauf Sie hinauswollen, Chef", mischte sich Keller ein.
Der ergraute Leiter des Sicherheitskomplexes tippelte nervös auf der Stelle und wirkte verunsichert. „Ich habe da so ein komisches Gefühl. Ich kann es aber nicht erklären. Tun Sie ihm bitte nichts. Befragen, aber nicht zusammenschlagen. Haben Sie das verstanden?"
Marvin nickte verärgert und schloss die Zellentür auf, ohne Jürgens noch eines Blickes zu würdigen. Er murmelte eine kaum hörbare Verwünschung und starrte mit

grimmigen Blick auf den auf einer Pritsche in der Ecke liegenden Gefangenen herab. Die anderen Beamten folgten ihm und sahen sich fragend an. Sicherheitskomplexleiter Jürgens machte sich hingegen wieder auf den Weg zu seinem Büro in der sechsten Etage.
„Und? Gut geschlafen?", knurrte Kuhmichel den Studenten an und hatte Mühe sich zurückzuhalten.
Am liebsten hätte er dessen Schädel sofort an der grauen Betonwand gegenüber zerschlagen. Hirschberger sah ihn mit ausdrucksloser Miene an und nickte.
„Auf die Pritsche setzen und Fragen beantworten!", befahl Keller.
Der Gefangene tat, was die Polizisten sagten, und starrte ins Leere. Kuhmichel baute sich vor ihm auf, beugte sich dann ein wenig herab, um ihm in die Augen zu sehen.
„Hast du diese schrecklichen Dinge allein getan?"
Hirschberger antwortete mit einem Achselzucken, während Marvin schon die Faust ballte, bis ihm wieder einfiel, was der Chef angeordnet hatte.
„Kannst du auch reden, du Wichser?", grollte einer der anderen Beamten.
„Ja!", murmelte der Student und fing plötzlich an zu grinsen.
„Dann beantworte die verdammte Frage! Hast du diese Taten allein begangen?"
„Welche Taten?", fragte Hirschberger im Gegenzug.
Kuhmichel schmunzelte bösartig und stand kurz vor einem Tobsuchtsanfall. „Komm uns jetzt besser nicht so, Bursche!"
„Wie?", kam zurück.
„Verarsche uns nicht!"
„Mache ich nicht."

„Also beantworte die Frage!"
„Kann ich nicht."
„Deine Festplatte war voll mit den Fotos deiner Opfer. Es sind nicht nur vier, sondern offenbar sogar zwölf Frauen, die du umgebracht hast. Die Beweise sind erdrückend. Was soll der ganze Quatsch denn noch, Junge?", schrie Keller dazwischen.
„Was soll was?", konterte Hirschberger frech und funkelte den untersetzten Beamten mit seinen dunklen Augen an.
„Normalerweise hättest du jetzt schon die Fresse dick!", brummte Kuhmichel drohend.
„Normalerweise…", wiederholte der Student.
„Ja!"
„Aber dann doch nicht, oder wie?", sagte er.
Die Polizisten murmelten durcheinander und sahen sich überrascht an.
„Wie kommen die Fotos der Opfer auf deinen Rechner?", versuchte es Marvin noch einmal.
„Welche Fotos?", wollte David Hirschberger wissen und schob die Augenbrauen nach oben.
„Willst du uns verarschen?", wetterte Kuhmichel und hielt dem Studenten die Faust unter die Nase.
„Tun Sie das besser nicht", riet ihm Hirschberger ungerührt.
„Aber warum hast du das getan? Und was meintest du mit „Scanfleisch"?", hakte Keller verzweifelt nach.
Hirschberger stand von der Pritsche auf und drückte sich den Rücken durch. Gelangweilt gähnte er und musterte dabei die ihn umringenden Polizisten.
„Was der Mörder dieser armen, jungen Frauen mit „Scanfleisch" gemeint haben könnte, wollen Sie wissen? Nun,

ich vermute, dass er darauf hinweisen wollte, dass diese Frauen Implantationschips getragen haben. Sie waren gechippte, fröhliche Scanfleisch-Fotzen. Markiert wie Mastschweine, die später geschlachtet werden, weil sie auch nicht mehr sind. Sicherlich hat der Mörder das mit diesem Spruch ausdrücken wollen", sagte der Student.
„Und deshalb hast du sie umgebracht?", brüllte Kuhmichel außer sich.
„Wie kommen Sie in diesem Kontext auf mich?", gab Hirschberger unbeeindruckt zurück.
„Und die Fotos auf deinem Rechner? Wie sind die denn auf deinen verdammten Rechner gekommen? Kannst du uns das vielleicht sagen?"
Der Gefangene klatschte in die Hände und sah die Beamten mitleidig an. „Es tut mir wirklich leid für Sie, meine Herren, aber das kann ich mir auch nicht erklären."

Dass der „Grinse-Killer" endlich gefasst worden war - oder zumindest der „mutmaßliche" - wurde in den Medien überhaupt nicht erwähnt. Es wurde in den Zeitungen des Verwaltungssektors „Europa-Mitte" kein einziges Wort darüber geschrieben und auch im Fernsehen oder im Radio wurde Kuhmichels Fahndungserfolg komplett totgeschwiegen.
Marvin konnte sich das nicht erklären und diesmal wunderten sich selbst seine Kollegen. Ansonsten wurde doch über jeden Unsinn berichtet, sinnierte Marvin, und fand einfach keine Antwort.
Manchmal kam in den Morgennachrichten, dass irgendein Filmstar Blähungen hatte, aber über die Verhaftung eines so widerlichen Massenmörders wie den „Grinse-Killer" wurde überhaupt nicht berichtet. Außerdem war die Sa-

che mehr als eindeutig und der Fall für Kuhmichel so gut wie gelöst.
In den folgenden Tagen versuchte Marvin den Studenten wieder und wieder zu verhören und an neue Informationen zu kommen. Manchmal ging er während der Dienstzeit einfach hinunter ins Kellergeschoss des Sicherheitskomplexes, schloss die Zellentür auf und fragte Hirschberger aus. Doch alle seine Bemühungen liefen ins Leere. Jürgens hatte Marvin indes noch einmal ausdrücklich befohlen, den jungen Mann nicht anzurühren.
Mittlerweile beantwortete David Hirschberger eine jede Frage der Detectives grundsätzlich mit einer hämischen Gegenfrage und trieb diesen dadurch fast in den Wahnsinn.
Nun saß der Verdächtige schon seit zwei Wochen in der Arrestzelle im Kellergeschoss des Sicherheitskomplexes. Marvin bemühte sich seit einigen Tagen, den jungen Mann einfach zu ignorieren, so wie man versuchte, den eigenen Fußpilz nicht zu beachten. Aber im Hintergrund seines Verstandes war der dunkelhaarige Student mit dem undurchdringlichen Blick immer vorhanden und ließ ihm keine Ruhe. Selbst in Marvins Träumen tauchte er auf und quälte ihn mit seinen ständigen Gegenfragen, so dass der Beamte am Ende selbst der Verhörte war und sich als Angeklagter fühlte.
Der ganze Fall Hirschberger blieb schließlich in der Schwebe und ein Gerichtsprozess war bisher nicht einmal in Aussicht gestellt worden. All das war dermaßen merkwürdig, dass Marvin überhaupt nicht mehr wusste, was er dazu noch sagen sollte. Nach den anderen acht Opfern - wenn die Fotos denn alle echt waren - wurde auch nicht mehr gesucht und Jürgens bemühte sich in auffälliger

Weise, seine Kollegen Kuhmichel und Keller mit einer riesigen Menge von gewöhnlichen AGs zu überhäufen, um sie von dem gewissenlosen Mörder im Kellergeschoss abzulenken.
So kam es Marvin zumindest vor und sein Kollege Keller sah es ähnlich. Doch die beiden Beamten wurden wie üblich nicht nach ihrer Meinung gefragt und mussten Dienst nach Vorschrift machen. Es gab eine Menge Schreibkram zu erledigen und gelegentlich ging es auch mal raus, um den einen oder anderen Bürger zu verhaften oder irgendwo in Frankfurt für Ordnung zu sorgen.

Der Frust der letzten Tage quälte Kuhmichel noch immer und er konnte auch in dieser Nacht nicht richtig schlafen, obwohl ihn eine bleierne Erschöpfung quälte. Dennoch kam sein Geist nicht zur Ruhe und als Loreen bereits im Bett lag und es schon beinahe Mitternacht war, schlich er ins Arbeitszimmer und setzte sich dort an seinen Rechner.
Kurz darauf surfte er ein wenig im Internet und sah sich ein paar Angebote bei Elektro-Beach, dem großen Online-Marktplatz, an. Dann schloss er den Browser wieder und betrachtete für einen Moment die Decke des kleinen Zimmers.
„Die Festplatte seines Vaters", kam es ihm auf einmal in den Sinn und er beschloss, einen Blick auf die Daten zu werfen, die er auf Theodor Hirschbergers Computer gefunden hatte.
Bisher hatte er sie ignoriert. Vermutlich würde es nicht viel bringen, sie sich anzusehen, aber schaden konnte es auch nicht, dachte Kuhmichel. Er holte die Datenschachtel aus dem Sicherheitskomplex, schob sie in eine Öff-

nung, wartete kurz, bis sie vom Arbeitsprogramm seines Rechners erkannt worden war, und klickte dabei gähnend vor sich hin.
Marvin stieß ein nachdenkliches Brummen aus. Vielleicht würde er ja doch noch ein paar interessante Dinge finden, mit denen er diesen Drecksack im Keller von FAM-IV endgültig festnageln konnte.
Mit ausdrucksloser Miene betrachtete Kuhmichel die vielen Ordner, die den gesamten Bildschirm ausfüllten, und öffnete schließlich das erste Dokument mit dem Namen „Sitzungsprotokoll Nr. 11".
Marvin hatte einfach irgendeine Datei ausgewählt. Seine Augen flogen über die Zeilen auf dem Bildschirm seines Rechners, während er sich nachdenklich am Kopf kratzte.
„Was ist denn das für ein Zeug?"
Er las einige Sätze, die er nicht verstand, und schloss das Dokument wieder, um sofort ein anderes zu öffnen. Dieses trug den Namen „Agenda 2044-2064". Es waren mehrere hundert Seiten. Marvin stutzte und blätterte umher.
„Dezimierung der Bevölkerung in Afrika und Ostasien um mindestens 4,5 Milliarden Subjekte soll nicht allein durch „ODV", sondern auch durch umfangreiche…"
Marvin brummte verstört, als er diese Zeilen las. Dann sprang er auf eine andere Seite.
„…wird angenommen, dass die Grundsubstanz dieses Volkes noch in einem bedrohlichen Ausmaß vorhanden ist, was es notwendig macht, eine verstärkte „multiethnische Erziehung" der Jugend in Ländern wie der Slowakei oder Ungarn voranzutreiben…"
Kuhmichel klickte eine weitere Seite an und las leise vor
„….die Aktivierung der Nano-Giftkapsel durch Fernzün-

dung führt zum sofortigen Tod des registrierten Subjektes. Bruder Schechter hat in der Arbeitsgruppe darauf hingewiesen, dass nach der Zwangsregistrierung der Bevölkerung von „Europa-Mitte" und „Amerika-Nord", die bis zum Jahre 2060 komplett abgeschlossen sein soll, eine Aussortierungsaktion politisch unzuverlässiger Personen per Scanchipaktivierung erfolgen wird. Sie soll den Zeitraum von 5 Jahren nicht überschreiten. Der „Rat der 13" hat diesen Vorschlag angenommen.
Bruder Schechter hat von etwa 30 bis 40 Millionen Subjekten in „Europa-Mitte" gesprochen, die durch Scanchipaktivierung liquidiert werden sollen. In „Amerika-Nord" etwa 35 Millionen - ohne Subjekte, die sich bereits in GSA-Internierungslagern befinden.
Es ist wichtig, nicht nur Subjekte mit politisch gefährlichen Tendenzen zu beseitigen, sondern vor allem auch die Bevölkerungsteile, die wir als „Intelligenzschicht" der jeweiligen Völker bezeichnen können, betonte Bruder Schechter in diesem Kontext. (Vergleiche dazu Menschentypen und Intelligenz-Gefährlichkeits-Quotient auf S. 203)."
Kuhmichel schob die Augenbrauen nach oben. „Worum geht es hier eigentlich?"
Auf Seite 203 las er: „…die verschiedenen Menschentypen lassen sich nach Intelligenz, kultureller und zivilisatorischer Begabung, Erfindungsgabe und Organisationsfähigkeit wie folgt einteilen…"
Marvin murmelte während des Lesens beständig vor sich hin. „Nordid-europider Typus (Typ E1), hohe angeborene Durchschnittsintelligenz und Zivilisationsfähigkeit, Leistungsmensch, arbeitswütig, Erfindertypus, Grübler,

Philosoph, sehr gehorsam (weil im Grunde gutgläubig), Hang zu Depressionen, Elite-Arbeitssklave.
Einstufung: Der für uns gefährlichste Typus (Klassifikation Alpha 1), aufgrund der hohen Geistesbegabung und überdurchschnittlichen Erfindungs- und Organisationsgabe."
Der verdutzte Beamte blätterte zur nächsten Seite und schüttelte den Kopf. „Mongolisch-asiatischer Typus (Südchinesischer Typus, A3). Mittlere Intelligenz, kann Technologie verstehen und teilweise nachbauen, hohe Vermehrungsrate, biologisch sehr anpassungs- und widerstandsfähig (vgl. ODV-Überlebensrate von immerhin 9% bei diesem Typus!), kaum Erfindungsgabe.
Einstufung: Mittlere Gefahrenklasse. Nur gefährlich, wenn er angeführt und organisiert wird.
Mongolisch-asiatischer Typus (Mandschurischer Typus, A4). Mittlere bis hohe Intelligenz, kann Technologie gut verstehen..."
Kuhmichel schloss das Dokument und schwieg. Er wusste einfach nicht, was er von diesen für ihn völlig unverständlichen Dingen halten sollte. Doch die Neugierde brannte inzwischen so stark in seinem Hirn, dass er sofort ein weiteres Dokument öffnete.
Hier ging es um die Zwangsregistrierung mit den neuen Implantationsscanchips. Marvin sah sich Statistiken, Graphiken und Tabellen an. Seine Kinnlade fiel nach unten. In den nächsten Jahren sollte sich kein Bürger des Weltstaates dem implantierten Scanchip mehr entziehen können, so das Schriftstück.
Kuhmichel sprang zum nächsten Dokument und studierte einen niedergeschriebenen Vortrag über einen geplanten Krieg gegen den Nationenbund der Rus und eine da-

mit verbundene Medienkampagne im Vorfeld des Konfliktes.

„Strategische Ziele für Atomwaffen (rote Markierung). Vermutliche Bevölkerungsverluste nach nuklearem Erstschlag etwa 60 Millionen Subjekte in Russland, Weißrussland und der Ukraine (vgl. Schaubild „Urbane Zentren und Bevölkerungsverteilung im Nationenbund der Rus"). Vermutliche Bevölkerungsverluste nach zweitem Atomangriff mit etwa 200-400 Langstreckenraketen..."

Marvin hielt sich den Kopf. „Mein Gott, wer hat dieses Zeug denn geschrieben?", stieß er entgeistert aus.

Als Verfasser des letzten Protokolls, das er sich angesehen hatte, wurde „Arbeitskreis Delta - Rat der 300" angegeben.

Der Polizist schaltete den Rechner aus und lehnte sich von leichten Kopfschmerzen gepeinigt in seinem Stuhl zurück.

Was waren das für seltsame Dokumente, Schriftstücke und Protokolle, die sich mit schrecklichen Dingen befassten, über die Marvin noch niemals zuvor in seinem Leben nachgedacht hatte? Rat der 300? Rat der 13? Was zur Hölle hatte das zu bedeuten?

Nachdem er sich eine Viertelstunde vom anstrengenden Lesen erholt hatte, schaltete er den Computer wieder an und durchforstete weiter die Daten, die er sich von Theodor Hirschbergers privatem Rechner besorgt hatte.

Schließlich fand er auch eine lange Namensliste der Mitglieder dieses ominösen „Rates der 300" und noch eine weitere Liste, auf der 12 Namen standen. Das war der „Rat der Weisen" oder „Rat der 13". Hierbei schien es sich um die absolute Führungsinstanz einer seltsamen

Organisation zu handeln, die in irgendwelche Logen und „Räte" eingeteilt war. Kuhmichel stöhnte überfordert.
„Diese Mitgliederliste untersteht der strengsten Geheimhaltung und ist nur für Ratsmitglieder mit Sondergenehmigung bestimmt! Diese Sondergenehmigung kann nur von einem der 13 erteilt werden", stand unten, am Rande der beiden Namenslisten.
Offenbar hatte Theodor Hirschberger, als Mitglied des „Rates der 300", eine derartige Sondergenehmigung erhalten.
Marvin konnte sich auf all diese Dinge keinen Reim machen. Eines aber wusste er: Diese Dokumente durfte ein gewöhnlicher Sektorbürger wie er auf keinen Fall zu Gesicht bekommen.

Risse im Weltbild

Kuhmichel hatte in dieser Nacht noch schlechter als sonst geschlafen und wurde an jenem Morgen von ungewöhnlich heftigen Atemproblemen gequält. Ab und zu drückte er sich auf den Bauch, in der Hoffnung, dadurch besser Luft holen zu können. Doch meistens wurde es dadurch nur noch schlimmer und unangenehmer.
Er schlang ein belegtes Brötchen hinunter, während er den Computer auf seinem Schreibtisch hochfuhr und darauf wartete, dass das Arbeitsmenü sichtbar wurde. Leise schmatzend drehte er den Kopf zur Tür des Büroraumes, als der Chef hereinkam.
„Guten Morgen!", sagte der Sicherheitskomplexleiter.
„Guten Morgen, Herr Jürgens", antworteten Kuhmichel und Keller im Chor.
„Ein paar AGs sind von ihnen fehlerhaft bearbeitet worden und das System hat sie zurückgewiesen. Bitte die Fehler beheben, Kuhmichel", bemerkte Jürgens und überreichte dem Detective eine Liste.
„Ja, kümmere mich drum...", brummte dieser wenig begeistert.
„Subversive Aussagen am Arbeitsplatz, Herr Stefan Dröse. Auch noch einmal gründlich nachbearbeiten...die Themensignatur wurde nicht angeklickt", erklärte Jürgens und gab Keller einen weiteren Zettel.
Der untersetzte Beamte nickte und verdrehte die Augen. „Habe ich das vergessen?"
„Ja, sonst wäre der AG-Vorgang wohl längst im System, oder?", erwiderte der Chef trocken.

„Sonst noch was?", fragte Kuhmichel.
„Nein, der Rest ist in Ordnung. Ach, übrigens, Detective, Ihr ganz spezieller Freund aus dem Kellergeschoss ist seit einer Stunde wieder auf freiem Fuß", schob Jürgens nach.
„David Hirschberger?" Marvin riss die Augen auf.
„Ja, das Verfahren ist auf Anweisung des Innenministeriums eingestellt worden. Heute Morgen rief mich der Vater von dem Burschen an und hat sich bitter über Sie beschwert. Es wird wohl ein Disziplinarverfahren gegen Sie geben aufgrund des unerlaubten Eindringens in das Wohnhaus der Hirschbergers."
„Was?", stieß Kuhmichel aus.
„Theodor Hirschberger hat mich am Telefon regelrecht zur Sau gemacht. Inzwischen weiß ich auch, wer der Mann ist", sagte Jürgens.
„Ich kann das nicht glauben! David Hirschberger ist wieder freigelassen worden?", rief Marvin verstört.
„Wir haben nicht genug gegen ihn in der Hand. So lautet die Beurteilung des Innenministeriums. Da kann ich auch nichts tun", verteidigte sich der Chef und wirkte, als ob er selbst nicht an seine eigenen Worte glaubte.
„Nichts in der Hand?" Jetzt sprang sogar Kevin Keller von seinem Stuhl auf und hielt sich den Kopf.
„Theodor Hirschberger ist im Vorstand von „Global Electronics", falls Ihnen das etwas sagt, meine Herren", fügte Jürgens hinzu.
„Dieser Konzern, der die Implantationsscanchips herstellt?", kam von Keller.
„Ja, genau. Der Mann ist da ein sehr hohes Tier. Ist es richtig, dass Sie Daten von seinem privaten Computer ge-

stohlen haben?" Der Sicherheitskomplexleiter sah mit ernster Miene auf Kuhmichel herab.

„Aber Chef, das machen wir doch immer so! Ich habe lediglich eine Kopie auf eine Datenschachtel gezogen", erwiderte dieser.

„Nun, da der Fall ja jetzt abgeschlossen ist, bitte ich Sie, diese Daten wieder umgehend zu löschen. Haben Sie die Schachtel hier? Dann kann ich das auch gleich erledigen", sagte Jürgens.

Kuhmichel schüttelte den Kopf. „Nein, die ist bei mir zu Hause. Ich bringe sie morgen mit und dann können Sie sie haben."

„Vergessen Sie das bloß nicht, Kuhmichel! Die Sache duldet keinen Aufschub! Ich habe Herrn Hirschberger versprochen, die Angelegenheit so schnell es geht zu bereinigen."

Jetzt fehlten Marvin endgültig die Worte und er nickte seinem Vorgesetzten lediglich verstört zu. Zugleich wurde ihm in diesem Augenblick bewusster denn je, dass hier etwas ganz und gar nicht stimmte.

So wütend hatte Loreen ihren Mann noch nie erlebt und zunächst sagte sie keinen Ton, während Marvin durch die Küche tigerte und vor sich hin wetterte.

„Nichts in der verfluchten Hand! Das hat Jürgens tatsächlich zu mir gesagt! Wir hätten ja nichts in der Hand gegen diesen perversen Drecksack!", schrie er und ballte die Faust. Loreen schwieg und klammerte sich an der Tischplatte fest.

Marvin stampfte wie ein schnaubender Bulle - im wahrsten Sinne des Wortes - auf sie zu und fletschte die Zähne.

„Ich würde diesem „Dave" am liebsten den Schädel weg-

ballern! Die Sache ist doch absolut eindeutig! Die Fotos auf seinem Rechner, die Fotos seiner ganzen Opfer! Und dann haben wir nichts in der Hand, wie?"
„Und diese Fotos sind wirklich von ihm?", wagte Loreen zu fragen, um dann von Kuhmichels aufblitzenden, graublauen Augen fixiert zu werden.
„Was? Was ist mit den Fotos? Hä?", knurrte er in Richtung seiner Frau.
„Vielleicht...", sagte Loreen leise.
„Vielleicht hat der verdammte Weihnachtsmann die Fotos heimlich auf Hirschbergers Festplatte kopiert. Ja, natürlich! Das wird es sein!", keifte der Detective.
„Jürgens wird es schon wissen", versuchte es Loreen erneut.
„Halt endlich die Schnauze!", brüllte Marvin. „Guck deine dämlichen Soaps! Du bist so gutgläubig und dusselig, dass ich manchmal kotzen könnte!"
Sie starrte ihn verärgert an. „Vielen Dank, Schatz!".
„Die lassen den Kerl trotz eindeutiger Beweise frei, weil sein Vater ein hohes Tier bei so einem Konzern ist", meinte Kuhmichel und versuchte, sich wieder zu beruhigen.
„Man kann auch niemanden einfach verurteilen. Dafür sind wir ja ein Rechtsstaat, Schatz", wagte sich Loreen vor.
Marvin überlegte für den Bruchteil einer Sekunde, ob er ihr nicht einfach die Dose mit dem Kaffeepulver an den Kopf werfen sollte, aber dann fasste er sich wieder.
„Rechtsstaat!", stieß er gedehnt aus und lachte brüllend auf.
„Du dämliche Kuh! Wir Polizisten dürfen jeden Sektorbürger verhaften und einsperren, wann immer wir wollen.

Da gibt es keine genauen Gesetze, alles ist nur reine Willkür. Das mache ich seit 14 Jahren."
„Langsam reicht es mir, Marvin! Ich gehe jetzt ins Wohnzimmer und setze mich da auf die Couch. Dich will ich heute Abend nicht mehr sehen! Arschloch!" Loreen stiefelte aus der Küche und knallte die Tür hinter sich zu.
„Grüße mir die ganzen Quiek-Macher aus deinen Sitcoms und den Doku-Soaps für geistig Minderbemittelte, Schatzimausi!", rief Marvin seiner Frau hinterher, um daraufhin mit der Faust gegen den Kühlschrank zu schlagen.

Draußen war es bereits dunkel geworden und die Uhr zeigte drei Minuten vor Mitternacht. Loreen lag schon längst im Bett und Marvin hörte sie im Nebenraum leise schnarchen. Er war hingegen noch wach - hellwach!
Was er gestern Abend gelesen hatte, war derart schockierend gewesen, dass sich sein Verstand noch immer weigerte, es zu glauben.
Diese sogenannte „Agenda zur Umstrukturierung der Weltbevölkerung" und die anderen Dokumente hatten sich wie das Manifest des Teufels gelesen. Kuhmichel war sich allerdings mittlerweile sicher, dass es sich bei diesen Schriftstücken tatsächlich um Pläne handelte, die in die Tat umgesetzt werden sollten. Eine Vorstellung, die selbst den schlimmsten Alptraum in den Schatten stellte.
Dass diese Dokumente nicht für kleine Bürger wie ihn bestimmt waren, konnte sich der Polizist denken. Daher auch die Order, die Datenschachtel so schnell wie möglich in die Hände des Chefs zu übergeben. Vermutlich hatte Jürgens selbst einen Befehl von höherer Stelle bekommen und musste sich ihm nun beugen, sinnierte

Kuhmichel. Er selbst aber wollte sich nicht von seinem grausigen Datenschatz trennen. Irgendetwas in ihm weigerte sich, der Anweisung seines Vorgesetzten einfach stillschweigend nachzukommen, als wäre nichts geschehen.
Nein, er musste diese Daten kopieren - für sich selbst. Er musste sie einfach behalten und noch einmal in ihrer ganzen schrecklichen Fülle studieren. Das war er sich schuldig.
So sah sich Marvin noch einmal nervös um, als fürchtete er neugierige Augen, die ihm gehässig über die Schulter schielten, und ging dann auf leisen Sohlen ins Schlafzimmer, um nach Loreen zu sehen. Sie schlief und lag ausgestreckt auf dem Bett. Leise aus- und einatmend, nur halb von der Bettdecke verhüllt.
Kuhmichel ging zurück zu seinem Computer und betrachtete die Datenschachtel, die einen hochbrisanten und zugleich erschreckenden Inhalt in sich barg. Er schob sie behutsam in eine kleine Öffnung, lauschte aufgeregt dem kaum hörbaren Klicken, als sie einrastete, und starrte dann auf den Bildschirm. Der Datenträger wurde geöffnet und Kuhmichel tippte hastig und mit verstohlenem Blick auf „Kopieren".
Wenig später befanden sich die Daten auf seiner Festplatte. Zur Sicherheit speicherte er sie auch noch einmal zusätzlich auf einer seiner privaten Datenschachteln ab.
„Sie dürfen nicht verloren gehen", flüsterte er und öffnete erneut eine Reihe von Dokumenten.
Nachdem er sich vergewissert hatte, dass alles ordnungsgemäß kopiert und gesichert worden war, nahm er die Schachtel mit der zusätzlichen Kopie und legte sie vor sich auf den Schreibtisch. Nachdenklich starrte er das

kleine, rechteckige Etwas an, wohl wissend, dass er sich soeben den Anweisungen seines Chefs widersetzt hatte.
Jetzt gehörten die Informationen ihm. Und Marvin nahm sich fest vor, jedes einzelne Dokument, jede Namensliste und auch alles andere genau zu studieren. Warum er plötzlich so besessen war, diese Daten zu besitzen, konnte er sich selbst nicht genau erklären. Vermutlich suchte er nach Antworten auf jene verbotenen Fragen, die schon lange unter seiner Schädeldecke verharrten und nun an die Oberfläche drängten.

Sicherheitskomplexleiter Jürgens nahm die Datenschachtel mit einem zufriedenen Nicken entgegen und schob sie in seine Hosentasche, während ihn Kuhmichel schuldbewusst ansah.
„Dann ist die Sache ja jetzt geklärt", sagte der Vorgesetzte und klopfte seinem Untergebenen erleichtert auf die Schulter.
„Ich verstehe noch immer nicht ganz, warum das alles so gekommen ist", bemerkte Marvin.
„Da gibt es nicht viel zu verstehen, Herr Kollege. Es ist, wie es ist. Es ist besser für uns alle, wenn ich Herrn Hirschberger jetzt mitteilen kann, dass sich seine Daten in Sicherheit befinden und nicht mehr in falsche Hände geraten können", antwortete Jürgens.
„Natürlich!", gab Kuhmichel zurück.
„Ihr Disziplinarverfahren werde ich allerdings nicht mehr abwenden können. Stellen Sie sich auf eine Geldstrafe ein", fügte der Chef hinzu.
„Ich sehe ein, dass ich mich falsch verhalten habe, Herr Jürgens. Kommt nicht wieder vor", gelobte Kuhmichel

wie ein reumütiger Schuljunge, der seine Hausaufgaben nicht gemacht hatte.
„Schwamm drüber!", erwiderte Jürgens großmütig und lächelte.
„Dann darf ich jetzt gehen?"
„Ja! Sicherlich liegen noch einige AGs auf Ihrem Schreibtisch, nicht wahr?", meinte der Sicherheitskomplexleiter und setzte sich wieder an seinen Rechner.
Kuhmichel machte auf dem Absatz kehrt. Er verließ das Büro seines Vorgesetzten. Draußen auf dem Gang, nachdem er sich vergewissert hatte, dass auch niemand sonst da war, kicherte er leise in sich hinein.
„Jetzt kannst du dir auf deine beschissenen Daten eine runterholen, alter Mann", murmelte er und grinste anschließend noch breiter.
Sie hatten ihn für dümmer gehalten, als er in Wirklichkeit war. Aber wenigstens hatte er ihnen ein kleines Schnippchen geschlagen, wenn schon ein mehrfacher Mörder freigekommen war, nur weil sein Vater ein hohes Tier beim größten Elektronikunternehmen der Erde war.
Marvin ging mit einer gewissen Befriedigung in die untere Etage und kehrte nach einem kurzen Zwischenstopp in der Kantine zu seinem Arbeitsplatz zurück.
Hier erwartete ihn bereits sein Kollege Keller, der nur kurz aufsah, als er den Raum betrat.
Schließlich widmete sich Marvin wieder dem Durchwinken von genehmigungspflichtigen AG-Vorladungen, um gegen Ende der Dienstzeit noch etwas zu tun, was ein braver Diener des Systems niemals getan hätte. Er wartete, bis Keller das Büro verlassen hatte und es draußen auf dem Gang still geworden war, um noch einmal einen Blick auf die Daten zu werfen, die damals von der Fest-

platte dieses Sören Schneider als Beweismaterial in die allgemeine Dienstdatenbank des Sicherheitskomplexes FAM-IV kopiert worden waren.

Wieder blickte sich Kuhmichel verstohlen um und zögerte für einen Moment, bevor er seinen DC-Stick aus der Tasche holte und das Übertragungskabel des Gerätes mit dem Gehäuse des Dienstrechners verband. Mit zitternden Händen öffnete der Beamte den Ordner mit den verbotenen Videos und Büchern, während sein Herz immer schneller zu pochen anfing.

„Ich bin ein Polizist und habe das Recht, auf diese Sachen zuzugreifen. Komm wieder runter, Marvin. Du darfst das", sagte er leise zu sich selbst.

„Wenn einer fragt, warum ich das Zeug kopiert habe, dann erkläre ich ihm einfach..." Er unterbrach sich selbst. „Drauf geschissen!"

Mit einem kurzen Klick markierte er „Der Weg der Rus" und zog das elektronische Buch blitzartig auf seinen DC-Stick. Dann schloss er das Verzeichnis wieder und schaltete den Computer ab. Hastig sprang er auf und eilte zur Tür des Büroraumes. Kuhmichel schaltete das Licht aus, er verharrte für einen Augenblick reglos auf der Stelle, um in die Dunkelheit zu starren. Die Gedanken rotierten in seinem Schädel. Alles, dieses ganze Leben, fühlte sich auf einmal so seltsam an.

Marvin hatte sich mit seiner Frau noch eine Doku-Soap mit dem Titel „Menschen wie wir" angesehen, bevor Loreen gähnend und völlig erschöpft von ihrer Arbeit bei „Clothing Store" ins Bett geschlichen war. Kuhmichel hatte ihr gesagt, dass er noch kurz an den Computer wollte, um die eine oder andere Sache zu erledigen. So hatte

es sich in den letzten Tagen eingebürgert. Loreen ging schlafen und Marvin blieb noch eine Weile wach. Was er wirklich tat und vor allem las, wusste seine Frau nicht und es schien sie auch nicht zu interessieren. Hauptsache, Marvin kroch irgendwann zu ihr ins Bett, damit es so war wie immer.
Gerade als Kuhmichel seinen Rechner hochfahren wollte, klingelte das Telefon. Es war kurz nach halb zwölf in der Nacht. Marvin zuckte wie vom Blitz getroffen zusammen. Er sah verdutzt auf die unbekannte Rufnummer auf dem Display und nahm das Gespräch schließlich mit einem mürrischen „Ja?" entgegen.
„Marvin Kuhmichel?", hörte er eine Stimme am anderen Ende.
„Ja! Wer ist da?", brummte er genervt.
„Ich rufe Sie an, um mit Ihnen über die Daten auf Ihrem Rechner zu sprechen. Diese Daten gehören Ihnen nicht", antwortete die unbekannte Person barsch.
Kuhmichel hielt den Atem an, eine Woge siedenden Adrenalins schoss durch seinen Körper und sein Herz begann wild zu hämmern.
„Wer spricht da?", stammelte er.
„Entfernen Sie diese Daten unverzüglich und vernichten Sie sämtliche Kopien, die Sie davon haben! Haben Sie das verstanden?"
„Wer zur Hölle sind Sie?"
„Ich bin ein Mitarbeiter der obersten Sicherheitsbehörde."
„Wie bitte?"
„Ich rufe Sie im Auftrag der Global Security Agency an, Herr Kuhmichel. Löschen Sie die Daten! Das ist ein Befehl!"

„Welche Daten? Was?"

„Verkaufen Sie uns nicht für dumm. Sie haben geheime Dokumente entwendet und sie auf Ihrer Festplatte gespeichert. Wir wissen es und fordern Sie hiermit nachdrücklich auf, diese Daten zu entfernen", forderte der Mann am anderen Ende.

„Wer sagt mir, dass Sie wirklich von der GSA sind?", knurrte Kuhmichel und wurde plötzlich trotzig.

„Es ist so! Löschen Sie die Daten, die Sie Herrn Theodor Hirschberger gestohlen haben. Haben Sie das verstanden? Diese Daten sind streng geheim und Sie werden sie unverzüglich entfernen und auch sämtliche Kopien vernichten!"

Panisch zog Kuhmichel den Stecker seines Computers aus der Wand, als ob er damit ein unbefugtes Eindringen in seine Privatsphäre verhindern könnte. Natürlich war dies nur eine unsinnige Kurzschlussreaktion. Es gab im Jahre 2046 für keinen Bürger in „Europa-Mitte" mehr so etwas wie eine Privatsphäre.

„Ich habe keine Daten? Wovon sprechen Sie überhaupt!", versuchte sich Kuhmichel zu verteidigen und hörte seinen Gesprächspartner leise lachen.

„Sie sollten besser kooperieren, wenn Sie Ihren Job behalten wollen. Legen Sie sich nicht mit den falschen Leuten an, Polizist. Diesen guten Rat gebe ich Ihnen", drohte der angebliche GSA-Mann und legte dann auf.

Marvins Kinnlade war längst nach unten gefallen. Vollkommen verstört glotzte er das Telefon in seiner Hand an. In dieser Nacht sollte er kein Auge mehr zu tun.

Der folgende Arbeitstag war eine Qual. Marvin war so unglaublich müde, dass er nicht mehr in der Lage war,

sich mit den zahlreichen AGs zu befassen, die darauf warteten, von ihm abgesegnet zu werden. Ständig fielen ihm die Augen zu und kurz vor der Mittagspause rutschte er schließlich von seinem Bürostuhl herunter und landete unter dem Schreibtisch. Keller sah auf.
„Stimmt irgendetwas nicht?", fragte er besorgt.
Kuhmichel richtete sich mit einem leisen Stöhnen auf und blickte beschämt zu seinem Kollegen herüber. Dann schenkte er ihm ein müdes Lächeln.
„Ich habe nur nicht gut geschlafen, Kevin. Mein Kreislauf ist eben in die Knie gegangen", antwortete Marvin.
Wortlos öffnete Keller eine Schreibtischschublade und hielt eine Dose voller Pillen hoch. Auch er hatte, genau wie Loreen, immer eine Unmenge von Beruhigungsmitteln, Aufputschmitteln und Schmerzmitteln dabei.
„Ein paar „Jumpers" und du bist wieder klar", meinte Keller.
„Es geht schon wieder. Keine „Jumpers". Die sind mir zu hart und davon bekomme ich Kopfweh", erwiderte Kuhmichel und winkte ab.
„Dann nimm „Jumpers" und diese Schmerzpillen", schlug Keller vor. Er kramte eine zweite Pillendose unter dem Schreibtisch hervor.
„Danke, es geht schon", brummte der Marvin.
Der untersetzte Beamte am gegenüberliegenden Schreibtisch fragte: „Warum legst du dich denn nicht früher ins Bett? Ich gehe jeden Tag regelmäßig um 22.00 Uhr schlafen."
„Weiß auch nicht", kam zurück. Kuhmichel versuchte seinen Kopf daran zu hindern, auf die Tischplatte zu sinken.

„Was ist denn mit deinen AGs? Kommst du da klar?",
wollte Keller wissen.
„Ja!", murmelte Marvin.
„Ich habe hier gerade einen wirklich ulkigen Fall: „Versuchte Manipulation des Scanchipkontos". Ein noch recht junger Kerl. Hat versucht, sich ein paar hundert Globes auf sein Konto zu schieben und auf seine Daten bei den Behörden zuzugreifen. Unglaublich! Ein echter, kleiner Hacker", meinte Keller.
„Und? Was wird es geben?", brummte Marvin und heuchelte Interesse.
„Zwischen zwei und sechs Jahre Haft. Zudem eine Kontosperrung für mindestens 10 Jahre", gab der Kollege zurück.
„Dann endet der Typ als Obdachloser, wenn er aus dem Knast raus ist. Dumm gelaufen", sagte Kuhmichel mit letzter Kraft. Wieder fielen ihm die Augen zu.
Keller ereiferte sich im Gegenzug. „Würden solche Subjekte vorher nachdenken, dann hätten sie nachher nicht den Salat. Da habe ich kein Mitleid, mein Lieber."
„Vielleicht hatte er einfach Geldsorgen", meinte Marvin.
„Dann soll er für sein Geld arbeiten. Genau wie du und ich!", meckerte Keller.
„Ja, sicher. Hast ja Recht, Kevin. Was arbeitet er denn?"
„Irgendeine Leiharbeit. Verdient so 750 Globes im Monat. Das ist sicherlich nicht viel, aber trotzdem: Straftat ist Straftat."
Marvin gähnte. „Mit 750 Globes kann man sich ja kaum `ne Hundehütte leisten."
Die Antwort seines Kollegen blieb aus; dieser tippte gerade mit atemberaubender Geschwindigkeit neue Daten ein. Kuhmichel sank wie ein aufgeschlitzter Autoreifen in

sich zusammen und schloss die Augen. Gleich war Mittagspause, dachte er sich, und war froh, dass dann wenigstens schon die Hälfte dieses Tages vorüber war.

Marvin hatte gerade nach Hause fahren wollen, als er von Sicherheitskomplexleiter Jürgens im Treppenhaus abgefangen worden war. Der hochgewachsene Mann im grauen Anzug stand mit finsterem Blick vor ihm und winkte ihn zu sich.
„Folgen Sie mir in mein Büro, Kuhmichel!", sagte er barsch. Der nervöse Detective lief ihm nach. Er konnte sich bereits denken, warum ihn der Chef herzitierte.
Jürgens stieß die Tür zu seinem Büro auf und eilte zu dem großen Schreibtisch in der Mitte des Raumes, der mit Akten und Datenträgern überhäuft war.
„Bleiben Sie da stehen, Kuhmichel!", brummte er.
„Worum geht es denn?" Marvin versuchte sich dumm zu stellen, doch wer ihn ansah, erkannte sofort, dass er ein schlechtes Gewissen hatte.
„Wie konnten Sie so dämlich sein und die Daten, die sie widerrechtlich aus dem Haus von Theodor Hirschfeld entwendet haben, auf Ihrem privaten Computer abspeichern?", fragte der Chef vorwurfsvoll.
„Ich habe keine Daten…", antwortete Kuhmichel unsicher.
Der Leiter des Sicherheitskomplexes FAM-IV winkte ab und wurde schließlich richtig wütend. „Lügen Sie mich nicht wieder an, Kuhmichel! Heute Mittag habe ich einen Anruf von der GSA bekommen. Die haben ihren Rechner per Fernscan untersucht. Also reden Sie sich nicht raus, sonst sitzen Sie schneller auf der Straße als sie „Piep" sagen können!"

„Aber...", stammelte Marvin.
„Sie hatten kein Recht diese Daten überhaupt aufzunehmen und Sie hatten noch weniger ein Recht, sie auf Ihrem privaten Rechner abzuspeichern. Sind Sie denn wahnsinnig geworden? Was haben Sie damit vor?", brüllte Jürgens.
„Nichts, Chef. Das war eigentlich nur reine Neugier", kam zurück.
„Reine Neugier? Diese reine Neugier kann Ihnen den Kopf kosten, Kuhmichel. Und auch ich werde eine Menge Probleme bekommen, wenn Sie mir weiterhin in den Rücken fallen. Dieser Theodor Hirschberger ist kein gewöhnlicher Eierdieb, sondern eine extrem einflussreiche Persönlichkeit. Sie wissen, dass ich Sie gut leiden kann, aber hier haben Sie furchtbare Scheiße gebaut. Und ich werde nicht mit Ihnen in dieser Scheiße versinken. Ist das klar?"
„Ich...ich werde die Daten löschen, sobald ich zu Hause bin. Ich verspreche es, Chef."
Sicherheitskomplexleiter Jürgens rang mit den Händen und wirkte plötzlich fast mitleidig. Er stand von seinem Platz auf und tigerte nervös durch sein Büro.
„Hören Sie, Kuhmichel. Ich kann absolut verstehen, dass es Sie ankotzt, dass dieser kleine Bastard von David Hirschberger wieder auf freiem Fuß ist. Aber ich konnte nichts dagegen tun. Das Ministerium selbst hat mir die Order gegeben und ich musste mich fügen. Aber die Sache mit den Daten ist verdammt ernst. Ich weiß nicht, was Sie da gefunden haben, aber wenn mir sogar der internationale Geheimdienst auf die Pelle rückt, dann ist das kein Spaß mehr. Bereinigen Sie die Angelegenheit so

schnell es geht, sonst beschwören Sie auch für mich eine Katastrophe herauf."
Kuhmichel stampfte wie ein trotziger Junge auf und ballte die Faust. „Ja, ich lösche die verfluchten Daten auf meiner Festplatte! Wie Sie befehlen, Chef! Allerdings frage ich mich, was wir hier eigentlich tun?"
„Wie meinen Sie das, Kuhmichel?"
„Wir knallen Leute, die ein Einkaufszentrum ausplündern, weil sie kurz vor dem Verhungern sind, wie Vieh ab. Wir drangsalieren harmlose Bürger wegen Nichtigkeiten und pressen ihnen den letzten Globe aus der Tasche. Und im Falle von David Hirschberger, wo die Beweise klar wie das Wasser eines Bergsees sind, dürfen wir nichts tun, weil dessen Vater ein hohes Tier ist. Wissen Sie, was ich davon halte?"
„Ich kann es nicht ändern. Auch ich muss mich den noch größeren Tieren im Dschungel beugen, Kuhmichel. Sie haben Recht mit allem, was Sie sagen, aber es ändert nichts an der Tatsache, dass dieser Fall unsere Kompetenzen bei weitem übersteigt. Also tun Sie bitte, was ich Ihnen sage. Auch um Ihrer selbst willen", sagte Jürgens hilflos.
„Zu Befehl, Herr Sicherheitskomplexleiter!", antwortete Kuhmichel und schlug theatralisch die Hacken zusammen. „Ich werde die verfluchten Daten heute noch löschen und den Serienkiller David Hirschberger vergessen. Und dann kümmere ich mich wieder um die wichtigen Fälle. Vielleicht hat ja einer sein Parkticket vergessen oder zu laut gehustet. Oder einer hat sich das falsche Buch aus dem Internet heruntergeladen. Dann werde ich mich darum kümmern, dass er sofort ein schönes AG bekommt und ein paar Jahre in den Knast muss. Zu Befehl!"

Kuhmichel drehte sich um und verließ Jürgens Büro. So trotzig hatte er sich seinem Vorgesetzten gegenüber noch nie zuvor verhalten, aber er konnte nicht sagen, dass es ihm jetzt schlechter ging. Im Gegenteil; die Wut über ein System, das völlig korrupt und ungerecht war, hatte diesmal einfach Überhand genommen.

Als Marvin wieder zu Hause war, eilte er sofort zu seinem Computer und entfernte die brisanten Daten von seiner Festplatte. Sollten diese Typen von der GSA ruhig noch einen weiteren Fernscan machen - jetzt würden sie nichts mehr finden. Auf die kleine Datenschachtel, auf der Kuhmichel die geheimen Dokumente ohnehin noch einmal zusätzlich abgespeichert hatte, konnten die GSA-Leute nicht zugreifen. Diese Datenschachtel war nämlich Kuhmichels „Privatbesitz" und er hatte sie in eine Schublade seines Schreibtischs gelegt, wo sie nun wie ein gut gehüteter Schatz ruhte und vor neugierigen Blicken sicher war.
„Ich werde diese Dokumente alle lesen, weil ich sie lesen will. Ich muss sie lesen, damit ich endlich mehr weiß", sagte der Polizist grimmig zu sich selbst.
„Untersucht ruhig meine Festplatte, ihr blöden Wichser", brummte er, um dann die Schublade zu öffnen und die kleine Datenschachtel mit dem dunkelgrauen Plastikgehäuse mit diebischer Freude anzulächeln.
„Du gehörst mir, meine Kleine", flüsterte er und hielt das rechteckige Etwas wie einen wertvollen Diamanten in der Hand.
Kuhmichel konnte die auf dem Datenträger abgespeicherten Dokumente auch auf seinem DC-Stick lesen, wobei er die gesamte Datenmenge dort jedoch nicht abspei-

chern konnte. Aber das wäre auch sehr dumm gewesen, denn auch die Speicherchips von DC-Sticks konnten per Fernscan untersucht werden. Zumindest, wenn man eine Verbindung zum Internet herstellte.

Ansonsten eignete sich das Gerät, das als „Data Carrier Stick" bezeichnet wurde und einem etwa 18 Zentimeter langen, breiten Rohr glich, auch dazu, elektronische Bücher und Dokumente zu lesen. Man verwandelte das rohrartige Gebilde einfach per Knopfdruck in einen kleinen Bildschirm und schon konnte man mit dem Lesen beginnen. Und genau das wollte Kuhmichel heute Abend tun. Lesen, lesen, lesen!

Seine Erkenntnisse sollten sie ihm nicht mehr rauben können. Niemals! Die Beute gehörte ihm und er umklammerte sie wie ein Löwe die Gazelle, die er in der Savanne unter größten Mühen gefangen und gerissen hatte.

Schließlich erinnerte sich Marvin daran, dass er ja auch noch „Der Weg der Rus" auf seinem DC-Stick abgespeichert hatte und holte ein kleines Übertragungskabel hervor.

Anschließend speicherte er das verbotene Buch auf der Datenschachtel, so dass er nun auch davon eine zweite Kopie für den Fall der Fälle hatte. Jetzt konnte nichts mehr verloren gehen, dachte der Polizist. Sicher ist sicher.

Nachdem er „Der Weg der Rus" auch noch auf die Datenschachtel kopiert hatte, lehnte sich Kuhmichel für einen Moment in seinem Bürostuhl zurück und schloss die Augen.

Loreen würde gegen 20.00 Uhr nach Hause kommen, was bedeutete, dass er noch etwa zwei Stunden Zeit hatte, ganz für sich zu sein. Nur er, die geheimen Daten von

Theodor Hirschbergers Festplatte und „Der Weg der Rus" waren anwesend.
Sie alle saßen um Marvins Schreibtisch herum gleich einem Zirkel aus Mitverschwörern. Ungeduldig darauf wartend,, dass die geheime Sitzung begann. Marvin schmunzelte, als ihm dieses Bild in den Sinn kam.
Kurz darauf ging er die Treppe herunter ins Erdgeschoss seines beschaulichen Reihenhauses und setzte sich im Wohnzimmer auf die Couch, um dann sofort wieder aufzuspringen und erst einmal die Gardinen zuzuziehen.
„Sicher ist sicher!", sagte er zu sich selbst.
Anschließend setzte er sich erneut hin und kramte den DC-Stick und die Datenschachtel hervor. Noch einmal sah er sich in seinem Wohnzimmer um und nahm daraufhin das Übertragungskabel, um den DC-Stick und die Datenschachtel miteinander zu verbinden.
Inzwischen hatten seine Hände vor Aufregung zu schwitzen begonnen. Kuhmichel wischte sie an einem der Kissen auf dem Sofa trocken. In diesem Augenblick leuchtete der Bildschirm des DC-Sticks auf und Marvin betrachtete das Ordnermenü. Er klickte auf „Artur Tschistokjow - Der Weg der Rus" und das elektronische Buch wurde geöffnet.
Warum er sich überhaupt für dieses verfemte Buch interessierte, wusste Kuhmichel nicht genau. Vermutlich war es lediglich der Reiz des Verbotenen, der ihn dazu trieb, einen flüchtigen Blick in das berüchtigte Machwerk des Rebellenführers zu werfen.
„Nur mal kurz reinschauen...", murmelte der Polizist kaum hörbar und fing dann zu lesen an.
„Artur Tschistokjow - Der Weg der Rus...Kapitel I....Der Junge aus Kiew...", brummte Marvin.

Die graublauen Augen des Detectives wanderten über das Inhaltsverzeichnis des Buches und es fiel ihm schwer, die kleine Schrift zu entziffern. Zudem hatte er, wenn er ehrlich war, bisher noch kaum ein Buch gelesen. Das Bücherlesen war eigentlich längst aus der Mode gekommen und auch Marvin hatte es immer als langweilig, anstrengend und antiquiert betrachtet.
„Kapitel VI…Der Weltfeind ohne Maske…"
„Kapitel VII…Die geistige Grundlage des Widerstandes…"
„Kapitel IX…Auferstanden aus der Asche…"
„Kapitel XVIII…Das kommende Erwachen…"
Marvin war ein wenig überfordert mit der Tatsache, dass das Buch über 1300 Seiten hatte. Wie sollte er all das lesen? Zudem fürchtete er sich vor so viel unbekanntem Wissen, vor den vielleicht blasphemischen Dingen, die er nicht mehr aus seinem Geist würde entfernen können, wenn er sie einmal aufgesogen hatte. Seine Hände schwitzen schon wieder und sein Herz begann zu hämmern.
„Nein, ich habe keine Angst vor diesem Buch. Es ist lediglich ein dicker, elektronischer Schinken voller Blödsinn", beruhigte er sich selbst, um dann wahllos von einer Seite zur nächsten zu springen.
„Es gibt überhaupt keine andere Möglichkeit, als dass ihre Weltherrschaft geradezu zwangsläufig die Vernichtung aller höheren Kultur und alles höheren Menschentums mit sich bringt, denn ihr zerstörerischer Grundcharakter führt mit unbeirrbarer Sicherheit in eine ewige Finsternis dahinsiechender und versklavter Völker.
Daher ist die Welt unserer schrecklichen Gegenwart einerseits das Resultat ihrer gezielten und von langer Hand geplanten Völker- und Kulturzerstörung und andererseits

eine unmittelbare Folge ihres Erstarkens überhaupt. Dadurch, dass sie die Macht innerhalb der mächtigsten und erfindungsreichsten Völker dieser Erde übernommen haben, also der Völker Europas und des ehemals europäisch geprägten Nordamerikas, haben sie auch die Grundlage zur Beherrschung der übrigen Welt gelegt. Somit verfügen sie heute über all die großartige Technologie und die damit verbundene Macht, die der Erfindungsgabe des Europäers entwachsen ist. Nun verwenden sie seine Werke, ja seine gesamte Zivilisation, gegen ihn selbst.

Nichts haben sie wirklich selbst kreiert oder erfunden, nichts durch ehrliche und harte Arbeit erschaffen und aufgebaut, und dennoch verfügen sie heute darüber, als wäre es niemals anders gewesen…", las Kuhmichel auf Seite 567.

Er wechselte zum Kapitel „Das kommende Erwachen" und starrte schweigend auf den Bildschirm, während er ungläubig den Kopf schüttelte.

„Was für ein Unsinn", brummte er, um dann dennoch weiterzulesen.

„Meine Feinde werden über mich lachen. Sie werden über mich und meine Bewegung lachen, und werden sagen „Dieser Tschistokjow ist nichts als ein kleiner Wurm, weil er nichts hat. Und ein Mann, der nichts hat, ist nichts als ein kleiner Wurm."

Ja, vielleicht haben sie alle Macht, all das Geld, all das Militär und all die Medien, aber sie vergessen, dass ich eine Menge sehr starke Verbündete habe.

Meine Verbündeten sind: Armut, Hunger, Unzufriedenheit, Hass, Ungerechtigkeit, Angst, Hoffnungslosigkeit, Verzweiflung, Unterdrückung, Orientierungslosigkeit und viele mehr. Vor ein paar Jahrzehnten haben die Europäer

noch in einem riesigen Käfig aus Illusionen gelebt, den unsere Feinde für sie gebaut hatten. Sie haben in der großen Illusion von Freiheit und Wohlstand gelebt. Und die falsche Freiheit und der trügerische Reichtum waren jene zwei Dinge, die sie zu glücklichen Sklaven gemacht hatten.
Aber diese Illusionen starben bereits im Jahre 2018. Alles, was blieb, waren unsere Verbündeten, die uns jetzt helfen werden, die Feinde der Menschheit zu bekämpfen.
Gott segne unsere Verbündeten! Sie machen uns das Geschenk von Millionen Europäern, die nichts mehr zu verlieren haben. Sie zwingen sie, zu kämpfen und sortieren zugleich die Feiglinge und Schwächlinge aus. Daher sollen die Logenbrüder unsere Verbündeten niemals unterschätzen, denn sie geben uns den Nährboden, den eine Revolution braucht."

Verbotenes Wissen

Kuhmichel konnte die Augen nicht mehr vom Bildschirm seines DC-Sticks abwenden, obwohl sie inzwischen brannten und schmerzten. Beharrlich durchstöberte Marvin seit nunmehr vier Stunden die seltsamen Dokumente von Theodor Hirschbergers Festplatte. Und noch immer war er vollkommen überfordert mit dem Inhalt der vielen Schriftstücke. Das konnte einfach nicht wahr sein.
Marvin betrachtete eine graphische Übersicht über den weltweiten Aufbau der geheimen Organisation, die offenbar hinter den Kulissen der Weltpolitik die Fäden zog und hinter der Weltregierung stand. Es schien tatsächlich zu stimmen.
Das, was er früher immer als „Verschwörungstheorie" belächelt hatte, lag jetzt schwarz auf weiß vor seinen Augen. Marvin öffnete ein weiteres Dokument mit dem Namen „ODV-Entwicklung bis 2058" und hielt den Atem an. Was er hier las, zwang seinen Verstand beinahe in die Knie. Diese furchtbare Seuche war eine biologische Waffe, die allein dazu entwickelt worden war, Hunderte Millionen Menschen umzubringen. Und das tat die ODV-Epidemie bereits, denn in Asien starben sie wie die Fliegen und es war nicht möglich, diese neue Pest aufzuhalten.
„Allein ein von uns entwickeltes Gegenmittel, das selbstverständlich unter Verschluss gehalten wird, könnte die Seuche stoppen - zumindest in der Theorie. Dieser einschneidende Eingriff in die globale Bevölkerungsentwicklung ist jedoch notwendig, um die unproduktiven und aus unserer Sicht nutzlosen Elemente in den benann-

ten Regionen zu eliminieren und ihre Vermehrung einzudämmen...".
Kuhmichel schluckte und sprang zum nächsten Dokument mit dem Titel „Endgültige Auflösung der Familienstrukturen in Europa durch Negativpropaganda in den Massenmedien".
Als er gerade mit dem Lesen beginnen wollte, hörte er Schritte auf dem Gang. Marvin drehte sich um und sah Loreen ins Wohnzimmer kommen.
„Willst du nicht langsam mal ins Bett kommen, Schatz?", murmelte sie verschlafen und sah ihn verständnislos an.
„Ja, gleich. Nur noch eine halbe Stunde oder so", antwortete Kuhmichel.
„Was liest du denn da?", fragte sie.
„Akten...Automatisierte Gerichtsverfahren...dann muss ich das morgen im Büro nicht mehr machen", log Marvin.
Sie ging kopfschüttelnd davon. Kuhmichel nahm sofort wieder den DC-Stick zur Hand und starrte auf den Bildschirm.
„Der „Rat der Weisen" hat beschlossen, die noch existierenden Familienstrukturen innerhalb der Reste der europäischen Völker bis zum Jahre 2067 vollständig aufzulösen. Noch intakte Familien bedeuten noch immer eine gewisse Anzahl von Kindern, was den Aussterbevorgang dieser Völker vor allem in den ländlichen Regionen nach wie vor verlangsamt.
Zwar sind die als „intakt" zu bezeichnenden Familien in Deutschland, Frankreich, England usw. in den letzten Jahrzehnten immer seltener geworden, doch besteht nichtsdestotrotz die Gefahr fort, dass sich abseits der urbanen Zentren Enklaven von Subjekten europider Her-

kunft erhalten, die auch in Zukunft als theoretische Bedrohung für..."
Kuhmichel rieb sich die Augen und beschloss eine kurze Lesepause einzulegen, um sich zu sammeln. Sein Verstand schrie auf, als ihm bewusst wurde, was er eben gelesen hatte. Noch immer weigerte er sich zu glauben, dass diese Pläne wirklich real waren und es jene weltweite Organisation tatsächlich gab.
„Diese Dinge decken sich mit einigen Aussagen aus Tschistokjows Buch", flüsterte Marvin verwirrt. „Nein! Ich werde diesem verrückten Kerl jetzt nicht Recht geben! Auf gar keinen Fall! Wenn er Recht hätte, dann würde das bedeuten, dass ich 14 Jahre lang einer Bande von skrupellosen Verbrechern gedient habe. Er darf einfach nicht Recht haben, sonst..."
Marvin bemühte sich, den Gedanken nicht noch weiter zu denken, um sich den Seelenschmerz zu ersparen. Doch der Geistesblitz hatte sich in seinem Hirn längst von seinen Fesseln befreit und stampfte nun durch seinen Kopf wie ein brüllender, riesenhafter Urweltsaurier, der plötzlich begann, Kuhmichels Weltbild einzureißen wie Godzilla die Hochhäuser einer japanischen Küstenstadt.

Kuhmichel öffnete die Tür seines Büros, knipste das Licht an und gähnte. Er sah sich um. Keller war noch nicht da, was ungewöhnlich war, denn der rundliche Polizist war stets überpünktlich und ein überzeugter Frühaufsteher. Er setzte sich an seinen Schreibtisch, fuhr den Dienstcomputer hoch und stieß ein lautes Seufzen aus. Es standen wieder einmal Dutzende von AG-Vorladungen in der Warteschleife.

„Na, toll…", brummelte Kuhmichel und öffnete die Erste.
„Wiederholtes Falschparken, AG 563345-6, Jimmy Blue Kartoffelmeier", las er leise vor.
Normalerweise wurde das Scanchipkonto beim Falschparken automatisch mit einer Strafgebühr belastet. In diesem Fall, bei einem notorischen Falschparker, der ständig auffällig wurde und offenbar unbelehrbar war, ging die AG- Vorladung zur Absegnung an die örtliche Dienststelle. Lustlos klickte Kuhmichel den Menüpunkt „AG-Vorladung durchgesehen und signiert" an, um dann plötzlich einfach abzubrechen.
Marvin beschloss, sich erst einmal einen Kaffee und ein Käsebrot in der Kantine zu holen. Außerdem musste er sowieso gleich noch einmal zum Chef, um ihm demütig vom Löschen der „bösen Daten" zu berichten. Inzwischen war schon eine Viertelstunde vergangen und Keller war noch immer nicht da. Nachdem Kuhmichel fast eine halbe Stunde in der Kantine gesessen und ein Käsebrot verdrückt hatte, ging er zu Jürgens.
„Alles erledigt, Chef!", sagte er dort, während ihn der Sicherheitskomplexleiter mit trauriger Miene betrachtete.
„In Ordnung, Kuhmichel", kam nur zurück.
„Hat sich Keller krank gemeldet oder warum ist er noch nicht da?", wollte Marvin jetzt wissen.
„Ja, hat `ne Erkältung", antwortete Jürgens.
Der Detective grinste. „Der bleibt wegen so etwas zu Hause? Das ist ja noch nie vorgekommen, Chef."
„Es geht ihm eben nicht gut, Herr Kuhmichel", murmelte der Sicherheitskomplexleiter.
Irgendwie sah Jürgens betreten aus und sein seltsamer Blick machte seinen jüngeren Untergebenen stutzig.

„Ist irgendwas, Chef?"
„Nein! Was sollte sein? Die Sache mit den Daten ist ja jetzt endlich erledigt, nicht wahr?"
„Ja, alles weg."
„Gut!"
„Und was ist nun mit meinem Disziplinarverfahren?", fragte Marvin dann.
Jürgens winkte ab und erwiderte müde. „Das habe ich einstellen lassen. Hatte ich vergessen zu sagen. Das Thema ist vom Tisch."
„Wirklich?"
„Ja!"
Für einen Moment war es so still in dem Büroraum, dass man eine Stecknadel hätte fallen hören. Jürgens stand von seinem Platz auf, verschränkte die Hände hinter dem Rücken und sah aus dem Fenster. Kuhmichel räusperte sich.
„Ich gehe dann wieder runter, ja?"
„Ja, gehen Sie einfach", antwortete der Sicherheitskomplexleiter.
Gerade als Marvin verschwinden wollte, drehte sich Jürgens noch einmal um und nickte ihm zu. Dann bemerkte er: „Ich habe Sie immer gemocht, Kuhmichel. Sie sind ein guter Polizist, wenn Sie auch manchmal ein echter Chaot sind. Wirklich, ich habe Sie gemocht. Mag Sie, meine ich."
Der Chef versuchte zu lächeln, doch gelang es ihm nicht. Stattdessen schaute er Marvin nur bedrückt an und machte den Eindruck, als würde er die passenden Worte suchen.
„Es tut mir wirklich leid, Kuhmichel. Ganz ehrlich. Sie sind ein netter Kerl", sagte Jürgens.

„Ist schon okay, Chef. Bis später!" Marvin verließ den Büroraum und sein in die Jahre gekommener Vorgesetzter sah ihm traurig hinterher.

Es war 17.51 Uhr und Marvin hatte den heutigen Arbeitstag endlich hinter sich gebracht. Er war auf dem Weg nach Hause. Gleich wollte er erst einmal bei Kevin anrufen, um sich nach dessen Gesundheitszustand zu erkundigen. Vermutlich hatte der Kollege mit etwas Ernsterem zu kämpfen als nur mit einer gewöhnlichen Erkältung.
Als der Polizist in die Steven-Spielberg-Straße einbog, wo sein kleines Reihenhaus zwischen vielen weiteren Reihenhäusern eingeklemmt am Straßenrand stand, sah er schon von weitem drei Gestalten vor seiner Haustür stehen.
Kuhmichel stutzte, trat kurz auf das Gaspedal, um auf den letzten Metern noch einmal zu beschleunigen. Schließlich stellte er sein Auto ab. Marvin stieg aus und ging langsam auf die drei Männer zu.
„Herr Kuhmichel, folgen Sie uns ins Haus. Wir müssen uns mit Ihnen unterhalten", sagte einer der Männer, ein kahlköpfiger Kerl mit auffällig buschigen Augenbrauen.
Der Mann neben ihm, vermutlich ein Sektorbürger türkischer Herkunft, trat einen Schritt vor. Ihm folgte ein schlaksiger Typ mit blonden Haaren und einem sehr schmalen Gesicht.
„Wer sind Sie und was wollen Sie von mir?", wollte Marvin wissen.
„Wir sind von der GSA. Öffnen Sie bitte die Tür, damit wir ins Haus können", forderte der Blonde.
„Können Sie sich ausweisen?", knurrte Kuhmichel.
„Aber sicher! Hier!", antwortete der kahlköpfige Mann, der ein dunkelgraues Sacko trug, und hielt ihm seinen

entblößten Unterarm entgegen. Seine Begleiter taten das Gleiche.

„Ich habe leider keinen Scanner dabei, um ihre Implantationschips lesen zu können", sagte Marvin.

„Wir haben auch gewöhnliche Dienstausweise", lachte der Blonde und hielt Kuhmichel den seinen unter die Nase.

„Wirklich witzig!", brummte der Polizist.

„Wer sagt, dass wir witzig sind?", bemerkte der Schwarzhaarige kalt und deutete auf die Eingangstür. „Lassen Sie uns jetzt endlich in Ihr Haus!"

„Was wollen Sie denn von mir?", wehrte sich Marvin.

„Wir müssen mit Ihnen reden und haben den Befehl, nach verdächtigen Objekten in Ihrem Haus zu suchen. Entweder Sie lassen uns augenblicklich hinein oder wir werden uns den Zugang erzwingen. Verhalten Sie sich besser kooperativ", sagte der Kahlkopf und funkelte Kuhmichel bedrohlich an.

Marvin wunderte sich in diesem Moment darüber, dass er kaum Angst verspürte. Er fühlte im Gegenzug sogar eher so etwas wie wütenden Trotz. Grimmig starrte er die drei Männer an und schloss dann die Haustür auf.

Schnellen Schrittes lief er voran, während ihm die drei ungebetenen Besucher ins Wohnzimmer folgten. Dort setzten sich zwei von ihnen wortlos auf die Couch, während der Schwarzhaarige hinter Marvins Rücken Position bezog.

Alle drei Männer waren bewaffnet. Gelegentlich tasteten sie demonstrativ nach ihren Pistolen, die unter den Sackos hervorlugten. Marvin hatte seine Dienstwaffe hingegen im Sicherheitskomplex FAM-IV gelassen.

Der blonde GSA-Agent erhob sich wieder von der Couch und starrte ihn feindselig an. Dann sagte er: „Zunächst einmal weise ich Sie darauf hin, dass Sie hiermit verhaftet sind, Herr Kuhmichel. Des Weiteren werden wir uns jetzt hier umsehen, um sicherzustellen, dass Sie nicht noch weitere Kopien der Daten besitzen, die Sie Theodor Hirschberger gestohlen haben."
Der Detective starrte trotzig zurück. „Aha, verhaften wollen Sie mich auch noch?"
„Sie haben gegen die höchste Sicherheitsstufe verstoßen, Herr Kuhmichel", knurrte der dunkelhaarige GSA-Beamte hinter Marvins Rücken und stellte sich vor die Wohnzimmertür. Dann zückte er seine Waffe und richtete sie auf Marvin. Seine Kollegen reagierten fast synchron und ehe sich Kuhmichel versah, schaute er in die Läufe von drei Automatikpistolen.
„Fickt euch!", zischte er.
„Machen Sie keine Dummheiten. Haben Sie hier noch weitere Kopien der Daten oder nicht?", bohrte der kahlköpfige Agent nach.
„Ja, habe ich." Marvin wusste, dass es keinen Zweck mehr hatte zu lügen.
„Bevor wir Sie in Sicherheitsverwahrung bringen, werden Sie uns die Daten aushändigen", wies ihn der Blonde an.
„Ja, in Ordnung. Ich gehe nach oben und hole sie", antwortete Kuhmichel mit ausdrucksloser Miene.
„Herr Altintop wird Sie begleiten", bemerkte der glatzköpfige Mann und nickte dem Schwarzhaarigen zu. Dieser winkte Marvin mit der Waffe in der Hand zu sich.
„Kommen Sie schon!", drängte er.
Kuhmichel, der sich mit aller Kraft bemühte, seine Angst vor den drei Fremden zu verbergen, ging an dem dunkel-

haarigen Agenten vorbei und führte ihn ins obere Stockwerk, während die beiden anderen Geheimdienstleute unten im Hausflur stehen blieben.

„Die Datenschachtel ist in meinem Arbeitsraum", erklärte Kuhmichel dem Mann hinter sich und dieser antwortete mit einem leisen Brummen.

Marvin ging zum Schreibtisch, holte die Datenschachtel und das Übertragungskabel aus der Schublade, drehte sich um und lächelte den GSA-Mann an. Dann steckte er das Kabel in die Tasche und hielt seinem Gegenüber die Datenschachtel hin. Der Agent musterte ihn misstrauisch und richtete die Mündung seiner Pistole direkt auf Kuhmichels Gesicht.

„Nehmen Sie das Scheißding. Dann habe ich endlich meine Ruhe", sagte Marvin und seine hellen Augen leuchteten freundlich auf, als er dem Beamten zunickte.

„Ihre Ruhe?" Der Mann grinste verächtlich. „Oh, nein, mein Lieber, so einfach kommen Sie nicht aus dieser Sache heraus."

Der GSA-Agent griff mit der linken Hand nach der Datenschachtel und beugte sich dabei leicht nach vorne, während Kuhmichel plötzlich blitzartig einen Schritt zur Seite machte. In der nächsten Sekunde schlug er dem Geheimdienstmitarbeiter mit der Handkante gegen den Unterarm und duckte sich nach unten weg. Ein Schuss ertönte und die Kugel bohrte sich in die Wand in Marvins Rücken.

Während der verdutzte GSA-Mann noch versuchte, ihn erneut mit der Waffe anzuvisieren, schlug ihm der Detective mit voller Wucht ins Gesicht. Vor Schmerzen stöhnend taumelte der Getroffene zurück, als Kuhmichel schon einen Kugelschreiber vom Schreibtisch nahm und ihm diesen mit aller Kraft in die Kehle rammte. Derweil polterten die beiden anderen Agenten schon die Treppe hinauf und stürmten über den Flur.

Den auf dem Boden liegenden, laut krächzenden und gurgelnden GSA-Mann ignorierend, riss Kuhmichel ein Fenster auf und sprang in die Tiefe. Er landete unsanft auf dem Rasen seines winzigen Vorgartens und richtete sich so schnell er konnte wieder auf, um auf den Bretterzaun, der den Garten vom Fußweg dahinter abgrenzte, zuzurennen.

„Bleiben Sie stehen, Kuhmichel!", hörte er die GSA-Agenten hinter sich brüllen.

Dann flogen ihm ein paar Kugeln um die Ohren. Marvin, der bisher an keinen Gott geglaubt hatte, bat diesen in jenen Sekunden inständig um Hilfe.

Holzsplitter wurden neben ihm durch die Luft gewirbelt, als ein Projektil in den Bretterzaun einschlug. Offenbar hatte der Schütze auf seine Beine und nicht auf seinen Kopf oder Oberkörper gezielt. Kuhmichel sprang mit einem gewaltigen Satz über den Gartenzaun, überschlug sich auf dem Fußweg dahinter und stolperte durch eine Hecke, um dahinter im Garten eines anderen Reihenhausbewohners zu landen. Hinter ihm knallte noch
immer das Feuer von Automatikpistolen durch die beschauliche Vorstadtsiedlung.

Marvin rannte plötzlich wie von Sinnen, übersprang mehrere Gartenzäune wie ein Leichtathlet und raste über eine breite Straße. Zum Nachdenken hatte er keine Zeit mehr und so rannte der Polizist, als ob ihm eine Schar Dämonen auf den Fersen wäre.

Kuhmichel sprintete wie vom Teufel gehetzt über Gehsteige und Straßen, hastete panisch durch Vorgärten, Hin-

terhöfe und schließlich die verwahrloste Parkanlage am Rande des Frankfurter Vorortes, in dem er gelebt hatte.
Nun war seine Existenz als Bürger von „Europa-Mitte" beendet worden. Das war ihm selbst in diesem Moment der grenzenlosen Panik bewusst.
Einer der GSA-Agenten hätte ihn beinahe doch noch erwischt, bevor ihn seine beiden Verfolger in der Straße hinter seinem Reihenhaus aus den Augen verloren hatten. Glücklicherweise hatte er noch früh genug reagiert, sonst wäre er jetzt wohl schon auf dem Weg in ein Hochsicherheitsgefängnis des internationalen Geheimdienstes, schoss es Marvin durch den Kopf, während er bis zur völligen Erschöpfung durch die Straßen rannte und es nicht einmal mehr wagte, einen Blick über die Schulter zu werfen.
Als Kuhmichel keine Puste mehr hatte und laut schnaufend zu Boden sackte, kroch er mit letzter Kraft unter ein altes Auto, das hinter einem Mehrfamilienhaus abgestellt worden war. Er schloss die Augen, biss sich auf die Unterlippe und hatte das Gefühl, als würden seine Lungen im nächsten Moment explodieren.
Erst als er sich etwa eine halbe Stunde lang von seinem halsbrecherischen Sprint erholt hatte, traute er sich einmal kurz, unter dem Auto hervorzulugen. Irgendwo hörte er die schrillen Stimmen einiger Kinder, die vermutlich vor dem Mehrfamilienhaus auf einer Treppe saßen und zwischendurch immer wieder lachten. Von den GSA-Agenten war indes nichts mehr zu sehen, was allerdings nicht viel hieß. Marvin wusste, dass bald die halbe Frankfurter Polizei nach ihm suchen würde - und vermutlich ganze Staffeln von Mitarbeitern des gefürchteten internationalen Geheimdienstes.

„Ich bleibe hier, bis es dunkel wird", dachte er und schloss die Augen. Noch immer pochte sein Herz schnell und kräftig, wenn es auch nicht mehr so irrsinnig hämmerte wie nach seinem Marathonlauf.
Sobald die Schatten der Nacht über die Stadt gekommen waren, wollte sich Kuhmichel nach einem besseren Versteck umsehen. Seinen Scanchip, den man immer und überall anpeilen und orten konnte, hatte er bereits auf der Straße hinter seinem Reihenhaus zu Boden fallen lassen.
„Ein Mensch ohne Chip ist kein Mensch", sinnierte er und ihm wurde in diesem Moment klar, dass er nun nicht einmal mehr eine offizielle Identität hatte.
Zudem konnte er ohne Scanchip nichts mehr kaufen. Er war vollkommen mittellos geworden - von einem Augenblick zum nächsten.
Wie die ganze Sache enden würde, konnte sich Marvin nicht ausmalen. Er verharrte erst einmal still unter dem schrottreifen Auto, in der Hoffnung, dass niemand ihn gesehen hatte, als er darunter gekrochen war. Doch er hatte Glück und die Stunden verstrichen, ohne dass ihm jemand zurief: „Kommen Sie da raus, Herr Kuhmichel! Mit erhobenen Händen!"

Als es endlich dunkel geworden war, schlich sich Marvin im Schutz hoher, grauer Häuserwände durch die Finsternis davon und kauerte sich hinter Mülltonnen, Stromkästen oder Bäume, während er sich ständig umdrehte und seine Augen nervös die Umgebung absuchten.
In der Tiefe der Nacht gelang es ihm endlich, sich in einem leerstehenden Haus zu verstecken. Die Türen und Fenster des Gebäudes waren offenbar schon vor Jahren herausgebrochen oder eingeschlagen worden und schein-

bar hausten hier von Zeit zu Zeit Obdachlose, wie die Müllberge in den leeren Räumen vermuten ließen. Irgendwann in den frühen Morgenstunden des nächsten Tages schaffte es Marvin zumindest für ein paar Stunden zu dösen, um schließlich mit einem vor Hunger rumorenden Magen aufzuwachen.
Jetzt war er auf der Flucht vor einem unbarmherzigen System und es gab kein Zurück mehr. Der Gedanke war zunächst zu surreal, um ihn zu begreifen. Marvin wartete, dass er aus dem Alptraum erwachte und alles wieder so war wie zuvor, doch er erwachte nicht. Das schäbige Ruinenhaus, in dem er hockte, löste sich nicht auf. Ebenso wenig die Angst und die bittere Erkenntnis, das er tatsächlich auf der Flucht vor einem System war, das fast die gesamte Welt in seinen Fängen hielt.

„Bitte nicht! Nein, hören sie doch auf!", wimmerte der alte Mann, als ihn Kuhmichel weiter in eine dunkle Nische zwischen zwei Häuserblocks zog und ihm zugleich die scharfe Spitze einer großen Glasscherbe gegen den Kehlkopf drückte.
„Wenn du schreist, bist du tot. Das schwöre ich dir. Gib mir deinen Scanchip und deine Autoschlüssel", zischte ihm Marvin von hinten ins Ohr.
„Ja, in Ordnung. Kein Problem!", gab der grauhaarige Mann zurück, den Kuhmichel wie ein Raubtier angefallen und dann in diese lichtlose Ecke gezogen hatte.
„Die Geheimzahl von deinem Scanchipkonto!", sagte der ehemalige Polizist.
„Ich glaube 1456…ja…1456…", stammelte der Alte, der hilflos in Kuhmichels Würgegriff zappelte.
„1456! Okay, merke ich mir…gib mir deinen Scanchip",

drängte Marvin und presste noch immer die Spitze der Glasscherbe, die er in dem leerstehenden Haus gefunden hatte, in die runzelige Haut seines Opfers.
„Wenn du mich belügst, dann finde ich dich und bringe dich um. Ist 1456 wirklich die richtige Geheimzahl?"
„Ja, ganz ehrlich", jammerte der alte Mann.
Als dieser seinen Scanchip und die Schlüssel seines Autos endlich übergeben hatte, ließ ihn Marvin los und stieß ihn auf den müllübersäten Boden.
Stundenlang hatte er in dem engen Durchgang zwischen zwei Wohngebäuden auf jemanden gelauert, dem er den Scanchip wegnehmen konnte. Außerdem brauchte er einen fahrbaren Untersatz. Dieser alte Mann hatte gerade in sein Auto einsteigen wollen, als ihn Kuhmichel wie ein hungriger Wolf aus der dunklen Ecke angefallen und ihn im nächsten Augenblick schon in diese hineingezogen hatte.
„Warum tun Sie das?", wimmerte die ängstliche Gestalt zu Marvins Füßen und sah ihn mit verzweifeltem Blick an.
„Verschwinde besser! Eigentlich sollte ich dich töten, weil du den Verlust deines Autos und deines Scanchips sicherlich bald der Polizei melden wirst, aber ich lasse dich trotzdem leben, weil ich ein guter Mensch bin. Warte aber bitte ein paar Stunden, bis du diesen Überfall meldest. Damit würdest du mir schon sehr helfen", antwortete Kuhmichel und starrte auf den Alten herab. Im gleichen Augenblick wurde ihm bewusst, wie paradox sein Verhalten war. Nicht weniger paradox und verdreht wie die Welt, in der er leben musste.
„Ich will hier nur weg! Weg aus dieser verfluchten Stadt! Und ich brauche deinen Scanchip und dein Auto. Sonst

töten sie mich. Verstehst du? Sonst machen mich diese Schweine einfach kalt oder ich lande in einem Internierungslager und komme da nie wieder raus", zischte Marvin und wirkte wie ein vollkommen irrsinniger Drogenjunkie.
Der grauhaarige Mann hob beschwichtigend die Hände und versuchte zu lächeln.
„Schon gut, kein Problem. Ich sage nichts. Nehmen Sie meinen Scanchip und mein Auto. Ganz ruhig!"
„Ich muss jetzt gehen. Es tut mit leid, ich bin eigentlich kein Krimineller, aber es geht wirklich nicht anders", antwortete Kuhmichel. Er ließ sein Opfer in der dunklen Nische zurück, während er so schnell er konnte in dessen Auto sprang und davonbrauste.
Der alte Mann sah ihm sprachlos nach und wusste nicht, was er von dem kräftigen, dunkelblonden Mann halten sollte, der ihn soeben überfallen und dabei vollkommen verzweifelt und zu allem entschlossen gewirkt hatte.

Sich immer wieder nervös umschauend und mit wild hämmerndem Herzen fuhr Kuhmichel in Richtung der Autobahn, die aus Frankfurt hinausführte. Er lies seinen Blick noch einmal über die riesenhaften Wolkenkratzer, die berühmte Skyline von „Mainhatten", dem Zentrum der Banken und des Kapitalismus, wie die Leute manchmal sagten, schweifen, wobei er diese inzwischen so furchtbar verkommene Metropole nicht mehr sonderlich vermisste.
Im Hintergrund erblickte Marvin den berühmten Frankfurter Messeturm, auf dessen Spitze eine Pyramide mit einem leuchtenden Auge angebracht war. Es war ein Symbol, dass es inzwischen häufig zu sehen gab, wie ihm

in letzter Zeit aufgefallen war. Man fand diese Pyramiden mit den Augen in ihren Spitzen auf den Scanchips, den Verpackungen der „Globe Food" Lebensmittelkette oder als Zeichen diverser Fernsehsender.
Sogar die offizielle Flagge des Weltverbundes trug - wenn auch in etwas abgewandelter Form - ein ähnlich aussehendes Symbol.
„Das Innenministerium des Subsektors „Deutschland" in Berlin ist auch ein pyramidenförmiger Bau mit einem Licht auf der Spitze des Gebäudes. In der Nacht leuchtet es wie ein großes, allsehendes Auge", ging es Kuhmichel durch den Kopf.
Kurz darauf verwarf er den Gedanken wieder und konzentrierte sich auf den Straßenverkehr. Er fuhr mit einem Gefühl der Erleichterung auf die Autobahn in Richtung Fulda und beschleunigte den Wagen so gut es ging.
Natürlich waren auch auf den Autobahnen überall Überwachungskameras, aber wenn der alte Mann das Fahrzeug nicht sofort als gestohlen gemeldet hatte, dann war es möglich, dass er doch zumindest Frankfurt hinter sich lassen konnte, ohne erwischt zu werden.
Lebend würden sie ihn jedenfalls nicht bekommen. Und wenn sie ihn zu verhaften versuchten, dann würde er zumindest dem ersten Beamten noch die Glasscherbe in den Hals rammen. Marvin biss auf die Zähne; ohnmächtige Wut fuhr ihm durch die Eingeweide.
Sie hatten ihn gelinkt und einfach wie ein Stück Müll fallen lassen. Auch Jürgens! Mit grimmigem Gesicht überholte Marvin einen langsam dahin schleichenden LKW mit einem Nummernschild des Verwaltungssektors „Europa-Ost".

Irgendwann schaltete er das Radio an und versuchte, auf diese Weise etwas Ablenkung zu bekommen. Er betrachtete den blauen, fast wolkenlosen Himmel, der sich über ihm ausdehnte, und dachte kurz darüber nach, ob es dort oben wirklich so etwas wie einen Gott gab. Wenn es ihn gab, dann war ihm die Welt hier unten völlig gleich.
Das Radio fing an zu plärren und Marvin suchte einen anderen Sender. Kurz darauf kamen die Nachrichten und eine ernste Frauenstimme verkündete: „Bei einer illegalen Demonstration islamischer Extremisten in Amsterdam kam es zu Straßenschlachten mit den Sicherheitskräften. Dabei hat es mehrere Verletzte gegeben. Inzwischen sei die Lage jedoch wieder unter Kontrolle, teilten die örtlichen Behörden mit.
Im Zuge einer Überschwemmung in Uruguay sind mehrere Menschen umgekommen, darunter auch einige Kinder. Experten der internationalen Wetterbeobachtungsbehörde sagten in diesem Zusammenhang, dass weitreichende…"
Die Stimme quasselte vor sich hin und Marvin versank für einen kurzen Augenblick in Gedanken, um dann erneut die Ohren zu spitzen.
„Der russische Staatschef Artur Tschistokjow hat Gerüchte über eine angebliche Aufrüstung des Nationenbundes der Rus als haltlos zurückgewiesen. Auf die Vorwürfe einiger Militärbeobachter des Weltverbundes entgegnete Tschistokjow, dass ihm viel daran gelegen sei, die Meinungsverschiedenheiten mit der Weltregierung endlich friedlich beizulegen.
Von einer Aufrüstung des Nationenbundes könne keinerlei Rede sein, so der russische Staatschef. Genau das Gegenteil sei der Fall. Russland stehe heute im Zeichen des

Friedens und des Wiederaufbaus nach einem schrecklichen Bürgerkrieg, erklärte Tschistokjow. Die Vorwürfe einer geheimen Aufrüstung seien schlichtweg absurd."
„Sie nennen Tschistokjow in den Medien plötzlich nicht mehr „Diktator", sondern „Staatschef". Das war vor ein paar Monaten noch anders", dachte Marvin verwundert. „Doch will die Weltregierung tatsächlich den Frieden? Und was ist mit Tschistokjow selbst? Kann man überhaupt noch ein Wort von dem glauben, was sie uns erzählen?"
Kuhmichel hörte der Frau im Radio weiter interessiert zu „…sagte der Weltpräsident, dass er erfreut über die Tatsache sei, dass das Morden in Russland offenbar aufgehört hat und sich der russische Staatschef endlich verhandlungsbereit zeigt."
„Was das noch geben soll", murmelte Kuhmichel den Blick gen Himmel richtend.

Gehetzt und verloren

Marvin kam etwa hundert Kilometer weit. Dann war der Tank des Fahrzeugs leer und er fuhr von der Autobahn herunter. Inzwischen hatte er beinahe die Stadt Fulda erreicht. Den gestohlenen Scanchip des alten Mannes zu benutzen, um das Auto aufzutanken, hatte er nicht gewagt. Vor allem nicht an einer Tankstelle auf der Autobahn, wo es von Überwachungskameras und Sicherheitskräften wimmelte.

Außerdem wurde bei jedem elektronischen Zahlungsvorgang das Profil des Kunden angezeigt, was bedeutete, dass ein Kassierer in irgendeinem Laden oder an einer Tankstelle ein Foto des Alten sah - und das passte leider nicht zu Kuhmichels Gesicht. Vom Geburtsdatum einmal abgesehen.

Ob er den gestohlenen Scanchip überhaupt würde gebrauchen können, daran zweifelte Marvin, der jetzt wie ein Beutetier von den Hunden des Systems gejagt wurde.

Als die Fahrt zu Ende war, stellte er das Auto des alten Mannes an einem Rastplatz neben einer Landstraße ab und verschwand sofort in einem dichten Waldstück. Vorher hatte er den Wagen noch nach brauchbaren Gegenständen durchsucht und im Kofferraum eine Decke und einen Klappspaten, den er notfalls als Schlagwaffe benutzen konnte, gefunden.

Mit seiner kargen Beute verschwand Kuhmichel schließlich im Dickicht, kroch zwischen ein paar Büsche und wartete darauf, dass es dunkel wurde. Am Ende zerstörte er den Scanchip, den er dem alten Mann weggenommen

hatte, denn er fürchtete, dass man ihn vielleicht doch anhand des Datenträgers würde orten können.
Wenn der alte Mann den Diebstahl schon gemeldet hatte, dann gab es zwei Möglichkeiten. Entweder die Polizei und damit auch die GSA fanden anhand einer exakten Personenbeschreibung heraus, dass er den Scanchip gestohlen hatte, oder der Diebstahl kam schneller zu den Akten als sich der Alte am Kopf kratzen konnte. Immerhin wurden in einer Stadt wie Frankfurt jeden Tag Hunderte von Scanchips gestohlen und meistens nahm die Polizei diese Dinge zwar zur Kenntnis, aber sie ermittelte nicht. Alles in allem war das Risiko dennoch zu groß, beschloss Kuhmichel. Er zerstörte den Datenträger, indem er ihn in einen Bach warf.

Marvin hatte die Nacht im Unterholz zwischen Blättern, Ästen und spitzen Tannennadeln verbracht. Aber er hatte es trotz aller Unbequemlichkeiten und der pausenlos bohrenden Angst dennoch geschafft, etwas zu schlafen, denn die übermächtige Erschöpfung hatte ihn am Ende einfach in die Knie gezwungen.
Jetzt saß er schweigend auf einem Baumstumpf und starrte seit einer halben Stunde auf den Waldboden. Heute Morgen hatte es heftig geregnet und noch immer lag der sanfte Geruch von feuchtem Grün in der Luft. Kuhmichel atmete noch einmal tief durch und spürte, wie sich seine Lunge öffnete, um die kühle Waldluft aufzunehmen. Sie war wundervoll, diese belebende Frische hier draußen. Zumindest das war herrlich, auch wenn es ansonsten nicht gut für ihn aussah.
Marvin dachte an Loreen. Was mochte mit ihr geschehen sein? Hatten sie sie in Ruhe gelassen oder einfach in ein

Internierungslager gebracht? Oft vergriff sich die GSA an Familienangehörigen, erzählte man sich. Marvin wusste es nicht und es war unwahrscheinlich, dass er es jemals erfahren würde. Loreen war für immer fort, daran zweifelte er nicht.

Vielleicht konnte er noch sich selbst retten, überlegte Kuhmichel, wobei er bisher weder einen Plan, noch eine vernünftige Idee hatte.

Sich selbst retten? Wie sollte das überhaupt möglich sein in einer Gesellschaft, die komplett überwacht wurde? Er wusste besser als der gewöhnliche Bürger, welche Machtmittel dem System zur Verfügung standen und wie grausam und unbarmherzig es zurückschlagen konnte, wenn man es herausforderte.

Eines war ihm allerdings klar. Hier in „Europa-Mitte" konnte er nicht bleiben, das war völlig ausgeschlossen. Er musste hier weg - so schnell wie nur möglich.

„Nach Osten!", kam es ihm in den Sinn. „Ich muss irgendwie nach Osten kommen. Und dann ganz raus aus „Europa-Mitte". Raus aus dieser Hölle!"

Kuhmichel wusste, dass die Situation im Lokalsektor „D-Ost I" in den letzten Monaten immer mehr außer Kontrolle geraten war. Das berichteten jedenfalls die Nachrichten. Oben an der Ostseeküste war eine Region entstanden, in der das System nicht mehr die uneingeschränkte Macht über die Bevölkerung hatte. Und auch in anderen Gebieten der ehemaligen „DDR" - so hatte man den Ostteil des Subsektors „Deutschland" früher einmal genannt - schien die unantastbare Allgewalt des Systems langsam zumindest ein wenig zu bröckeln. Hier waren vor allem die Deutschen in den letzten Jahren immer aufsässiger und rebellischer geworden. Vielleicht konnte er hier

eine Weile untertauchen, um dann für immer nach Osten zu verschwinden.
Es war möglich, den Lokalsektor „D-Ost I" zu erreichen und sich in dieser dünn besiedelten, ländlichen Region irgendwo zu verstecken. Wenigstens für eine Weile. Dann konnte er sich immer noch überlegen, wie es weitergehen sollte. Marvin sinnierte vor sich hin und fasste schließlich neuen
Mut. Die Datenschachtel - seinen Schatz - trug er noch immer in der Hosentasche seiner inzwischen völlig verdreckten Jeanshose. Ab und zu tastete er danach. Die Schachtel durfte er auf keinen Fall verlieren, denn sie enthielt die Wahrheit und war zugleich die Ursache für die Katastrophe, in die er hineingeschlittert war.

Vom Mondlicht beschienene Häuserdächer waren in der Ferne zu erkennen. Kuhmichel schlich durch das finstere Unterholz, ab und zu gähnte er vor Müdigkeit. Bei jedem Ast, der unter seinen Füßen mit einem leisen Knacken zerbrach, zuckte er ängstlich zusammen und sah sich misstrauisch um.
Jetzt war Marvin der Hase, dem die geifernde Hundemeute im Nacken saß. Ein Zustand, der ihn zeitweise mit einer solchen Panik erfüllte, dass er darüber nachdachte aufzugeben.
„Der GSA kann niemand entkommen. Vielleicht kann man für einige Tage ihrem eisernen Zugriff entfliehen, aber niemals auf Dauer", sagte er zu sich selbst und fühlte, wie ihm die Angst die Luft raubte.
„Oder doch...", murmelte er dann. „Nein, Marvin, sie sind zwar mächtig und haben alle Mittel in den Händen, aber sie sind keine Götter. Was hast du schon noch zu

verlieren? Willst du es nicht zumindest versuchen? Willst du nicht zumindest alles tun, was du kannst, um zu überleben?"

Kuhmichel kroch weiter vorwärts und erreichte wenig später den Rand des Waldstücks. Hier hockte er sich ins Gebüsch und betrachtete die Wohnhäuser, vor denen eini paar Autos standen. Eines davon musste er stehlen. Hauptsache irgendein Fahrzeug, damit er schneller von hier wegkommen konnte.

Inzwischen irrte er schon seit zehn Tagen durch den Wald, schlief tagsüber, um dann in den Nächten umherzuschleichen und die Lage auszuspähen. Er würde nur überleben, wenn er extrem vorsichtig blieb und sich alles genau ansah, bevor er zur Tat schritt.

Den Gedanken sich zu stellen und damit die Waffen zu strecken, unterdrückte er wieder und wieder. Das wäre der sichere Tod, sagte er sich. Die GSA würde ihn nicht einfach nur verhören und dann wieder gehen lassen. Das tat der internationale Geheimdienst in solch einem schweren Fall nicht. Noch weniger, wenn es um hochbrisante Daten ging, die mit allen Mitteln geheimgehalten werden mussten.

Schon nach der Machtübernahme der Weltregierung im Jahre 2018 hatte es eine erste, groß angelegte Säuberungswelle im Verwaltungssektor „Europa-Mitte" gegeben. Hunderttausende von „politisch unzuverlässigen" Sektorbürgern waren verschwunden. Daran konnte sich Marvin noch erinnern, wenn auch längst niemand mehr darüber sprach.

Wo diese Leute hingekommen waren, wusste er nicht, aber er selbst hatte zwei Personen gekannt, die damals von der GSA fortgebracht worden und nie mehr aufge-

taucht waren. So würde es auch ihm ergehen, wenn sie ihn erwischten. Vielleicht würde er in dieses riesige Internierungslager auf den Färöer-Inseln gebracht oder einfach irgendwo in einem Gefängnis verschwinden. Vielleicht würden sie ihn nach einem kurzen Verhör aber auch gleich liquidieren und dann an einem unbekannten Ort verscharren. Jedenfalls hatte er jetzt keine andere Möglichkeit mehr, als diese Flucht bis zum bitteren Ende fortzusetzen.
So hockte Marvin im Gestrüpp und wartete auf eine Gelegenheit, ein Auto zu stehlen, während die Stunden verstrichen und es irgendwann zu dämmern begann. Am Ende zog er wieder mit knurrendem Magen unverrichteter Dinge ab. Enttäuscht hoffte er , dass er in der nächsten Nacht mehr Glück haben würde.

Der ehemalige Polizist war zu einem Schatten geworden und bewegte sich nur noch im Schutze der Dunkelheit und fernab jeder größeren Siedlung vorwärts. Irgendwie musste er sich ein Auto und Benzin besorgen, um endlich weiter nach Osten zu kommen. Aber er durfte keine Fehler machen, sonst hatten sie ihn sehr schnell. In einer Großstadt war es jedenfalls wesentlich einfacher, ein Auto zu stehlen.
In einem Dörfchen wie diesem achteten die Bewohner noch mehr aufeinander und waren insgesamt wachsamer als jene, die in den Ballungsgebieten von „Europa-Mitte" lebten.
In den Wäldern war man allerdings meistens recht gut geschützt, wenn man sich ruhig verhielt und sich vorwiegend in der Dunkelheit bewegte. Förster gab es schon seit Jahrzehnten keine mehr. Dieser Beruf war ausgestorben,

genau wie die Harnischmacher oder Hufschmiede der alten Zeit, denn für die Mächtigen des Verwaltungssektors „Europa-Mitte" war der Gedanke, dass sich ein Mensch hauptberuflich mit so etwas wie einem Wald oder den darin lebenden Tieren beschäftigte, vollkommen absurd. Immerhin war der Mensch inzwischen auf dem Weg, selbst zum Tier zu werden, was bedeutete, dass die eigentlichen Tiere nur noch als reine Gegenstände betrachtet wurden.
Aber so war es nun einmal und Marvin Kuhmichel war ein Teil dieser Welt, die sich nach und nach in ein gigantisches Gefängnis verwandelt hatte. Lediglich in den Wäldern war er frei oder hatte es leichter, sich dies einzubilden.
Der ehemalige Polizist ernährte sich von Beeren oder Wurzeln, wobei er oft nicht wusste, was er aß. Aber Marvin hatte Glück und fing einmal sogar einen Hasen, den er mit seinem Klappspaten im Dickicht erschlug, und dann wie ein hungriger Wolf ausweidete und verschlang.
Ansonsten versuchte er weiterhin mit allen Mitteln, an ein neues Auto heranzukommen und pirschte sich eines Nachts an ein kleines Dörfchen in der Nähe von Fulda heran. Hier im Westen konnte er sich nicht auf Dauer vor seinen Verfolgern verstecken. So blieb ihm nichts anderes übrig, als sich endlich einen fahrbaren Untersatz zu besorgen.

Das rostige Auto stand direkt am Waldrand unweit eines kleinen Wohnhauses und Kuhmichel robbte lautlos über den Gehsteig, um sich dann hinter dem Fahrzeug zu verbergen. Mit zitternden Händen hantierte er am Schloss des Autos und versuchte, es irgendwie aufzubrechen.

Doch das war nicht so einfach, wie er es sich gedacht hatte. Die Beifahrertür hielt stand, egal wie sehr er sich bemühte sie geräuschlos zu öffnen.
Er lugte an dem Wagen vorbei in Richtung des Wohnhauses. Alles war dunkel und die schwarzen Fenster glotzten auf ihn herab. Die Bewohner schliefen und hatten ihn nicht bemerkt, beruhigte er sich, während er sich bemühte, seinen rasenden Puls unter Kontrolle zu bekommen.
„Geh endlich auf!", zischte er, doch die Autotür blieb störrisch.
Den Gedanken, bei einem anderen Auto noch etwas Benzin aus dem Tank zu klauen, hatte er längst verworfen. Er hatte nicht einmal einen Schlauch oder sonst etwas, womit er dies hätte tun können.
„Verdammter Mist!", fauchte er, während er immer panischer wurde.
Am liebsten hätte Marvin die Beifahrertür mit einem Vorschlaghammer bearbeitet, doch auch den hatte er nicht.
Schließlich nahm er einen großen Stein in die Hand und schlug damit eine Scheibe des klapperigen Fahrzeugs ein. Das war rabiat und überhaupt nicht geräuschlos gewesen, aber es ging nicht anders.
Vor Angst und Nervosität bebend kletterte Marvin in das Auto und setzte sich auf den Fahrersitz. Noch immer war das Wohnhaus gegenüber dunkel. Er atmete auf und riss eine Plastikabdeckung herunter, um dann das Fahrzeug kurzzuschließen. Bei alten Schrottkarren wie diesen war das immerhin möglich.
„Schlaft einfach weiter", flüsterte er und starrte nervös in Richtung des Hauses, aus dem noch immer kein Lebenszeichen kam.

Schließlich sprang das Auto an und Marvin ballte die Faust mit einem triumphierenden Knurren. Er war ihm doch gelungen, dieses verfluchte Ding zu erobern. Jetzt gehörte die Beute ihm und er fuhr so schnell es ging davon, um dann in der Dunkelheit zu verschwinden. Als er nach ein paar hundert Metern endlich die Scheinwerfer des Autos aufleuchten ließ und eine breite Landstraße erreichte, grinste er zufrieden.
„Geschafft!", schrie er mit einem lauten Lachen und reckte noch einmal die Faust in die Höhe.

Mit dem gestohlenen Auto schaffte es Kuhmichel schließlich bis in die Nähe von Jena, wo er sich erneut irgendwo im Wald versteckte und sich von allem ernährte, was er finden konnte. Inzwischen hatte sich der einst stattliche Polizist mit der kräftigen Statur in eine verdreckte Jammergestalt mit einem vor sich hin wuchernden Bart verwandelt. Inzwischen war Marvin derart paranoid geworden, dass er beim leisesten Geräusch zusammenzuckte und sich sofort irgendwo im Gestrüpp verkroch.
Wie lange er dem Zugriff seiner Verfolger noch entgehen konnte, wusste Marvin nicht. Manchmal überlegte er, ob es nicht doch besser war, einfach aufzugeben und sich zu stellen. Doch dann wurde ihm wieder klar, dass es für ihn nur die Flucht gab.
Er wusste nur wenig über die Global Security Agency, aber doch soviel, dass Leute wie er, die eine hochgradige Gefahr für die Systemstabilität darstellten, keine Chance mehr hatten, noch lebend davon zu kommen.
So quälte sich Kuhmichel von einem Tag zum nächsten, hockte in den kalten Nächten oft stundenlang in einem

finsteren Schlupfloch, wo er allein mit seiner Angst war. Immer wieder dachte er an Loreen, die er jetzt mehr als alles andere vermisste, obwohl sie ihm in den letzten Jahren immer fremder geworden war.

Dennoch - Marvin dachte ständig an seine Frau, die vielleicht schon liquidiert worden oder in einem Internierungslager verschwunden war.

„Sie verhaften die Angehörigen von Leuten wie mir, in der Hoffnung, dass sich die Flüchtigen doch einmal bei ihren Lieben melden und sie dann zugreifen können. Wenn sie sich aber nicht mehr melden, dann werden die Angehörigen irgendwann beseitigt. So läuft das bei der GSA. Ich bin mir sicher, dass es bei denen so läuft...", sagte Kuhmichel manchmal zu sich selbst und wurde dann von einer noch größeren Welle aus Furcht, Hoffnungslosigkeit und Schmerz übermannt.

Das Vagabundenleben in einem der am akribischsten überwachten Verwaltungssektoren der Erde - von „Amerika-Nord" einmal abgesehen - war bereits ein Vorgeschmack auf die Hölle. Allerdings war auch das Leben eines gewöhnlichen Sektorbürgers in „Europa-Mitte" im Grunde schon immer die Hölle gewesen, wie Marvin jetzt erkannte.

In seiner ewigen Einsamkeit blieb Kuhmichel viel Zeit zum Nachdenken. Mittlerweile war der Akku seines DC-Sticks schon lange leer und eine Möglichkeit, ihn wieder aufzuladen, gab es in den Wäldern nicht. Dennoch hatte er es bereits bis zur 306. Seite von „Der Weg der Rus" geschafft, bevor der Akku endgültig den Geist aufgegeben hatte.

Ansonsten hatte Marvin schon mehrere Dutzend Dokumente, die er auf Theodor Hirschbergers Festplatte gefunden hatte, akribisch studiert. Was er gelesen hatte, durfte einfach nicht wahr sein, dachte er noch immer. Es waren Dinge, die sich nur der Teufel selbst ausgedacht haben konnte.

Die Pläne und politischen Maßnahmen, die in den Dokumenten behandelt und ausführlich beschrieben wurden, waren derart grausam, menschenverachtend und bösartig, dass Kuhmichel bei dem Gedanken daran das Blut in den Adern gefror.

Sie reichten von der geplanten Vernichtung mehrerer Milliarden Menschen durch angebliche „Seuchen", die man offiziell nicht bekämpfen konnte, bis hin zur völligen Versklavung der übrigen Menschheit, die auf das Niveau sprechender Tiere degenerieren sollte.

Dass die Implantationschips tatsächlich Nano-Giftkapseln enthielten und ein Chipträger im Bedarfsfall per Knopfdruck einfach liquidiert werden konnte, hatte Kuhmichel den Dokumenten ebenfalls entnehmen können. Hier wurde sogar das gesamte Kontroll- und Überwachungssystem, einschließlich der dazugehörigen Satelliten- und Computernetzwerke, im Detail beschrieben.

In den nächsten Jahren sollte die „Zwangsregistrierung" beginnen, wie einige der Schriftstücke verrieten. Noch war die Registrierung mit einem implantierten Scanchip freiwillig, aber in Zukunft sollten alle, die sich dem neuen Chip zu entziehen versuchten, mit staatlicher Gewalt dazu gezwungen werden.

„Vielleicht wurde Loreens implantierter Scanchip auch einfach abgeschaltet und sie ist schon längst tot. Und diese ODV-Seuche, die ganze Landstriche in Asien entvölkert, ist in Wahrheit eine biologische Waffe dieser sogenannten Logenbrüder.

Sie planen zudem, die Völker Europas, die Reste, die überhaupt noch vorhanden sind, völlig zu vernichten. Schleichend, langsam, kaum spürbar, Schritt für Schritt, bis zur völligen Auslöschung. Uns Nord- und Mitteleuropäer schätzen sie als „zu intelligent und erfindungsreich" ein. Die Japaner werden vor allem als „widerspenstig" eingestuft und auf lange Sicht soll auch dieses Volk ausgerottet werden.
Das Gleiche gilt für die Russen. Die Russen hassen sie abgrundtief. Nicht nur, weil sie jetzt Tschistokjow folgen und sich gegen sie erhoben haben.
Sie haben einen 60-Jahres-Plan zur völligen Wegzüchtung und langsamen Ausrottung des russischen Volkes entworfen. Ich habe es gelesen. Erst werden der Nationenbund der Rus und Japan durch einen Weltkrieg niedergeworfen, dann wollen sie diese beiden Länder mit GCF-Truppen besetzten und anschließend das russische und japanische Volk durch ein Programm, dass sie „Ethnische Zersetzung" nennen, vollständig auslöschen. Alles ist hier drin! Hier sind die Beweise!", flüsterte Kuhmichel und sah zum dunklen Nachthimmel jenseits der Baumwipfel hinauf.
„Wo bist du Gott? Ist dir das alles egal?", fügte er leise hinzu. Doch wie immer in diesen einsamen Nächten antwortete ihm niemand.

Entschlossen, mit verbissener Miene, stapfte Kuhmichel durch die Nacht, eingehüllt in eine schmutzige Wolldecke, auf die Eingangstür eines abgelegenen Hauses zu. Er war so furchtbar hungrig und durstig, dass er inzwischen zu allem bereit war, um bei Kräften zu bleiben. Unter der Decke hielt er den rostigen Klappspaten versteckt.
Schließlich klingelte er und wartete mit ausdruckslosem

Gesicht bis er Stimmen aus dem Haus hörte und im oberen Stockwerk das Licht anging. Kurz darauf öffnete ein etwa fünfzig Jahre alter Mann die Tür, während sich hinter ihm sein Sohn aufbaute. Die beiden Fremden musterten Marvin feindselig.
„Was wollen Sie?", knurrte der jüngere Mann.
Kuhmichel versuchte, freundlich zu blieben, obgleich ihm der nagende Hunger die Sinne vernebelte und er kaum noch richtig sprechen konnte. Mehrere Tage lang hatte er nichts Richtiges mehr gegessen - von Gräsern und Beeren abgesehen. Jetzt war er fest entschlossen, sich etwas zu Essen zu beschaffen. Notfalls mit allen Mitteln.
„Ich wollte Sie bitten, mir etwas zu essen zu geben. Bitte! Nur ein Stück Brot und ein Glas Wasser", bat Marvin.
„Wir lassen keinen in unser Haus!", giftete der ältere Mann zurück und schloss die Tür wieder.
Enttäuscht und zugleich äußerst zornig klingelte Kuhmichel erneut.
„Verschwinden Sie sofort von unserem Grundstück!", schrie eine Frau über ihm.
Marvin ließ sich davon nicht beeindrucken und klingelte noch einmal. Schließlich riss der Mann blitzartig die Haustür auf und schwang einen Baseballschläger, während sein Sohn neben ihm her huschte und ein Küchenmesser in der Hand wiegte.
„Verschwinden Sie!", schnaubte er und hob drohend seine Waffe.
Kuhmichel reagierte. Im Gegensatz zu diesen beiden Fremden, die offenbar glaubten, dass sie ihn einschüchtern konnten, war er vollkommen verzweifelt und hatte nichts mehr zu verlieren. Er ließ die Wolldecke zu Boden fallen, sprang direkt auf den jungen Mann mit dem Mes-

ser zu und zog ihm den Klappspaten durch das Gesicht. Ohne noch einen Ton von sich zu geben, brach dieser zusammen und blieb auf dem Rücken liegen, während aus seiner rechten Schläfe das Blut sprudelte.

Der ältere Mann schrie auf, als er sah, wie es seinem Sohn ergangen war, und blieb wie paralysiert auf der Stelle stehen. Seinen Baseballschläger ließ er entsetzt nach unten sinken. Für ein paar Sekunden starrte er Kuhmichel ungläubig an. Dieser zögerte nicht, den Familienvater - oder wer es auch immer war - ebenfalls mit seinem Klappspaten anzugreifen. Reflexartig versuchte dieser den Hieb mit dem Baseballschläger abzuwehren, doch die Wucht des Schlages war zu groß. Der Holzknüppel wurde ihm aus der Hand gerissen und Kuhmichel schmetterte ihm seine linke Faust ins Gesicht.

Anschließend riss er den Klappspaten in die Höhe, um den Mann ebenfalls zu Boden zu schlagen, doch dieser stolperte vor Panik zitternd nach hinten und fiel dann um.

Marvin versuchte, sich zu fangen, obwohl ihn das Hungergefühl schon halb wahnsinnig gemacht hatte. Gnadenlos ging er weiter auf den am Boden liegenden Mann los und trat ihm mehrfach gegen den Schädel, bis er sich nicht mehr rührte.

Als sich Kuhmichel von ihm abwandte und noch einmal zu dessen Sohn herübersah, war er sicher, dass der Mann lediglich bewusstlos war. Er fühlte den Puls des Jungen und stellte fest, dass auch er noch am Leben war. Allerdings hatte sich unter seinem Hinterkopf bereits eine Blutlache ausgebreitet.

„Kann es nicht ändern", brummte Kuhmichel und stürmte in das Haus.

Er war bereit, notfalls jeden zu erschlagen, der sich ihm in den Weg zu stellen versuchte. In seinem wahnhaften Eifer hatte Marvin kaum wahrgenommen, dass die Frau im oberen Stockwerk des Hauses schon seit einigen Minuten laut um Hilfe schrie. Knurrend drehte er sich um und rannte mit erhobenem Klappspaten die Treppe herauf, wo die Frau entsetzt zu kreischen anfing, als sie ihn erblickte.
„Sie muss ruhig werden!", blitzte es in Marvins von der Hungerraserei vernebeltem Gehirn auf. Wie von Sinnen schlug auf die wimmernde Frau ein.
„Ich will endlich etwas zu essen! Halt einfach den Mund! Sei ruhig! Sei endlich ruhig!", schrie er.
Schließlich schleifte Marvin die Frau in ein hell erleuchtetes Zimmer, wo er sie brutal zu Boden stieß und anschließend bewusstlos schlug.
Endlich war sie still. Kuhmichel atmete erleichtert auf und sein Blick wanderte durch den Raum.
„Die Küche…", murmelte er.
Wenig später stand er vor einem Kühlschrank und riss vor Begeisterung beinahe die Tür aus den Angeln. Er verschlang drei kalte Würste und eine ganze Packung Käsescheiben, um dann die restlichen Lebensmittel in eine Plastiktüte zu stopfen. Neben dem Herd fand er einen Leinensack, den er mit weiteren Nahrungsmitteln füllte.
Zuletzt ging Marvin in das Schlafzimmer der Familie und nahm noch ein paar Kleidungsstücke des Mannes mit. Bevor er das Haus verließ, zerrte er den Mann und seinen Sohn, die noch immer reglos auf dem Boden lagen, in den Hausflur und zog die Tür zu.
Sicherer und klüger wäre es gewesen, die drei einfach umzubringen, ging es Kuhmichel durch den Kopf, während

er abwechselnd den Klappspaten in seiner Hand und die beiden bewusstlosen Männer auf dem Boden anstarrte. Am Ende jedoch brachte es Marvin nicht fertig, die drei Leben in diesem Haus einfach auszulöschen.
So nahm er das Risiko in Kauf, dass seine Opfer irgendwann die Polizei alarmieren würden. Schließlich verschwand Marvin wieder im Wald jenseits des einsam in der Dunkelheit stehenden Gebäudes. Heute war er selbst zu einer Art „Mall Wrecker" geworden.

Nach und nach arbeitete sich Kuhmichel zu Fuß von Jena bis nach Dessau vor. Er wanderte im Mondlicht Kilometer für Kilometer nach Nordosten und tat ansonsten das, was er seit dem Beginn seiner Flucht schon die ganze Zeit über getan hatte: Verstecken, warten und stehlen.
Als er in der Nähe von Dessau war, hauste er dort eine Woche lang in einer zerfallenen Waldhütte, bis sich endlich die Gelegenheit ergab, wieder an einen Scanchip und sogar ein Auto zu kommen.
Schon seit den frühen Morgenstunden hatte Marvin wie ein Strauchdieb im Gebüsch unweit eines Waldweges auf jemanden gewartet, den er ausrauben konnte. Er hatte schon wieder seit Tagen nichts gegessen und befand sich in einem Zustand hungrigen Wahnsinns.
Marvins Gesicht war völlig von einem dreckverklebten Bart überwuchert und seine Kleider stanken bestialisch. Aber er lebte noch. Offenbar hatten die GSA-Agenten seine Spur verloren, da er sich von jeder Zivilisation und größeren Ansiedlung fernhielt. Das war bereits eine beachtliche Leistung, wie er meinte, denn das System hatte im Grunde alles und er nicht einmal ein Stück Brot in der Tasche.

Gegen Mittag hörte Kuhmichel plötzlich jemanden in der Nähe leise schnaufen und stöhnen, wobei das Geräusch schneller Schritte immer lauter wurde. Vielleicht ergab sich jetzt eine Gelegenheit, etwas zu erbeuten.

Ehe er sich versah, näherte sich ihm ein junger Mann, der durch den Wald joggte. Die hochgewachsene, drahtige Gestalt hörte Rockmusik, die aus kleinen Stöpseln in ihren Ohren dröhnte. Sie blickte starr auf den Boden und bemerkte den dunklen Schatten, der auf einmal neben ihr aus dem Gebüsch kroch, überhaupt nicht.

Marvin biss die Zähne zusammen und schleuderte dem Jogger mit voller Wucht einen großen Stein gegen den Hinterkopf. Dieser fiel sofort auf den Waldweg und stöhnte vor Schmerzen, als Kuhmichel auch schon über ihm stand und sich dann auf seinen Rücken setzte.

„Hilfe!", stieß der Jogger panisch aus, doch Marvin riss seinen Kopf an den verschwitzten Haaren nach hinten und schnitt ihm mit einem Messer die Kehle durch.

Gurgelnd wandte sich der junge Mann unter ihm; er zappelte tödlich verletzt auf dem schlammigen Boden, während ihn Kuhmichel wie ein Raubtier ins Gebüsch zog und noch mehrfach auf ihn einstach, bis er sich nicht mehr rührte.

Der ehemalige Detective, der längst zu einem verzweifelten, brutal entschlossenen Mann geworden war, spähte durch das Dickicht und spitzte die Ohren.

„Alles in Ordnung, Marvin. Ganz ruhig!", flüsterte er sich selbst zu und durchwühlte die Taschen seines Opfers.

Er fand einen Autoschlüssel und eine Sonnenbrille, doch musste zu seinem Entsetzen feststellen, dass der Scanchip des Joggers bereits implantiert und damit für ihn unbrauchbar war.

„Scheiße! Scheiße! Scheiße!", fauchte Kuhmichel und hämmerte mit der Faust auf das plattgedrückte Gras vor sich.

Marvin zog die Leiche seines Opfer etwa zwanzig Meter weit in das Dickicht des Waldes und bedeckte sie mit ein paar Zweigen. Daraufhin rannte er den Waldweg herunter und nach einigem Suchen gelang es ihm, das Auto des Joggers ausfindig zu machen. Dieser hatte es am Rand einer Landstraße abgestellt, bevor er zu seinem letzten Lauf aufgebrochen war.

„Gott, ich konnte nicht anders! Vergib mir! Er oder ich, ich hatte keine Wahl!", murmelte Marvin und war von sich selbst angewidert.

Soeben hatte er kaltblütig einen Unschuldigen getötet, um selbst überleben zu können. Er konnte einfach keine Zeugen oder als gestohlen gemeldete Fahrzeuge gebrauchen, sagte er zu sich selbst. Dafür steckte er schon zu sehr in seinem persönlichen, totalen Krieg gegen den Rest der Welt.

Mit ausdrucksloser Miene und leeren, aber dennoch stets wachsamen Augen, stieg er in das Auto, startete den Motor und fuhr los. Die erbeutete Sonnenbrille zog Marvin auf, in der Hoffnung, dass man ihn so nicht auf den ersten Blick erkennen würde, wenn er irgendwo unter einer Überwachungskamera herfuhr. Da der Tank des Fahrzeugs noch gut gefüllt war, schaffte er es diesmal bis nach Potsdam.

Menschliches Raubtier

Nachdem sich Kuhmichel mehrere Tage in der Nähe von Potsdam in den Wäldern versteckt hatte, machte er sich zu Fuß auf den Weg nach Brandenburg an der Havel, denn es war wichtig, ständig in Bewegung zu bleiben und sich nie zu lange an einem Ort aufzuhalten. Wie immer bewegte er sich im Schutze der Nacht, was dazu führte, dass sich Marvin nicht selten verlief, um anschließend wieder einen gewaltigen Umweg in Kauf nehmen zu müssen. In dieser Zeit des ewigen Wanderns in der Dunkelheit und der völligen Isolation fühlte er sich immer mehr als Geist, der nur noch am Rande der realen Welt existierte.

Wenn Kuhmichel nicht gerade auf der Suche nach etwas Essbarem war, dann grübelte er nach und versank während des ununterbrochenen Marschierens in Gedanken. Er erinnerte sich an seine Frau, seine Eltern und seinen jüngeren Bruder, zu dem er in den letzten Jahren kaum noch Kontakt gehabt hatte. Er hatte sich mit ihm einmal wegen einer Nichtigkeit zerstritten und sich seitdem nicht mehr gemeldet. Justin Kuhmichel, sein Bruder, war vor acht Jahren von Frankfurt nach Berlin gezogen und wohnte dort in der Innenstadt. Er war also gar nicht so weit von Potsdam entfernt, was aber nichts daran änderte, dass er für Marvin unerreichbar war.

Wo sein Vater lebte, der die Familie kurz nach Justins Geburt verlassen hatte, wusste er nicht, denn seine Mutter hatte damals den Kontakt zu ihm abgebrochen und auch ihren beiden Söhnen von Kind an eingeschärft, dass ihr

„Erzeuger" eine Person war, die es zu meiden galt. Und so war Karsten Kuhmichel, sein Vater, all die Jahre nur eine schemenhafte Gestalt im tiefsten Keller von Marvins Gedächtnis geblieben. Er war jedenfalls groß und blond, daran konnte sich sein ältester Sohn noch erinnern. Ansonsten war er eine völlig unbekannte Person, die irgendwann einfach fort gewesen war. Auch seine Mutter Christine war nun für immer von ihm getrennt, wie durch einen unüberwindlichen Ozean.

Noch immer hatte Marvin Probleme zu begreifen, was inzwischen aus ihm geworden war. Vielleicht, so dachte er, hatte es eines Tages so enden müssen. Er hatte immer zu viel hinterfragt und zu viel eigenständig gedacht. Vermutlich war es von Anfang an sein Schicksal gewesen, in diesem System zu scheitern.

„Meine Familie ist längst zerfallen", ging es Kuhmichel immer wieder durch den Kopf. „Sie ist schon lange tot."

Derartige Verhältnisse waren im Jahre 2046 vollkommen normal. Die klassische Familie, also Vater, Mutter und Kinder, existierte in ihrer alten Form in „Europa-Mitte" kaum noch. Zumindest bei der deutschstämmigen Bevölkerung.

Die meisten Kinder blieben nach kurzen und schnell wieder auseinandergefallenen Beziehungen zurück und wuchsen dann in den meisten Fällen bei der Mutter auf.

So war es eben, dachte Marvin. Die „Familie" war nur noch ein Relikt aus der alten Zeit. Heute lebte jeder eher „für sich", was bedeutete, dass er sich nicht mehr sonderlich für seine Mitmenschen interessierte.

Jetzt war Marvin selbst mehr denn je „für sich", denn er war kein Teil der Gesellschaft mehr, wie ihm überdeutlich bewusst wurde, als er einsam durch die Nächte wanderte.

Auf seinem langen Marsch nach Brandenburg an der Havel kam er an einem halb leerstehenden Dörfchen vorbei, wo er mehrere Felder vorfand, auf denen wildes Gemüse und Obst wuchsen. Marvin stopfte sich den großen Leinensack, der immer über seiner Schulter hing, bis zum Rand mit allem Essbaren voll, um dann zügig weiter zu marschieren.

Vermutlich hatten diese Felder einst zu einem Bauernhof gehört, der schon seit Jahren nicht mehr existierte. Eine private Landwirtschaft im Sinne der alten Zeit gab es Mitte des 21. Jahrhunderts nicht mehr, denn der Anbau von Lebensmitteln für den Selbstgebrauch und der Besitz von Saatgut war schon 2034 von der Weltregierung verboten worden. Inzwischen lieferten die vom Weltverbund lizenzierten Agrarkonzerne die Nahrung für die Massen und es gab nichts anderes mehr.

Marvin aß die illegal wachsenden Früchte allerdings dennoch, denn für ihn hatten die Gesetze des übermächtigen Weltstaates keine Bedeutung mehr. Er verschlang all die Äpfel und Birnen mit einem derartigen Heißhunger, als ob er mit jedem Biss gegen das System rebellieren wollte.

Gestärkt marschierte er weiter vorwärts, Nacht für Nacht, bis er sein vorläufiges Ziel endlich erreicht hatte. Dann versteckte er sich wieder für eine Weile im Wald.

Draußen strahlte die Sonne und ein tiefblauer Himmel hatte sich über dem Land aufgetan. Es war angenehm warm und die blühende Natur lud dazu ein, sich an ihrer Schönheit zu ergötzen. Marvin jedoch verließ die alte, zerfallene Scheune nicht, in der er am Rande eines Waldes Unterschlupf gefunden hatte, denn das hielt er für zu gefährlich. Stattdessen hockte er auf einem umgestürzten

Stützbalken in ihrer Mitte und las „Der Weg der Rus" auf seinem DC-Stick. Inzwischen hatte er zwei Data Carrier Sticks, denn im Auto des jungen Joggers hatte sich noch ein zweiter DC-Stick mit einem fast vollen Akku befunden.
Das verbotene Buch des russischen Rebellenführers hatte Kuhmichel längst von seiner Datenschachtel, die er noch immer wie einen Goldschatz in der Hosentasche trug, auf den neuen DC-Stick kopiert. Nun las er Tschistokjows umfangreiches Manifest und grübelte intensiv darüber nach, was der Anführer der Freiheitsbewegung geschrieben hatte.
„Aus dem Chaos, das sie hinterlassen und mit allen Mitteln fördern, aus dem Zerfall und der Orientierungslosigkeit, die sie selbst zum Leben brauchen, schöpfen sie ihre Macht.
Nichts ist ihnen verhasster und nichts fürchten sie mehr als eine unabhängige, starke Nation mit einer klar umrissenen Kultur und festen Wertvorstellungen. Ein Volk, das sich ihnen innerlich geeint und entschlossen entgegenstellt und zugleich ihre wahre Natur erkannt hat, ist stets ihr größter und gefährlichster Feind gewesen…", murmelte Kuhmichel leise und starrte angestrengt auf den Bildschirm.
Inzwischen hatte er es schon bis auf Seite 511 geschafft, wobei der Akku des DC-Sticks bereits fast wieder leer war. Marvin, dessen zerzauste Haare verklebt und schmutzig waren, blätterte zur nächsten Seite und las dort: „Sie haben uns Russen, genau wie allen anderen Völkern der Erde auch, unser Heimatland weggenommen. Heute stehen wir unter der tyrannischen Herrschaft einer fremden, internationalen Macht, die nicht nur da-

nach trachtet unser Volk zu versklaven, sondern auch unsere Kultur und damit auf Dauer das alte Russland selbst zu zerstören.

Es ist daher nicht nur gerechtfertigt, wenn das russische Volk dagegen Widerstand leistet, sondern absolut unumgänglich. Wenn wir sagen, dass wir unsere Heimat für unser Volk zurückgewinnen wollen, dann bedeutet dies, dass wir nicht nur die Statthalter und Lakaien der Weltregierung, sondern auch die von ihnen in unser Land geholten Fremden wieder ausweisen werden.

Letztere hassen wir jedoch nicht und werden alles dafür tun, uns friedlich mit ihnen zu einigen, auf dass sie Russland verlassen und es seinen rechtmäßigen Besitzern, den Russen, zurückgeben.

Im Gegenzug versprechen wir aber auch den anderen Völkern, die von den Logenbrüdern genau so aufgelöst und zersetzt werden, ihnen als Verbündete im Kampf gegen die internationalen Menschenfeinde zu helfen. Vor allem die islamischen Rebellen in der arabischen Welt betrachten wir als wichtige Mitstreiter und werden uns um eine gute Zusammenarbeit bemühen. So wie sie seit Jahren dafür kämpfen, in ihren Heimatländern das Joch der Fremdherrschaft abzuschütteln, so wollen wir es auch tun und nicht eher ruhen, bis Russland wieder ein unabhängiger Staat ist, in dem unsere Kinder und Enkel in Freiheit aufwachsen können.

Ein jedes Volk, das souverän für sein Überleben und seine natürlichen Rechte kämpft, wird von den Logenbrüdern und den von ihnen kontrollierten Medien sofort verteufelt. Dann schreien diese angeblichen „Menschenfreunde" zugleich Zeter und Mordio und beginnen mit einer kreischenden Hetzkampagne dieses eine Volk, das

sich ihrer Weltversklavung widersetzt, zu verteufeln. Zeitgleich wiegeln sie die anderen Nationen gegen dieses selbstbewusste Volk auf und bereiten einen Angriffskrieg dagegen vor.
Diese Taktik wurde bereits in der Vergangenheit häufig angewandt und man muss die stets gleiche Vorgehensweise der Logenbrüder erkennen, wenn man sie bekämpfen will..."
Marvin schaltete den DC-Stick aus, denn jetzt konnte er nicht mehr weiterlesen. Die nächtlichen Märsche und das ewige Herumstreunen hatten ihn zu sehr erschöpft, um auch noch am Tag lange wach zu bleiben. Gähnend stand er von seinem Platz auf und lugte kurz aus der alten Scheune heraus. Weit und breit war keine Menschenseele zu sehen. Beruhigt ging er einen Schritt zurück.
Schließlich legte er sich in einer Ecke auf seine zerschlissene Wolldecke und versuchte, ein wenig zu schlafen. Bevor ihm die Augen zufielen, nahm er noch einmal kurz den DC-Stick in die Hand und schaltete ihn an, um sich Artur Tschistokjows Bild auf dem Cover von „Der Weg der Rus" anzusehen. Kuhmichel lächelte, als er das Porträt betrachtete und bildete sich für einen Moment ein, dass Tschistokjow auch ihn anblickte.
„In vielen Punkten muss ich dir Recht geben, Artur", flüsterte er und legte den DC-Stick dann neben sich.
Schließlich schlief er ein und wachte erst wieder auf, als es schon zu dämmern begonnen hatte. Dann setzte er seine einsame Reise fort.

Marvins graublaue Augen starrten ungeduldig aus dem Dickicht und leuchteten im Mondlicht, das die kleine Lichtung beschien. Angestrengt beobachtete er drei Rehe,

die unmittelbar neben ihm beieinander standen und schwarzen Schatten glichen. Sie bewegten sich nicht, genau wie Marvin, der wie ein Wolf im Gebüsch hockte und auf seine Beute lauerte. Diesmal würde er eines der Tiere erlegen, dachte er sich, während seine rechte Hand einen selbstgemachten Speer umklammerte. Er hatte diese Jagdwaffe aus einem Besenstiel, einem Küchenmesser mit langer Klinge, etwas Draht und Klebeband angefertigt. Nun hoffte er, dass er endlich Erfolg haben würde.
In den letzten zwei Nächten waren ihm die flinken Tiere stets entkommen, doch diesmal sah es gut aus. Kuhmichel wartete, hielt den Atem an. Die Rehe standen immer noch still da. Das war die Gelegenheit.
Marvin sprang mit einem Rascheln aus dem Unterholz, als die Tiere auch schon ihre Köpfe herumschwenken ließen und ihn ansahen. Zwei von ihnen rasten davon, während eines jedoch wie angewurzelt auf der Stelle stehen blieb.
Marvin schleuderte seinen Speer und die Klinge des Messers bohrte sich ins Hinterteil des überraschten Rehs, welches in dieser Sekunde begriff, was die Stunde geschlagen hatte. Verzweifelt versuchte das verletzte Tier seinen Artgenossen zu folgen, doch Kuhmichel stürmte in Windeseile auf es zu und warf ihm einen dicken Stein gegen den Schädel. Mit einem leisen Knacken traf das Geschoss sein Ziel und das Reh taumelte hilflos zur Seite.
In der nächsten Sekunde fiel Kuhmichel über das zarte Wesen her, um es mit seinem Klappspaten zu erschlagen. Ein weiteres, lautes Knacken folgte und das Tier sank leblos ins Gras.
Marvin atmete auf. Diesmal hatte er etwas erlegt und das bedeutete endlich Fleisch für die nächsten Tage. Jubelnd

schleifte er seine Beute in Richtung des Unterholzes und kniete sich schließlich neben sie. Doch das Reh war noch nicht ganz tot und fing plötzlich an zu zappeln. Marvin packte es mit aller Kraft am Hals und verpasste ihm noch einen Schlag mit dem Klappspaten in den Nacken. Dann rührte es sich nicht mehr.
„Tut mir Leid, Kleines", flüsterte er und wischte sich ein paar Blutspritzer aus dem Gesicht.
Wie eine hungrige Bestie fühlte er sich in diesem Augenblick. Und nichts anderes war er. Am liebsten hätte er das Tier auf der Stelle ausgeweidet und sein rohes Fleisch gefressen, doch er konnte sich trotz seines wie wild knurrenden Magens noch zurückhalten.
Kuhmichel warf sich das tote Tier über die Schulter und trottete mit seiner Beute noch tiefer in den Wald; zufrieden brummend und mit einem breiten Grinsen.
„Fleisch! Endlich!", sagte er zu sich selbst und spürte, wie ihm das Wasser im Munde zusammenlief.
Sein Magen antwortete erneut mit einem lauten Grollen und Kuhmichel musste sich beherrschen, nicht vor lauter Freude den gesamten Wald zusammen zu brüllen.

Seit der erfolgreichen Jagd waren drei Tage vergangen und Marvin befand sich erneut auf einem seiner nächtlichen Streifzüge. Mehrere Nächte lang hatte er ein einsam am Waldrand wohnendes Ehepaar beobachtet und es war ihm wiederholt aufgefallen, dass die beiden Nachts bei offenem Fenster schliefen. Ihr Schlafzimmer befand sich im Untergeschoss des Hauses.
Eine derartige Fahrlässigkeit schrie schon fast nach Bestrafung, dachte der ehemalige Polizeibeamte, und beschloss, sich diese Gelegenheit nicht entgehen zu lassen.

Der in dem baufälligen Haus wohnende Mann war etwa sechzig Jahre alt und seine Frau schien nur unwesentlich jünger zu sein.

Jedenfalls wollte Marvin dem Pärchen heute Nacht einen Besuch abstatten, denn er sehnte sich nicht nur nach den Vorräten der beiden, sondern vor allem auch nach diversen Gebrauchsgegenständen, die er dringend benötigte. Es mangelte Kuhmichel schon wieder an allem. Vom einem Feuerzug bis hin zu neuer Kleidung brauchte er eine Vielzahl von Dingen, wenn er seine Flucht fortsetzen wollte. Heute Nacht wollte er sich diese Dinge in jenem Haus holen. Ganz egal, was auch passierte.

Behutsam robbte Marvin unter einem großen Busch hindurch und kroch anschließend herüber zur Hauswand, um dort für einen Augenblick zu verharren. In der Hand hielt er seinen selbstgemachten Speer und war fest entschlossen, gleich durch das offene Fenster zu seiner Rechten zu klettern, um sich das zu nehmen, was er dringend benötigte.

Nervös strich sich Kuhmichel über seinen dunkelblonden Vollbart und atmete schwerer, als er langsam unter das Fenster schlich und sich dann aufrichtete. Hinter ihm erhob sich der undurchdringliche Wald, aus dem er wie ein Raubtier gekommen war. Die nächsten Häuser waren ein gutes Stück von hier entfernt und Marvin war sich sicher, dass sein Raubzug erfolgreich sein würde, wenn er sich klug anstellte und keine Fehler machte.

Die heißen Sommernächte der letzten Zeit hatten offenbar dazu geführt, dass dieses Pärchen nicht mehr ohne das weit aufgerissene Fenster schlafen konnte. Marvin dankte Gott für diese Gelegenheit. Es war keine große Kletterkunst notwendig, um das kleine Fenster zu errei-

chen, und er schaffte es mühelos, sich nach oben zu hieven. Kurz darauf stand er auch schon im Schlafzimmer der beiden und beugte sich noch einmal aus dem Fenster, um seinen Speer, den er vorher gegen die Hauswand gelehnt hatte, nach oben zu ziehen.
Bewaffnet und entschlossen starrte er auf das friedlich schlummernde Pärchen herab und richtete die scharfe Spitze seiner Waffe auf das Gesicht des Mannes. Dieser wälzte sich mit einem leisen Brummen zur Seite.
„Falls sie schreien...", murmelte Kuhmichel kaum hörbar und ging zum Fenster, um es zu schließen.
In diesem Moment schreckte die Frau auf, schoss wie eine Rakete aus dem Bett und glotzte den Eindringling mit blankem Entsetzen an.
„Was?", stammelte sie, während neben ihr der Mann aufwachte. Marvin bedrohte ihn sofort mit seinem Speer.
„Habt ihr einen Raum, den man abschließen kann?", knurrte er.
„Wer sind sie? Was soll das?", rief der Mann entsetzt.
„Aufstehen! Rüber zur Tür! Alle beide! Sonst steche ich euch ab!", warnte Marvin und erinnerte dabei ganz an einen räuberischen Dschungelbewohner.
„Bitte! Seien Sie doch vernünftig!", wimmerte die Frau. Sie erhob sich und tat, was Kuhmichel angeordnet hatte. Ihr Mann zögerte allerdings. Zumindest so lange, bis ihm Marvin die Spitze seiner Waffe unter die Nase hielt.
„Zur Tür! Los! Habt ihr einen Raum, den man abschließen kann?", wiederholte er.
„Aber warum tun Sie das?", fragte der Mann.
„Ich...ich will euch nicht umbringen müssen, also geht jetzt dort rüber. Habt ihr einen Raum...?"

„Ja, das Badezimmer. Das Badezimmer", antwortete die Frau und stand vor Angst zitternd in der Tür.
Marvin fuchtelte mit dem Speer und trieb die beiden über den dunklen Hausflur. Dann sperrte er sie in ein kleines Badezimmer, schloss die Tür ab und steckte den Schlüssel in die Hosentasche.
„Wenn ihr herumbrüllt, dann bringe ich euch um!", zischte er dem verängstigten Ehepaar hinter der Tür zu und begann, das Haus zu durchsuchen.
Dass die beiden kein Auto hatten, wusste Marvin bereits. Immerhin hatte er die beiden tagelang beobachtet. Ansonsten gab es in dem Haus jedoch einiges zu holen. Der Kühlschrank war voll und Kuhmichel räumte ihn sofort leer, um dann alles in seinen Leinensack zu stopfen. Anschließend riss er die Schubladen in der Küche auf und fand Feuerzeuge, einen Dosenöffner und allerlei andere Dinge, die er gebrauchen konnte.
Das eingesperrte Pärchen blieb ruhig und gab keinen Laut von sich, was bedeutete, dass Kuhmichel in Ruhe das ganze Haus durchsuchen und noch eine Menge Zeug finden konnte. Er schnappte sich im Keller einen großen Seesack und füllte ihn mit den dort in einem Regal stehenden Konservendosen. Auch eine massive Feuerwehraxt nahm er mit, um damit später Holz hacken oder auch Schädel einschlagen zu können.
Zuletzt bediente er sich noch am Kleiderschrank des Mannes und sackte mit gierigen Blicken einen Haufen Kleider ein.
Als Kuhmichel mit seinem Raubzug fertig war, stellte er die Beute in den Hausflur und ging dann er erst einmal ins Wohnzimmer, wo er sich vollkommen erschöpft auf der Couch niederließ.

„Das hat sich gelohnt", brummte er. „Scheiß auf die Scanchips der beiden. Ich komme auch ohne sie klar."

Eine Stunde war vergangen und Marvin saß noch immer auf der bequemen Couch im Wohnzimmer des Pärchens. Die beiden hatten bisher keinen Ton von sich geben, was jedoch nichts daran änderte, dass es sehr dumm war, sich so lange in ihrem Haus aufzuhalten.
Doch Kuhmichel ignorierte die innere Stimme, die ihn aufgeregt ermahnte, so schnell es ging, mit der Beute im Wald zu verschwinden.
Marvin nahm die Fernbedienung, die auf dem Tisch in der Mitte des Raumes lag, und schaltete mit einem zufriedenen Lächeln den Fernseher an. Augenblicklich wurde der vorher stockfinstere Raum ein wenig erhellt, während er sich zurücklehnte und durch die Kanäle zappte. Das machte er eine Zeitlang und genoss jede einzelne Sekunde, denn in diesem Augenblick fühlte er sich noch einmal wie ein zivilisierter Mensch. Wenig später schaltete Marvin den Fernseher wieder aus.
„Fingerabdrücke", sagte er zu sich selbst und schob die Fernbedienung in seine Tasche, um sie mitzunehmen und irgendwo im Wald verschwinden zu lassen.
Andererseits hatte er wohl überall in dem Haus seine Fingerabdrücke hinterlassen, kam es Kuhmichel in der nächsten Sekunde in den Sinn. Er hatte nicht einmal Handschuhe für derartige Überfälle. Jetzt allerdings schon, da er in einer Schublade welche gefunden hatte. Doch das änderte nichts daran, dass seine Fingerabdrücke überall in dem Haus zu finden waren.
Marvin starrte den schwarzen Bildschirm an, es war wieder völlig dunkel in dem Raum. In eine finstere Grübelei

versunken verharrte Marvin auf der Stelle. Jetzt musste er eine Entscheidung treffen. Nachdenklich ging er aus dem Zimmer, stellte sich in den Hausflur und nahm die Feuerwehraxt in die Hand. Sanft strich Kuhmichel mit dem Finger über das Axtblatt und ging dann langsam auf die verschlossene Badezimmertür zu.
„Keine Zeugen, Marvin", wisperte er sich selbst zu. „Du hast es nur so weit geschafft, weil du hart geworden bist. Keine Zeugen. Entweder die oder du. Wenn du sie tötest, dann dauert es vermutlich lange, bis jemand von diesem Raubzug erfährt. Dann bist du schon lange weg. Das ist so, du weißt es doch."
Kuhmichel machte noch einen Schritt vorwärts und stand dann direkt vor der Tür.
„Können Sie uns jetzt bitte rauslassen?", flehte die Frau, die ihn draußen auf dem Gang gehört hatte.
„Keinen Ton! Sag kein Wort mehr!", zischte Kuhmichel zurück und umklammerte den Axtstiel mit beiden Händen.
„In Ordnung!", schallte es kaum hörbar aus dem Bad.
Marvin holte den Schlüssel aus der Tasche und machte sich bereit.
„Aufschließen, einen Schritt zurücktreten, die Tür öffnen und sie einfach beide erschlagen. Keine Zeugen! Hart bleiben! Töte sie endlich und dann nichts wie weg!", rumorte es unter seiner Schädeldecke.
„Was ist los mit dir?"
„Jetzt tue es endlich, Marvin!"
„Sie verraten dich!"
„Entweder du oder sie!"
„Du bist im Krieg, Marvin! Also los!"

Doch dann ließ Kuhmichel die Axt sinken und warf den Schlüssel zu Boden. Er schüttelte den Kopf und ging schließlich wieder zurück zu seiner Beute, die auf dem dunklen Hausflur auf ihn wartete wie ein alter Gefährte.
„Geh einfach!", sagte Kuhmichel zu sich selbst, schnappte sich die Säcke und verschwand aus dem Haus.

Der ehemalige Polizist, der inzwischen zu einem räuberischen Waldbewohner geworden war, hielt sich noch eine Weile in der Nähe von Brandenburg an der Havel auf, um anschließend in Richtung Neuruppin zu wandern. Behutsam tastete sich Marvin Kilometer für Kilometer vor und marschierte des Nachts durch fast menschenleere Regionen oder ausgedehnte Wälder.
Von Neuruppin aus machte sich Kuhmichel wenig später auf den Weg nach Templin und erreichte die Stadt im Lokalsektor „D-Ost III" nach einem mühsamen und entbehrungsreichen Marsch. Dort verschwand er wie immer irgendwo im Umland und versteckte sich in den Wäldern.
Kuhmichel hatte beschlossen, sich wieder ein Auto zu besorgen, denn die langen Fußmärsche hatten ihn mittlerweile an den Rand seiner Kräfte gebracht.
Südlich von Templin pirschte er sich an den Rand eines halb verlassenen Dorfes und beobachtete mehrere Nächte lang eine Reihe von abgelegenen Häusern, in der Hoffnung, dass sich irgendwo eine Gelegenheit ergab, einzubrechen oder ein Auto zu stehlen.
Inzwischen hatte Marvin sämtliche Vorräte aufgebraucht und hungerte wieder. Er verbohrte sich in den Gedanken, erneut ein Auto zu stehlen, um endlich schneller in den Sektor „D-Ost I" zu gelangen.
Dort war die Macht des allumfassenden Systems nicht

mehr so erdrückend wie in den weiter westlich gelegenen Regionen, sagte er sich, und fasste wieder etwas Mut.

Eines Abends, nachdem Kuhmichel stundenlang im Gebüsch gelauert hatte, schlug er zu. Ein Mann mittleren Alters war gerade auf dem Weg zu seinem Auto, den Autoschlüssel lässig in der Hand hin- und herschwingend, als ihm Kuhmichel nachschlich. Diesmal musste es klappen, dachte er sich, während er grimmig die Zähne zusammenbiss.

Als der Mann gerade die Autotür aufschließen wollte, tauchte Kuhmichel als schwarzer Schatten hinter ihm auf und schlug ihn mit einer Eisenstange nieder. Der Mann sank augenblicklich zu Boden und Marvin nahm seinen Autoschlüssel, um daraufhin die Tür des Wagens zu öffnen.

„Hey!", hörte er in dieser Sekunde jemanden aus einem nahegelegenen Haus brüllen.

Kuhmichel zuckte zusammen, setzte sich mit hämmerndem Herzen hinter das Steuer und startete den Wagen. Mit quietschenden Reifen fuhr er davon und sah ihm Augenwinkel noch einen weiteren Mann über die Straße stürmen und wild gestikulieren.

„Verdammt!", zischte Marvin und raste durch ein paar dunkle Straßen, um dann zu einer breiten Landstraße zu kommen, wo er einem Schild in Richtung Neubrandenburg folgte.

Diesmal war er gesehen worden. Trotz aller vorsichtigen Ausspäherei und Umsicht. Kuhmichel versuchte, seine aufkeimende Angst unter Kontrolle zu bringen und jagte so schnell er konnte durch die Dunkelheit. Dieser Autodiebstahl war zum Desaster geworden, obwohl er es zumindest geschafft hatte, das Fahrzeug zu erbeuten. Aber

er war bemerkt worden, was nicht hätte passieren dürfen. Dennoch beschloss Kuhmichel so lange weiterzufahren, bis der Tank des Autos leer war. Sicherlich würde auch diese Fahrt gut gehen, sagte er zuversichtlich zu sich selbst und fuhr über eine Reihe alter Landstraßen voller Schlaglöcher. Immer wieder rumpelte der Wagen, doch Marvin wagte es nicht, langsamer zu werden.
Wie sehr das einst berühmte deutsche Straßennetz in den letzten Jahrzehnten zerfallen war, wurde Marvin bei seiner holperigen Fahrt durch die Nacht einmal mehr bewusst. Manchmal waren die Löcher im Asphalt derart tief, dass das Auto drohte, ins Schleudern zu kommen. Daher war es nicht sonderlich klug, zu sehr zu beschleunigen. Trotz seiner Panik zwang sich Marvin schließlich, doch etwas gelassener zu fahren. Andere Autofahrer waren um diese Zeit in dieser verlassenen Gegend kaum unterwegs, was Kuhmichel beruhigte.

Der Preis der Nachsicht

Als Marvin schon mehr als eine Stunde durch die Nacht gefahren war, leuchteten in einiger Entfernung hinter ihm plötzlich zwei grelle Scheinwerfer auf. Kuhmichel zuckte zusammen und seine Handflächen begannen sich mit Schweiß zu füllen.
„Nur irgendein Typ", sagte er atemlos zu sich selbst und biss sich auf die Unterlippe. In dieser Sekunde beschleunigte das Auto hinter ihm auf einmal gehörig und im nächsten Moment klebte es schon fast an seiner Stoßstange. Marvin starrte entsetzt in den Rückspiegel und riss panisch die Augen auf.
„Nein! Das darf nicht wahr sein!", schrie er mit sich überschlagender Stimme und kam vor Schreck fast von der Straße ab.
Grelles Fernlicht blendete ihn, dann ertönte Sirenengeheul und Kuhmichel sah das Blaulicht eines Polizeiautos aufblitzen. In dieser Sekunde wurde er von einer solchen Panik übermannt, dass ihm völlig die Luft wegblieb.
„Sofort rechts ranfahren! Rechts ranfahren!", schallte es hinter ihm aus den Lautsprechern des Streifenwagens.
Marvin biss sich die Unterlippe blutig und stieß ein lautes Schnaufen aus. Dann drückte er das Gaspedal durch und versuchte, den Wagen zu beschleunigen.
„Einer dieser beiden Bastarde muss die Bullen gerufen haben! Scheiße! Diese verfluchten Wichser! Scheiße! Scheiße!", kreischte Marvin wie von Sinnen, während ihm der Polizeiwagen auf den Fersen blieb und sich nicht abschütteln ließ.

„Fahren Sie sofort rechts ran!"
Entsetzt starrte Kuhmichel in den Rückspiegel und sah, dass der Streifenwagen zu einem Überholvorgang ansetzte.
Mit einem lauten Brausen versuchte er, auf der linken Spur an ihm vorbeizuziehen, doch Marvin hatte nicht vor aufzugeben.
„Nein!", brüllte er und rammte mit voller Wucht die Seite des Polizeiautos, das mit quietschenden Reifen in Schleudern geriet und auf den Straßengraben zuraste.
Doch auch Marvins Fahrzeug schlitterte unkontrollierbar geradeaus und blieb nach einer Vollbremsung schließlich quer auf der Straße stehen. Der Streifenwagen mähte derweil zwei Fahrbahnmarkierungen nieder und landete mit einem Krachen im Straßengraben.
Marvin war mit dem Nasenbein gegen das Lenkrad geschmettert worden und wischte sich sein Blut aus dem Gesicht. Halb benommen tastete er nach der Feuerwehraxt, die auf dem Rücksitz des gestohlenen Autos lag, und torkelte mit ihr in den Händen aus dem Fahrzeug heraus.
Marvins schmerzvernebelter Verstand meldete ihm, dass sein linker Knöchel verstaucht war. Er schmerzte höllisch, doch biss er sich auf die Zähne.
„Zur Hölle mit euch!", knurrte Kuhmichel und sein Gesicht verzog sich zu einer grotesken Maske der Wut.
Mit grimmiger Miene humpelte Marvin auf das Polizeiauto zu, aus dem gerade ein Beamter herausklettern wollte.
Der Mann schob die zerbeulte Beifahrertür auf, als Marvin auch schon neben ihm ins Gras sprang und seine Axt in die Höhe riss.
Noch bevor der Polizist nach seiner Pistole greifen konnte, sauste die tödliche Waffe auf ihn herab und das Axt-

blatt grub sich zwischen Schulter und Kopf des Beamten tief in dessen Fleisch. Marvin zerrte es mit lautem Gebrüll wieder heraus und kletterte mit letzter Kraft auf die verbogene Motorhaube des Streifenwagens, um die Windschutzscheibe mit einem weiteren Axthieb zu zerschmettern.

Dann nahm er sich den schwer verletzten Fahrer des Wagens vor, der noch immer nicht ganz zu sich gekommen war und verwirrt ein paar Wortfetzen von sich gab. Marvin ließ die Axt neben sich auf das Blech fallen, zückte ein Küchenmesser und beugte sich zu dem zweiten Beamten herab. Bevor dieser reagieren konnte, steckte die breite Messerklinge bereits in seiner Kehle und er stieß ein letztes, qualvolles Gurgeln aus.

Wie von Sinnen stach Kuhmichel weiter auf den Mann ein und sah anschließend noch einmal nach dem anderen Polizisten, der neben dem Streifenwagen im blutgetränkten Gras lag. Er zuckte noch, seine Hand griff nach Marvins Bein. Kuhmichel erfüllte plötzlich ein Gefühl sadistischer Freude. Für die Zeit eines Wimpernschlages war es eine Woge des Triumphs, die ihn durchfuhr.

„Ich habe gesiegt! Hast du gehört, du Stück Scheiße?", fauchte er und lachte auf.

Marvin ließ sich wie ein Raubvogel nach unten fallen. Die Klinge in seiner Hand blitzte im Mondlicht auf, bevor sie im Hals des verwundeten Polizisten verschwand.

Marvin riss und zerrte an seinem Opfer wie ein rasender Wolf. Nachdem er dem Beamten die Kehle durchgeschnitten hatte, starrte er mit stumpfem Blick in die Nacht hinaus.

„Da habt ihr euch mit dem Falschen angelegt, ihr Dreckschweine!", knurrte Kuhmichel leise und verpasste dem

toten Polizisten neben sich auf dem Boden einen Tritt in die Seite.
Nachdem er den Streifenwagen gründlich durchsucht hatte und den beiden Toten ihre Waffen abgenommen hatte, humpelte er zurück zu dem gestohlenen Auto, um noch den Rest seiner Ausrüstung mitzunehmen. Unter größter Anstrengung rannte er über eine große Wiese am Straßenrand und schleppte sich vor Schmerzen stöhnend in einen Wald dahinter.
„Diesmal habt ihr euch mit dem Falschen angelegt! Verfluchte Mistratten!", keuchte Marvin, um daraufhin leise zu kichern. Er drang tiefer in das finstere Dickicht ein und verschwand in den Schatten.

Kuhmichel wartete noch drei Tage und versteckte sich in einer kleinen Höhle, denn sein Knöchel tat so weh, dass er ihn erst einmal für eine Weile schonen musste. Ob sie nach diesem Vorfall schon überall nach ihm suchten, konnte er nicht sagen. In der Höhle war er jedoch sicher, dachte er, und wartete ab. In ihrer Nähe streiften jedenfalls keine Suchtrupps durch das Unterholz. Er war ihnen entkommen. Zumindest sah es ganz danach aus.
Als er sich schließlich wieder auf den Weg nach Nordosten machte, bewegte er sich noch vorsichtiger und misstrauischer vorwärts als zuvor. Oft schaffte er es nur, wenige Kilometer am Tag voranzukommen und irrte manchmal ganze Nächte lang durch die Wälder.
Inzwischen war Marvin entschlossen, die endgültige Flucht aus „Europa-Mitte" noch in diesem Jahr in Angriff zu nehmen. Er wollte nach Litauen, das bereits zum Nationenbund der Rus gehörte.
Inzwischen war es bereits Oktober geworden und das

heiße, sommerliche Wetter schwand langsam dahin und wurde immer mehr von regnerischen Tagen und Nächten abgelöst. Aber noch konnte Marvin in der freien Natur zurechtkommen.

Wenn jedoch der Winter kam, würde es nicht mehr so einfach sein, in der Wildnis zu überleben. Sobald er die Grenze zum Verwaltungssektor „Europa-Ost" erreicht hatte - weiter östlich lag das Gebiet des ehemaligen Staates Polen - wollte Marvin entlang der Meeresküste in Richtung Litauen marschieren.

„Dort drüben bei den Polen ist die Überwachung nicht mehr so perfekt wie im Subsektor „Deutschland". Ich werde es schon irgendwie schaffen", sagte er immer wieder zu sich selbst und versuchte, neuen Mut zu schöpfen.

Die kleine Datenschachtel, auf der die geheimen Dokumente abgespeichert waren, trug er noch immer in seiner Hosentasche und hütete sie wie seinen Augapfel. Es war mit Abstand das Wichtigste, was er noch besaß, und er wollte sie überall hin mitnehmen, wo immer ihn das Schicksal auch hinführte.

„Es geht den Russen unter Tschistokjows Führung wesentlich besser als uns. Zwar versuchen die Medien den Nationenbund als rückständigen Unterdrückerstaat hinzustellen, doch in Wahrheit ist das Gegenteil der Fall. Ich bin mir sicher, dass es so ist...", sinnierte Marvin während seiner nächtlichen Märsche vor sich hin.

„Wenn Artur Tschistokjow auch nur einen Bruchteil von dem in die Tat umgesetzt hat, was er in „Der Weg der Rus" beschreibt, dann muss dort hinten ein wahres Paradies entstanden sein - jedenfalls im Vergleich zu „Europa-Mitte". Er hat in Russland wieder ein umfassendes Sozialsystem eingeführt und fast jeder Einwohner des Natio-

nenbundes hat Arbeit. Tschistokjow kümmert sich liebevoll um sein Volk, weil er in Wahrheit der Gute ist. Er baut Russland auf, während unsere Herren unser Land schon längst zerstört haben. Sie sind die Teufel, die Menschheitszersetzer, die Sklaventreiber..."
Nach und nach wurde Kuhmichel immer überzeugter davon, dass der Nationenbund der Rus ein wesentlich schönerer und freierer Staat war als das Gebilde, in dem er aufgewachsen war. Schlimmer als in „Europa-Mitte" konnte es kaum sein, sagte er sich. Dass Tschistokjow die schwere soziale Krise in Russland durch seine revolutionäre Politik so gut wie beseitigt hatte, mussten sogar die vom Weltverbund kontrollierten Medien zähneknirschend zugeben. Allerdings wurde über diese Dinge nur sehr selten und stark verfälscht berichtet, so dass alle Fernsehreportagen über Russland stets einen negativen Beigeschmack hatten.
Marvin aber war sich sicher, dass die Russen ihren Staatschef liebten. Nicht, weil sie dazu gezwungen wurden, sondern weil Tschistokjow ein guter und gewissenhafter Anführer war. Er hatte sein eigenes Leben von Anfang an aus Liebe zu seinem Volk riskiert und deshalb folgten ihm so viele Millionen. Eine andere Erklärung für den Erfolg dieses Mannes und seiner Bewegung konnte es überhaupt nicht geben, dachte Marvin.
Mitte Oktober hatte Kuhmichel, nach einer ermüdenden Reise durch karge und verlassene Landstriche, endlich die Stadt Pasewalk erreicht. Jetzt war die Grenze zum Verwaltungssektor „Europa-Ost" nicht mehr fern und der ehemalige Polizist sah mit Stolz und Genugtuung auf eine erfolgreiche Flucht vor einem übermächtigen Gegner zurück.

Selbst der internationale Geheimdienst hatte ihn nicht einfangen können. Die meisten Sektorbürger von „Europa-Mitte" zuckten schon ängstlich zusammen, wenn sie nur den Namen dieser gefürchteten und zugleich undurchsichtigen Organisation hörten. Kuhmichel jedoch hatte sie ausgetrickst und es wieder allen Erwartungen am Ende geschafft, in den Lokalsektor „D-Ost I" zu gelangen.
Nachdem er Pasewalk erreicht hatte, wanderte er noch einige Kilometer weiter nach Nordosten und fand schließlich ein kleines Dorf, das von seinen ehemaligen Bewohnern schon vor Jahren aufgegeben worden war. Hier bezog er in einem leerstehenden Ruinenhaus vorübergehend Quartier und ruhte sich erst einmal aus. Marvin atmete erleichtert auf, denn in diesem Gebiet herrschte mehr oder weniger Anarchie. Der Arm des Systems konnte ihn hier schwerer erreichen. Das hoffte er jedenfalls.

In dieser Region, am Rande des Lokalsektors „D-Ost I", lag der Hund begraben, wie man im Westen gelegentlich sagte. Ganze Landstriche hatten in den letzten Jahrzehnten mehr als die Hälfte ihrer Bevölkerung eingebüßt und verlassene Dörfchen fand man hier viele.
Früher, vor der Zeit, als die „Bundesrepublik" aufgelöst und zu einem Teil des Verwaltungssektors „Europa-Mitte" geworden war, war diese Region als „Bundesland" unter dem Namen „Mecklenburg-Vorpommern" bekannt gewesen.
Schon damals, so hieß es, war sie eine eher ländlich geprägte und menschenarme Region gewesen. Aber egal, mit welchem Namen man diese Landschaft auch betitelte,

sie war ein trostloses Fleckchen Erde geworden - zumindest was die Lebensumstände ihrer Einwohner betraf. Allerdings war es im Westteil des Subverwaltungssektors „Deutschland" auch nicht schöner. Der Zerfall und die Hoffnungslosigkeit hatten dort lediglich ein anderes Gesicht.

Fand man, von ein paar größeren Städten abgesehen, in „D-Ost I" Gebiete vor, die von ihren Bewohnern schon fast gänzlich verlassen worden waren, so traf man im Westen auf hässliche und vor sich hin verrottende Ballungsgebiete.

Richtige Arbeit, also eine feste Anstellung mit entsprechendem Gehalt, gab es für die jüngere Generation der Deutschen im Jahre 2046 auch im sogenannten „Westen" kaum noch.

Ein jeder lebte von der Hand in den Mund, wenn er überhaupt noch irgendwo Arbeit fand. Die meisten hangelten sich einfach von einem Tag zum nächsten, wie Affen, die von Liane zu Liane hüpften, in der Hoffnung, irgendwann irgendein Ziel zu erreichen.

Alles in allem lag seit Jahrzehnten eine Glocke aus Zukunftsangst, Verzweiflung und Depression über dem Land, das früher einmal „Deutschland" genannt worden war. Diese Grundstimmung war in jedem Teil des Subsektors spürbar.

Der gewöhnliche Bürger fühlte sich überwacht und geknebelt, was auch der Realität entsprach. Kuhmichel wusste das als ehemaliger Polizist noch besser als seine Mitmenschen.

Überall zeigten sich die Gitterstäbe eines riesigen Käfigs, der nicht nur Europa, sondern die gesamte Welt umfasste. Alles wurde überwacht, von den digitalen Scanchipkonten bis hin zu den Lebensgewohnheiten, Internetverbindungen und Telefongesprächen. Wenn auch sonst alles zerfiel und sich in Auflösung befand, so wurde im Gegenzug alles dafür getan, die Überwachung auszubauen. Sie war seit dem Machtantritt der Weltregierung im Jahre 2018 stetig verbessert und verschärft worden.

In diesem Zusammenhang war „D-Ost I" allerdings die Region im Verwaltungssektor „Europa-Mitte", der die Mächtigen die geringste Aufmerksamkeit schenkten. Das hier war „Ossiland" oder „Dunkeldeutschland", wie es früher immer geheißen hatte.

Die knapp 700000 Einwohner des Lokalsektors waren wohl die politisch und wirtschaftlich unwichtigsten Menschen in ganz „Europa-Mitte". Und so ließ man die, die noch „hier oben" verblieben waren, einfach vor sich hin vegetieren, während ganze Landstriche weiter verödeten und verfielen.

Diese Tatsache kam Kuhmichel allerdings jetzt zu Gute und er fühlte sich in diesem leerstehenden Dörfchen so frei wie seit langer Zeit nicht mehr.

Die noch verbliebenen „Rednecks" hatten den Dienern des Systems in den letzten Monaten und Jahren nämlich schon so schwer zugesetzt, dass sich die Staatsgewalt aus einigen Gebieten des Lokalsektors „D-Ost I" bereits gänzlich zurückgezogen hatte. Die gewöhnliche Polizei war inzwischen in den größeren Städten wie Rostock oder Schwerin konzentriert worden, um die Stadt- und Lokalverwalter dort rund um die Uhr vor den Mitgliedern der „Deutschen Freiheitsbewegung" zu schützen.

Kuhmichel hatte kaum etwas von den Ereignissen der letzten Wochen und Monate mitbekommen, da er fernab jeder Zivilisation gelebt hatte, aber inzwischen hatten die

Untergrundkämpfer ein gut funktionierendes Netzwerk aufgebaut und noch mehrere Dutzend Vertreter des politischen Systems getötet. Das hatte dazu geführt, dass einige Regionen im Osten des Lokalsektors von den Behörden vollständig aufgegeben worden waren.
„Unwichtige Leute wie mich werden sie in Ruhe lassen", sagte Kuhmichel manchmal zu sich selbst und meinte damit die Mitglieder der DFB.
Und er wurde in Ruhe gelassen, denn das kleine Dörfchen, das hier still vor sich hin zerfiel, schien nicht einmal die Untergrundkämpfer der „Deutschen Freiheitsbewegung" zu interessieren.

Das verlassene Dorf in der tristen Einöde des Lokalsektors „D-Ost I" war ein unheimlicher Ort. Zwar war das Ruinenhaus, das sich Kuhmichel als Unterschlupf ausgesucht hatte, nicht das schlechteste Versteck, aber dennoch fühlte sich der ehemalige Polizist hier noch unwohler als im tiefsten Wald.
Manchmal, wenn der Herbstregen wie ein niemals endender Sturzbach vom Himmel kam und die verlassene Dorfstraße mitten in der Nacht in eine riesige, schlammige Pfütze verwandelte, stand Marvin im Eingang seiner Bleibe und ließ seinen Blick über die leerstehenden Ruinenhäuser schweifen.
Die verfallenen Gebäude um ihn herum schienen ihn mit ihren schwarzen Fensteraugenlöchern feindselig anzustarren und manchmal bildete sich Marvin ein, dass irgendwer hinter seinem Rücken in der Finsternis flüsterte und zischelte. Dieses von seinen Bewohnern längst aufgegebene Dörfchen war ein Mahnmal des Zerfalls. Alles war schmutzig, vermodert und tot.

Das eigentlich Bedrückende war jedoch, dass hier einmal Leben existiert hatte, das längst fortgezogen war, um nur noch gespenstische Ruinen zurückzulassen.

Doch an diesem Ort zu verharren, war immer noch besser als in einem GSA-Internierungslager auf den Genickschuss zu warten. Zudem hatte sich Kuhmichel inzwischen schon an ein Leben in Dunkelheit und Einsamkeit gewöhnt. Ständig grübelte er darüber nach, ob der internationale Geheimdienst nicht doch seiner Spur in dieses öde Land gefolgt war, aber er kam zu keinem Ergebnis. Entweder sie würden ihn irgendwann fassen oder eben nicht, dachte er. Das war die simple Wahrheit.

Marvin war jedoch nach wie vor fest entschlossen, noch vor dem Wintereinbruch seine Flucht durch das Gebiet des einstigen Staates Polen fortzusetzen. Er musste sich langsam beeilen, denn einen wirklich harten Winter würde er in der Wildnis nicht überleben.

Aber bevor er endgültig aus „Europa-Mitte" verschwand, wollte er noch nach Pasewalk oder in eine andere Stadt gehen, um die brisanten Daten von Theodor Hirschbergers Festplatte an die russische Regierung zu schicken.

Dieser Entschluss war inzwischen in Marvins Kopf herangereift. Er glaubte, dass er dieses Risiko eingehen musste, um der übrigen Menschheit einen Dienst zu tun und seinen Feinden zugleich einen gewaltigen Schaden zuzufügen.

Das Versenden der geheimen Daten an die Todfeinde der Logenbrüder - Friedensgespräche hin oder her - würde seine persönliche Rache an einem System sein, dass ihn eiskalt zum Abschuss freigeben hatte, sagte sich Kuhmichel voller Ingrimm.

„Das Risiko gehe ich ein. Ich muss es tun, bevor ich für immer aus „Europa-Mitte" verschwinde", gelobte er vor sich selbst.
Marvin hielt es für einen Wink des Schicksals, dass gerade er diese streng geheimen Daten in die Finger bekommen hatte, und er war willens, seinen Beitrag für eine bessere Zukunft zu leisten, indem er sie den Rus schickte.
Schließlich blieb er noch bis Anfang November in dem verlassenen Dorf, versorgte sich mit Wild aus dem nahegelegenen Wald und sammelte schließlich seinen Mut zusammen, um die letzte Etappe seiner Flucht zu beginnen.
„Ich werde euch noch richtig in den Arsch treten, bevor ich mich aus dem Staub mache. Und dann sollt ihr für immer daran denken, dass es Marvin Kuhmichel gewesen ist, der Tschistokjow die Namenslisten und Pläne eurer Herren geschickt hat", sinnierte Marvin mit einem Gefühl diebischer Freude.
Letztendlich sollte es jedoch anders kommen, als es sich Marvin vorgestellt hatte. Als er schon seine Sachen gepackt und das verlassene Dörfchen hinter sich gelassen hatte, geschah etwas, das er nicht einkalkuliert hatte.

Kuhmichel stand am Ufer eines breiten Baches, der durch das Waldstück hinter dem leerstehenden Dorf rauschte. Er hielt einen selbstgemachten Speer in der Hand und versuchte, sich zu konzentrieren. Bevor er weiter nach Osten wanderte, wollte er noch einmal ein paar Fische fangen, um seine Essensvorräte aufzustocken.
Mit verbissener Miene starrte er auf die Wasseroberfläche und ließ die Speerspitze langsam darüber kreisen, während zwei Fische nach oben schnellten. Blitzartig stieß er in der gleichen Sekunde zu.

„Mist!", brummte Kuhmichel. Der Stoß war ins Leere gegangen und die beiden Fische waren wieder so schnell fort, wie sie aufgetaucht waren.

„Wenn ich wenigstens noch ein paar Brotkrumen hätte. Dann könnte ich sie zumindest irgendwie anlocken", ging es Marvin durch den Kopf.

Im Grunde hatte er vom Fischefangen überhaupt keine Ahnung, wie er vor sich selbst zugeben musste, und sein ausbleibender Erfolg war der Beweis. Mit einer Angel, die er jedoch nicht hatte, wäre alles einfacher gewesen. Und ein Bär, der die Fische mit seinen Pranken geschickt aus dem Wasser ziehen konnte, war er auch nicht. So blieben ihm nur der selbstgemachte Speer und die Hoffnung auf eine bessere Gelegenheit. Wenigstens hatte er sich eine günstige Stelle ausgesucht, an der sich ständig neue Fische tummelten. Die Strömung des Baches wurde hier durch ein paar kleine Felsen unterbrochen, die wie abgebrochene Säulen aus dem Wasser ragten. Auf diese Weise hatte sich im Laufe der Zeit ein kleines Bassin gebildet.

Kuhmichel zog die Augen zu einem dünnen Schlitz zusammen. Da waren wieder zwei Fische, die von der Strömung in das Bassin geführt worden waren und nun in Richtung des Ufers trieben, wo die Speerspitze schon über ihren dunkelgrünen Körpern in der Luft hing.

„Diesmal kriege ich einen", dachte Marvin und machte noch einen Schritt, bevor er zustieß.

Der Fisch glitt zur Seite, doch die Klinge erwischte ihn am Hinterteil und einige Blutfäden stiegen an die Wasseroberfläche. Marvin riss den Speer in die Höhe und machte noch einen weiteren Schritt, als er im nächsten Augenblick schon über den Rand des Ufers hinab ins Wasser

stolperte und die beiden Fische schlagartig zwischen den Felsen verschwanden.
„Verdammt!", schrie er und versuchte, sich umzudrehen.
Doch die glitschigen Steine unter seinen Füßen gewährten ihm keinen Halt. Kuhmichel rutschte aus, kippte zur Seite und fiel mit einem lauten Schrei ins Wasser.
Bevor er noch einen Fluch ausstoßen konnte, spürte er schon den stechenden Schmerz in seinem rechten Bein. Er war genau auf einem der aus dem Wasser ragenden Felsen gelandet und hatte sich dabei nicht nur die Hand aufgeschlagen, sondern auch das Bein verletzt.
Plötzlich peinigte Marvin ein pochender Schmerz und er war kaum noch in der Lage, aus dem Bach zu kriechen. Stöhnend und Verwünschungen zischend schleppte sich Marvin ans Ufer, wuchtete seinen Körper nach oben und blieb dann im Gras liegen. Diesmal hatte ihn sein Glück verlassen, schoss es ihm durch den Kopf, als er spürte, dass er kaum noch in der Lage war, das Bein anzuheben.

Leise jammernd humpelte Marvin aus dem Wald und zog das schmerzende Bein hinter sich her. Er benutzte einen Ast als Krücke und es gelang ihm, sich damit einigermaßen fortzubewegen. Dennoch brannte eine unerträgliche Pein in seinem Kopf und er fürchtete, einfach umzufallen und nicht mehr aufstehen zu können.
Nach einer Weile erreichte Kuhmichel das leerstehende Dorf. Mit letzter Kraft kämpfte er sich zu dem Ruinenhaus vor, das er sich als Unterschlupf ausgesucht hatte.
Im oberen Stockwerk hatte er seine Ausrüstung und die Datenschachtel unter einem Schutthaufen versteckt, doch schaffte es Marvin nicht mehr, die Stufen heraufzuklettern.

Schweißüberströmt und erbärmlich vor sich hin wimmernd kroch Kuhmichel in einen kleinen Raum neben der herausgefallenen Eingangstür und legte sich dort in einer Ecke auf den kalten Fußboden.
„Das darf einfach nicht wahr sein! Verfluchte Scheiße! Das gibt es doch nicht", stöhnte er und hielt sich das Bein, das jetzt brannte, als hätte wäre es mit Benzin übergossen und angezündet worden.
Es war gebrochen. Marvin war sich sicher, dass er sich den Knochen gebrochen hatte. Das war das Ende. Er hatte es so weit geschafft, um nun an einem gebrochenen Bein zu scheitern.

Schließlich verbrachte Kuhmichel mehrere Stunden in dem verdreckten Raum und hoffte, dass die Schmerzen nachließen. Doch das taten sie nicht. Im Gegenteil, das Bein fing wie verrückt an zu pochen und bald hatte er das Gefühl, vor Schmerz den Verstand zu verlieren.
Als es Marvin nicht mehr aushielt, quälte er sich auf die Beine, hob seine Krücke vom Boden auf und humpelte aus dem Ruinenhaus auf die Straße. In etwa drei oder vier Kilometern Entfernung gab es noch ein Dorf, das nicht ganz verlassen zu sein schien. Bis dahin musste er es schaffen, auch wenn der Gedanke an eine derart weite Strecke ihm zusätzliche Qualen bereitete.
„Ich muss es riskieren. Alleine komme ich nicht mehr klar. Verdammter Mist! Warum gerade jetzt?", schrie Kuhmichel zornig und Gott selbst verfluchend. Mit schmerzverzerrtem Gesicht humpelte er in Richtung des Nachbardorfes.

Peter Henkel

Kuhmichels Sinne waren durch den Schmerz bereits so stark vernebelt, dass er immer wieder auf der schlammigen Straße zusammenbrach und für einen Moment liegen blieb. Dann jedoch raffte er sich erneut auf und humpelte weiter.
Nach etwa drei Stunden hatte er es endlich geschafft, das andere Dorf zu erreichen. Inzwischen hatte es schon zu dämmern begonnen. Marvin starrte immer wieder sehnsüchtig auf die dunkelgrauen Umrisse der alten Bauernhäuser am Horizont. Er biss auf die Zähne und sammelte seine letzten Kraftreserven, während er den Gebäuden immer näher kam und schließlich das erste von ihnen ansteuerte. Es war vollkommen verwahrlost und von einem auseinandergefallenen Bretterzaun umgeben. Drinnen, in der oberen Etage, brannte jedoch noch Licht.
Marvin musste sich jetzt helfen lassen. Er hatte einfach keine andere Wahl mehr. Egal, was passierte, jemand musste ihm zumindest ein paar Schmerztabletten geben oder die Qual sonst irgendwie lindern.
Kuhmichel schob ein schäbiges Gartentor zur Seite und wankte über einen mit Unkraut überwucherten Kopfsteinpflasterweg, der zur Eingangstür des Hauses führte. Dort angekommen, sackte er leise brummend zusammen und bollerte so laut er konnte gegen das Holz.
Jemand kam eine Treppe herunter und die Tür wurde geöffnet. Kuhmichels hilfesuchender Blick traf das runzlige Gesicht eines alten Mannes, der ihn verdutzt musterte und sich am Kopf kratzte.

„Ich habe mir das Bein gebrochen. Bitte helfen Sie mir", jammerte Marvin mit letzter Kraft.
Der Mann sagte nichts und beugte sich lediglich herab, um ihn in den Hausflur zu ziehen. Dann verschwand er in einem Nebenraum und kam kurz darauf mit einem Glas Wasser in der Hand zurück.
„Trink erst einmal was", sagte er.
Gierig leerte Marvin das Glas mit einem einzigen Zug und versuchte sich aufzurichten, während ihn der alte Mann an der Schulter nach oben zog.
„Was ist passiert?", fragte dieser.
„Bin gefallen. Das verdammte Bein ist gebrochen. Vielen Dank! Danke erst einmal", stammelte Marvin.
„Ja, kein Problem", murmelte der Alte, den Kuhmichel auf etwa siebzig Jahre schätzte.
„Ich bin Christian", erklärte der Mann und lächelte dem Verletzten freundlich zu.
„Peter...Peter Henkel...", stöhnte Kuhmichel.
„Setz dich im Wohnzimmer auf die Couch, Peter. Ich hole dir noch ein Glas Wasser", sagte Christian.
Kurz darauf saß Marvin auf einem zerschlissenen Sofa in einem karg eingerichteten Raum mit vergilbten Tapeten. Von der Decke hing eine matt leuchtende Glühbirne, die alles in ein gelbliches Licht tauchte. Marvin bedankte sich noch einmal und ließ dann erschöpft den Kopf nach unten sinken.
„Keine Ursache, Peter. Ich hätte dich bestimmt nicht einfach vor meiner Eingangstür liegen lassen". Der Alte klopfte Kuhmichel väterlich auf die Schulter.
„Der nächste Arzt ist allerdings sehr weit weg", bemerkte Marvins runzliger Retter dann mit besorgter Miene.

„Nein! Kein Arzt! Nicht den Arzt! Ich habe keinen Scanchip!", wehrte Kuhmichel ab.
„Ich habe einen Chip, mein Freund. Ich werde das mit dem Arzt schon regeln."
„Nein! Bitte keinen Arzt!"
„Bist du ein Obdachloser?"
„Ja!", schnaufte Marvin.
„Aber keiner von der DFB, oder?"
„Nein!"
„Hätte ich auch nicht gedacht. Siehst eher wie ein Obdachloser aus. Nichts für ungut." Der Alte grinste.
Kuhmichel konnte sich denken, wie er auf einen gewöhnlichen Menschen wirken musste. Sein dunkelblonder Vollbart bedeckte sein ganzes Gesicht und seine zerrissene Kleidung stank entsetzlich nach Schweiß und sonstigen Körperausdünstungen.
„Also soll ich keinen Arzt rufen?"
„Nein! Auf keinen Fall!", erwiderte Marvin fast panisch.
Christian nickte. „Wie du willst, mein Freund. Dann hole ich dir erst einmal ein paar Schmerzpillen von oben."

Der vollständige Name des alten Mannes war Christian Schmidt, wie Marvin inzwischen erfahren hatte. Er lebte seit drei Jahren allein in diesem Haus, nachdem seine Frau gestorben war. Schmidt hatte Marvins gebrochenes Bein noch am gleichen Abend geschient und ihn nach oben ins ehemalige Kinderzimmer seines ältesten Sohnes gebracht. Dort lag der Verletzte nun in einem Bett. Kuhmichel war einfach zu erschöpft, um sich noch weiter darüber Gedanken zu machen, ob der Alte vielleicht doch einen Arzt oder gar die Polizei holen würde. Aber Schmidt wirkte nicht so, als wollte er sich Marvins Wünschen widersetzen. Außerdem traute sich die gewöhnliche Polizei aus Angst vor der DFB sowieso nicht mehr in diese Region hinein.

Marvin blickte kurz auf und hob seinen Kopf an, als Christian den Raum betrat und ihm zwei Käsebrote ans Bett brachte.

„Lass es dir schmecken, Peter", sagte er.

„Vielen Dank, Herr Schmidt…ich meine Christian", gab Kuhmichel zurück.

Er aß gierig die Brote und bemühte sich zugleich, nicht allzu sehr zu schmatzen. In den letzten Monaten waren seine Essensgewohnheiten immer steinzeitlicher geworden, wie Marvin vor sich selbst zugeben musste.

Der Alte kam noch einen Schritt näher an das Bett. Für einen Moment sah er seinen seltsamen Gast wortlos an und fragte dann: „Aber du bist nicht aus „D-Ost I", nicht wahr?"

„Nein!", antwortete Kuhmichel. „Ich bin aus dem Westen."

„Und von wo da genau?"

Marvin überlegte. „Darmstadt! Ich komme aus der Nähe von Darmstadt."

„Und warum bist du ausgerechnet in die verlassenste Region des ganzen Subsektors gekommen?"

„Einfach so", brummte Kuhmichel.

„Hier gibt es doch nichts zu holen." Der Alte schmunzelte.

Marvin wurde zunehmend unsicherer, was Christian offenbar nicht verborgen blieb. Kuhmichel spürte, wie die Furcht in seinem Inneren die Kraft des Schmerzes für einen Augenblick überwand.

„Sind sie da drüben hinter dir her gewesen?", schob Christian nach.
„Was meinst du?", wollte Marvin wissen und stellte sich dumm.
„Die Bullen, mein Lieber. Vielleicht bist du hierher gekommen, weil die dich hier oben nicht so leicht kriegen. Stimmt doch, oder?"
Kuhmichel beschloss, ehrlich zu sein. „Ja, so in der Richtung."
„Mir ist das egal, so lange du dich bei mir beträgst, Peter", erwiderte der Alte mit einem zuvorkommenden Lächeln.
„Okay…", stöhnte Marvin.
„Ich habe nämlich für dieses ganze Scheißsystem nichts übrig, mein Freund. Und hier oben hat inzwischen die DFB das Sagen. Mach dir also keine Sorgen", erklärte Christian.
„In Ordnung! Aber was ist mit den Leuten von der DFB? Habe ich da etwas zu befürchten? Immerhin bin ich ein Fremder", meinte Kuhmichel, um dann seinen Oberkörper aufzurichten.
Der grauhaarige Mann schüttelte den Kopf. „Nein, eigentlich nicht. Du bist ein „deutscher Landsmann", wie es die DFBler formulieren würden, und daher würden sie dir sogar helfen. Denke ich jedenfalls. Nur Volksverräter und Regimeknechte haben etwas zu befürchten, wie es die von der DFB immer sagen."
„Aha!", murmelte Marvin.
„Ein junger Mann hier aus dem Dorf ist auch bei der „Deutschen Freiheitsbewegung". Das weiß jeder hier. Aber du brauchst vor ihm keine Angst zu haben", sagte Christian.

Marvin blickte zu ihm herauf. „Und ich kann dir vertrauen? Die jagen mich tatsächlich. Man hat mich wegen einer Kleinigkeit zu mehreren Jahren Haft verurteilen wollen. Da habe ich mich einfach aus dem Staub gemacht und bin nach Osten geflohen."
„Eine Kleinigkeit?", kam von Christian zurück. Der Alte wirkte neugierig.
„Ja, ich habe „Der Weg der Rus" in einem Internetforum zum Download angeboten. War nicht sonderlich klug, das muss ich zugeben. Jedenfalls hatte ich danach sofort die Behörden am Hals. Automatisiertes Gerichtsverfahren, Scanchipsperrung und so weiter."
„Das Übliche eben", sagte der Alte. „Dann bist du also ein Anhänger des großen Mannes, oder wie?"
Kuhmichel schmunzelte. „Ich stimme ihm in vielen Punkten zu, um es einmal so zu formulieren."
Christian Schmidt nickte. „Hier bei uns ist Tschistokjow sehr beliebt. Die meisten Leute wünschen sich, dass er uns eines Tages von der Weltregierung befreit. Warte mal kurz…"
Der alte Mann verließ den Raum und kam kurz darauf mit einem Foto in der Hand wieder. Das Bild zeigte General Frank Kohlhaas. „Ein deutscher Freiheitsheld" stand unter dem Foto.
„Das hat mir der junge Mann aus dem Dorf einmal gegeben. Hat er extra für mich ausgedruckt. Der Bursche von der DFB, verstehst du?"
Marvin nahm das Foto in die Hand und betrachtete es. Dann gab er es Christian zurück. Dieser legte es auf eine kleine Kommode, setzte sich neben dem Bett auf einen Stuhl. Anschließend unterhielten sich die beiden noch eine Weile.

Christian Schmidt hatte keinen Fernseher mehr. Dieser war schon vor Jahren kaputt gegangen und der alte Mann hatte kein Geld, um sich einen neuen zu kaufen. Allerdings besaß er noch ein Radio, das zwischendurch immer wieder laut zu rauschen anfing, wenn man es einschaltete. Da Schmidt keine Rente bekam - niemand bekam im Jahre 2046 mehr so etwas wie eine Rente - kam sein ältester Sohn, der ein paar Dörfer weiter wohnte, einmal die Woche vorbei, um ihm etwas zu Essen zu bringen. Meistens waren es Konservendosen oder ein Sack voller Gemüse. Hier oben bauten die Leute inzwischen wieder selbst Lebensmittel an, um sich halbwegs ernähren zu können. Wer hier, im äußersten Osten des Lokalsektors lebte, wurde notfalls von seinen Mitmenschen mitversorgt, wenn er nichts mehr hatte. Die Leute vor Ort tauschten Lebensmittel und Gegenstände, sie half sich gegenseitig so gut sie es vermochten. Marvin hatte eine derartige Form des Zusammenlebens noch nie zuvor erlebt, denn in Frankfurt am Main existierte jeder nur für sich allein. Oft kannte man dort nicht einmal seine direkten Nachbarn.
Lediglich die nichtdeutschen Sektorbürger hielten mehr zusammen und lebten teilweise in ähnlichen Gemeinschaften wie die Deutschen in „D-Ost I".

Mittlerweile war Kuhmichel schon seit über einer Woche bei dem alten Mann und sein Bein tat nicht mehr so weh wie noch vor einigen Tagen.
Auch jetzt saß Christian wieder an seinem Bett. Er hatte einen kleinen Klapptisch aufgestellt, auf dem sich zwei Teller befanden. Marvin aß mit seinem grauhaarigen Retter zu Mittag. Auf der Kommode vor der Wand stand Schmidts Radio und plärrte vor sich hin.

„Rindfleisch! Lecker, nicht wahr?", sagte der Alte.
„Ja, wirklich gut. Schmeckt völlig anders als der „Globe Food" Fraß", erwiderte Marvin.
„Ist ja auch echtes Fleisch, mein Lieber." Christian hob den Zeigefinger. „Im Nachbardorf züchtet einer wieder Rinder. Das gab es lange nicht mehr."
Kuhmichel verschlang hastig das Fleisch und antwortete nicht mehr. Es schmeckte tatsächlich völlig anders als das „Fleisch" aus dem Supermarkt in Frankfurt.
Kurz darauf kamen die Nachrichten und die beiden Männer spitzten die Ohren. Man schrieb heute den 26.11.2046 und dieser Tag sollte ein historischer werden.
„Der Friedensvertrag zwischen dem Weltverbund und dem Nationenbund der Rus ist heute in St. Petersburg offiziell unterzeichnet worden. Damit gehen die monatelangen Friedensgespräche mit einem überwältigenden Erfolg zu Ende.
Der Weltpräsident sagte heute auf einer Pressekonferenz in der russischen Hauptstadt, dass der Friedensvertrag mit dem Nationenbund ein Meilenstein auf dem Weg in eine humanistische und lebenswerte Zukunft für alle Menschen sei. Auch Artur Tschistokjow betonte erneut seinen Willen zum Frieden und einer umfassenden Abrüstung. Des Weiteren versprach der russische Staatschef auch eine zunehmende wirtschaftliche Öffnung des Nationenbundes. Über ein erweitertes Handelsabkommen mit der Weltregierung würde derzeit intensiv nachgedacht, fügte Tschistokjow hinzu..."
Schmidt kratzte sich mürrisch am Kinn. Kuhmichel starrte ihn an.
„Jetzt hat Tschistokjow doch mit diesen Halunken offiziell Frieden geschlossen. Ich kann es nicht glauben. Das

hatte ich nicht erwartet, wenn ich ehrlich bin", brummte er enttäuscht.
„Aber das ist doch gut, oder?", gab Marvin zurück.
Der Alte winkte energisch ab. „Nein! Damals hat Tschistokjow die Macht der Logenbrüder gebrochen und in Russland ein unabhängiges Wirtschaftssystem eingeführt. Er hat den Global Trust Fond, also die internationale Kreditbank des Weltverbundes, überflüssig gemacht und den Geldwert des Rubels an die Arbeitskraft der Bevölkerung gebunden. Damit hatte er den Bankern das Rückgrat gebrochen und Russland wieder frei von der ewigen Schuldensklaverei gemacht."
„Aha?" Kuhmichel war überfordert und wunderte sich zugleich, was der alte Mann alles wusste.
„Peter, ich mache mir Sorgen, dass die Logenbrüder Tschistokjow auf Dauer mit ihren Lügen einlullen oder sogar kaufen."
„Woher weißt du das alles, Christian?"
Der Alte grinste. „Ich weiß mehr, als du denkst. Es interessiert mich eben und daher habe ich die eine oder andere Sache über Tschistokjows Politik in Russland gelesen. Außerdem verteilen die von der DFB ständig Flugblätter und Infofiles über diese Dinge."
„Ich verstehe", murmelte Marvin und widmete sich wieder dem leckeren Fleisch auf seinem Teller.
In der nächsten Sekunde schreckte er auf und ließ fast seine Gabel fallen.
„Der berüchtigte „Grinse-Killer" Marvin Kuhmichel ist nach wie vor auf freiem Fuß. Trotz einer intensiven Fahndung in mehreren Lokalsektoren konnte der Massenmörder noch immer nicht dingfest gemacht werden. Der ehemalige Polizeibeamte, der mindestens 80 junge

Frauen ermordet und grausam zu Tode gefoltert hat, ist seit mehreren Monaten auf der Flucht vor den Sicherheitsbeamten. „Diese Bestie in Menschengestalt muss endlich gefasst werden!", betonte Subsektorverwalter Dieter Bückling heute bei einer Pressekonferenz in Berlin und forderte die Polizei auf, bei der Suche nach Kuhmichel endlich gründlicher vorzugehen.
An die Bevölkerung gewandt sagte er: „Die Menschen müssen die Augen nach diesem gewissenlosen Serienkiller offen halten. Inzwischen ist Kuhmichels Gesicht allgemein bekannt und ich hoffe, dass wir ihn in den nächsten Wochen fassen können..."
Schmidt blickte seinen kreidebleichen Gast verdutzt an. „Ist irgendetwas?"
Marvin antwortete mit einem Kopfschütteln. „Nein, ich hatte nur so einen Stich im Bein. Geht aber wieder. Geht schon."
„Da schikanieren die Bullen die Leute wegen jeder Kleinigkeit, aber einen Psychopathen wie diesen Kuhmichel kriegen sie nicht. Diese unfähigen Idioten!", ereiferte sich der Alte.
Marvin nickte schweigend und spürte, wie ihm langsam die Luft wegblieb. Schlagartig hatte er keinen Hunger mehr und bat Christian schließlich, ihm dabei zu helfen, sich wieder ins Bett zu legen.

Nach dem Friedensschluss mit dem Nationenbund der Rus flog der Weltpräsident, als offizielles Oberhaupt der Weltregierung, weiter nach Japan und unterzeichnete dort einen Friedensvertrag mit Staatschef Matsumoto. Japan war im Jahre 2029 der erste Staat gewesen, der sich nach einem allgemeinen Volksaufstand neu gegründet und aus

dem Weltverbund herausgelöst hatte. Danach war das Land von der Global Control Force angegriffen und im Zuge eines blutigen Krieges verwüstet worden.
Doch letztendlich war es Matsumoto gelungen, den Angriff des Weltverbundes unter furchtbaren Opfern abzuwehren. Nach den Japanern hatten sich die Philippinen gegen die Weltregierung erhoben und wieder unabhängig gemacht. Doch ihrem eigenen Staat war keine lange Lebensdauer beschieden gewesen, denn der Weltverbund hatte die Rebellion schnell durch die GCF niederwerfen lassen.
Dann war die Freiheitsbewegung der Rus unter der Führung Artur Tschistokjows auf der politischen Bildfläche erschienen. Zuerst in Weißrussland, um sich später bis nach Russland und in die Ukraine auszuweiten. Dass es Tschistokjow überhaupt gelingen würde, so weit zu kommen, hatten selbst die führenden Strategen der Weltregierung anfangs für unmöglich gehalten. Aber der fanatische Revolutionär hatte es nach jahrelangen Kämpfen dennoch geschafft, die Macht in Russland an sich zu reißen.
Was den Weltverbund davon abgehalten hatte, Tschistokjows Rebellion schon im Keim zu ersticken, war die Tatsache gewesen, dass es auch in anderen Regionen der Erde zunehmend kriselte. Immerhin herrschte die Weltregierung über die Leben von mehr als 8 Milliarden Menschen. Zudem hatte sie die Freiheitsbewegung der Rus zunächst nur für ein vorübergehendes Phänomen gehalten und sie ignoriert. Des Weiteren waren aufgrund der ODV-Seuche und den damit verbundenen Unruhen in Indien und Südchina zunehmend mehr GCF-Soldaten notwendig, um die Ordnung in Asien aufrecht zu erhalten.

Inzwischen waren bereits mehrere Hundert Millionen Inder an ODV gestorben, was bedeutete, dass in Asien ein Massensterben von apokalyptischen Ausmaßen stattfand. Seit einiger Zeit wütete ODV nun auch in China und Afrika, wo ganze Landstriche entvölkert wurden und im Chaos versanken.

Schließlich gab es auch noch den Nahen Osten, wo der Hass der islamischen Völker auf die Weltregierung stetig anwuchs und die Gewalt zunehmend eskalierte. Diese Region war schon seit Jahrzehnten ein Krisenherd, in dem mittlerweile Massen von GCF-Soldaten im Dauereinsatz waren.

Da die Rus bereits seit einigen Jahren mit einer Vielzahl islamischer Rebellengruppen zusammenarbeiteten und der Nationenbund diese mit Waffen und Kriegsgerät unterstützte, wurde die Situation für den Weltverbund immer prekärer.

Vor allem im Iran, wo seit Jahren bürgerkriegsähnliche Zustände herrschten, war die Lage besonders instabil und drohte ständig außer Kontrolle zu geraten. Das Gleiche galt für die Länder rund um Israel, die ebenfalls permanent von Unruhen und Konflikten erschüttert wurden.

So war der Friedensschluss zwischen der Weltregierung und dem Nationenbund der Rus auch unter dem Aspekt zu beurteilen, dass beide Seiten zunächst einmal ihre Ruhe voneinander haben wollten. Tschistokjow war froh, dass er nun Zeit und Luft hatte, sein gebeuteltes Land wieder aufzubauen, während der Weltverbund bemüht war, die Lage in einigen Regionen der Erde wieder in den Griff zu bekommen.

Ob die beiden Machtblöcke, also der Weltverbund und „Russisch-Japanische-Allianz", hinter den Kulissen wirk-

lich abrüsteten und auf einen dauerhaften Frieden schworen, konnte in diesen Tagen niemand sagen.
Nachdem sich Kuhmichel wieder halbwegs fortbewegen konnte, war er sofort in das Nachbardorf gehumpelt und hatte die Datenschachtel und seine verbliebene Ausrüstung geholt. Alles war noch unter dem Schutthaufen versteckt gewesen und der kleine, eckige Datenträger hatte keinen Schaden genommen.
Jetzt, wo die Akkus seiner beiden DC-Sticks wieder aufgeladen waren, las Kuhmichel mehrere Stunden täglich. Abwechselnd studierte er Tschistokjows „Der Weg der Rus" oder die Dokumente und Pläne von Theodor Hirschbergers Festplatte.

Heute war der 24. Dezember 2046, was bedeutete, dass Marvin und der alte Mann Weihnachten feierten. Diesen alten Brauch gab es noch immer, obwohl das Christentum im öffentlichen Leben inzwischen kaum mehr eine Rolle spielte. Aber die Tradition, am 24.12. eines Jahres zu feiern, war noch viel älter als die Christenreligion, von der Schmidt überhaupt nichts hielt.
„Die Kirche hat diesen Brauch einfach von den alten Germanen übernommen. Früher haben unsere Vorfahren nämlich die Wintersonnenwende um diese Zeit gefeiert, bis die Kirche alles in ihrem Sinne umgedeutet hat", dozierte Christian.
„Ist das so?", fragte Kuhmichel verdutzt.
„Ja, auf jeden Fall. Du solltest dich mehr mit Geschichte befassen, dann wüsstest du solche Dinge", meinte der Alte die Stirn runzelnd.
Marvin musste schmunzeln. Manchmal war Christian ein komischer Kauz, dachte er. Gedankenverloren blickte

Marvin aus dem Küchenfenster und sah, dass es schon wieder zu schneien begonnen hatte. Diesmal würde es sicherlich eine weiße Weihnacht geben, meinte Schmidt.
Sein jüngerer Gast, der sich endlich wieder bewegen konnte, half ihm dabei, das Wohnzimmer zu dekorieren und den Abwasch zu machen. Leider hatte der Alte keinen Weihnachtsbaum besorgen können, wie er etwas schuldbewusst zu Marvin sagte, doch diesen störte das nicht.
Loreen und er hatten den 24.12. auch meistens ohne einen Weihnachtsbaum gefeiert. Zudem verstand Kuhmichel den Sinn dieses alten Brauches auch nicht so richtig, wenn er ehrlich war. Weihnachtsbäume hatten allerdings immer in der großen Mall gestanden. Riesige, mit allem möglichen Glitzerkram behängte Ungetüme, wie sich Kuhmichel erinnerte. Damit war jedes Jahr das traditionelle „Christmas Shopping" eröffnet worden. Loreen war dann immer Feuer und Flamme gewesen und hatte nicht selten „geshoppt", bis das Scanchipkonto leer gewesen war.
„Heute Abend gibt es etwas ganz besonderes, mein Freund", sagte Christian und schob Marvin zur Seite, um ein paar Teller ins Wohnzimmer zu tragen.
„Darf ich fragen, was es gibt?", antwortete Kuhmichel.
„Nein!", schallte es aus dem Wohnzimmer. „Sonst wäre es ja keine Überraschung mehr."
„Hast Recht!" Der ehemalige Polizist lächelte und folgte seinem ergrauten Gastgeber mit ein paar Tassen in den Händen und einem großen, zusammengefalteten Tischtuch unter dem Arm in den Nebenraum.
Hier hatte Herr Schmidt einen in die Jahre gekommenen Teddybär auf das Sofa gesetzt und ihm eine rote Zipfel-

mütze über den Kopf gezogen. Jetzt sähe der Stoffbär aus wie der Santa Claus aus der Fernsehwerbung, meinte er, während Marvin lachen musste.
In diesem Moment zogen wieder die Erinnerungen an sein altes Leben durch seinen Kopf. Das hatte das Weihnachtsfest scheinbar so an sich, wie er dachte. Er sah sich neben seiner Frau auf der Couch sitzen, während der Fernseher lief und abwechselnd Weihnachtslieder oder Werbespots gezeigt wurden. Er stellte sich Loreen vor, wie sie kurz ihren Blick vom Fernsehbildschirm abwandte und ihn mit ihren blauen Augen liebevoll anlächelte. Doch dann entsann er sich wieder der Tatsache, dass dieses Leben niemals mehr wiederkommen würde. Marvin war kein braver Sektorbürger und Konsument mehr, sondern ein gejagter Feind des Systems. Das war nicht schön, sagte er sich, aber es war zumindest ehrlicher und realer als die Existenz in einer Scheinwelt, hinter der eine unfassbar grausame Bösartigkeit in den Schatten lauerte.

Der Winter kommt

Draußen, vor dem nicht mehr ganz dichten Wohnzimmerfenster, türmte sich der Schnee der letzten Nacht. Ab und zu zog ein eisiger Luftzug durch den Raum. Christian versuchte, dem so gut es ging entgegenzuwirken und fütterte seinen Kamin in regelmäßigen Abständen mit ein paar Holzscheiten. Irgendwann war es trotz des undichten Fensters und der das Haus belagernden Winterkälte wohlig warm geworden und Marvin setzte sich an einen liebevoll gedeckten Esstisch. Jetzt wollten sie ein echtes Weihnachtsessen genießen, ganz wie in der alten Zeit, meinte Schmidt. Der Alte hatte sich große Mühe gegeben, alles schön herzurichten, wenn es auch nicht viel daran änderte, dass das Wohnzimmer noch immer schäbig und ärmlich aussah.
„Die hat der Schlachter aus dem Nachbardorf selbst gemacht. Probier mal, Peter", sagte Christian und reichte seinem Gast einen Teller voller Würste.
Kuhmichel bedankte sich und nahm zwei davon. Dann aßen sie, bis der Alte plötzlich sagte: „Morgen kommt mein ältester Sohn mit seiner Freundin. Da freue ich mich schon drauf."
Marvin nickte und aß weiter. Er selbst hatte keine Ambitionen weitere Menschen kennen zu lernen und empfand diese Aussicht als unangenehm. Man konnte in seiner Situation einfach niemandem trauen, dachte er und seine Eingeweide verkrampften sich.
„Glaubst du denn, dass das nächste Jahr irgendetwas Neues bringen wird, Peter?", fragte Schmidt dann.

Kuhmichel hob den Blick und legte das Besteck neben den Teller. Anschließend ließ er ein Achselzucken folgen, antwortete jedoch nicht.
„Ich halte diesen Frieden zwischen der Weltregierung und Tschistokjow für absolut faul. Ganz ehrlich. Glaube kaum, dass der lange halten wird", meinte der alte Mann.
„Wir werden sehen", murmelte Marvin.
„Aber du meinst nicht, dass es irgendwann Krieg geben wird, oder?" Schmidt kratzte sich am Hinterkopf und betrachtete Kuhmichel mit seinen von tiefen Falten umgebenen Augen.
„Ich will es nicht hoffen, aber ausschließen kann man es nicht", gab Kuhmichel zurück.
Christian nahm noch eine Wurst vom Teller und schmierte etwas Butter auf eine Brotscheibe, während Marvin schweigend die Tischplatte anglotzte.
Auf einmal hob der Alte den Zeigefinger und bemerkte: „Wenn es jemals einen Krieg zwischen der Weltregierung und dem Nationenbund der Rus gibt, dann wird das definitiv ein Atomkrieg sein. Ich bin mir sicher, dass auch Tschistokjow schon einen Haufen Atomwaffen besitzt. Die rüsten da hinten auf wie die Irren. Davon bin ich absolut überzeugt. Und die Weltregierung hat ohnehin Atomraketen bis zum Abwinken."
„Gut möglich", brummte Kuhmichel.
„Die Weltregierung ist allerdings wesentlich skrupelloser als Tschistokjow und wird nicht zögern, ihre Atombomben einzusetzen, wenn es eskaliert. Wundert mich, dass die die Japaner damals nicht mit Nuklearwaffen angegriffen haben", schob Schmidt nach.

„Gott sei Dank. Auch Matsumoto hat Atomraketen", erwiderte Marvin, während sich sein ergrauter Gesprächspartner immer mehr ereiferte.
„Die Japaner hatten damals kaum Atomwaffen, aber die verdammte Weltregierung hat jede Menge davon. Da hätten die Japaner keine Chance gehabt. Vermutlich hatte es Imagegründe, dass sie im japanischen Krieg keine Atombomben eingesetzt haben. Aber die Rus sollte man nicht unterschätzen. Die haben eine Armee, die so gedrillt ist wie die der alten Spartaner. Und die Revolution und der Bürgerkrieg haben die jungen Männer dort drüben hart gemacht. Genau wie Tschistokjows Erziehung. Da würde sich die GCF im Kriegsfall wundern."
„Kein schönes Thema für ein Weihnachtsessen, oder?", antwortete Marvin mit einer Prise Zynismus.
Christian winkte ab und sagte, dass er ja völlig Recht hätte. Sofort entschuldigte er sich. Daraufhin aßen sie weiter zu Abend und ließen sich die Würste schmecken. Kuhmichel sah von Zeit zu Zeit aus dem Fenster, wo er nur eine kalte, schneebedeckte Finsternis erblicken konnte.
Egal, was das kommende Jahr brachte, er war sich sicher, dass er es bis nach Litauen schaffen würde. Und dann würde er nach Westen schauen und zu sich selbst sagen: „Soll die Welt dahinten doch verfaulen und verrotten! Mich wird sie niemals mehr wiedersehen."

Kurz nach dem Weihnachtsfest begann es noch heftiger zu schneien und ehe sich Marvin versah, war die ihn umgebende, weite Landschaft von einem weißen Laken bedeckt. Jetzt blieb Kuhmichel gar nichts anderes mehr übrig, als den Winter bei Herrn Schmidt zu verbringen. Doch dieser hatte nichts dagegen. Im Gegenteil, der alte

Mann war offenbar froh, dass ihm jemand Gesellschaft leistete.

Einmal pro Woche kam sein Sohn durch den Schnee gestapft und brachte einen Sack voller Nahrungsmittel. Ansonsten ließ sich ab und zu mal einer der anderen Dorfbewohner sehen, hielt ein Schwätzchen oder brachte etwas zu Essen vorbei. Kuhmichel blieb dann stets oben in seinem Zimmer und versuchte, jeden weiteren Kontakt mit anderen Menschen zu vermeiden. Aber offenbar fragte niemand nach ihm und so verlief alles ruhig.

Irgendwann war Marvins gebrochenes Bein wieder verheilt und er bemühte sich, seinem freundlichen Gastgeber zur Hand zu gehen, wo es möglich war.

Im Frühjahr wollte sich Kuhmichel endlich auf den Weg nach Litauen machen. Er war sich sicher, dass er es am Ende doch schaffen würde.

Letztendlich sollte er noch fast bis Anfang April in Schmidts Haus bleiben. Erst dann zog sich der Schnee zurück und es wurde wieder etwas freundlicher. Während der Wintermonate hatte Marvin sämtliche Dokumente auf der Datenschachtel und auch Tschistokjows Buch zu Ende gelesen.

Seitdem war er ein anderer Mensch geworden. Alles hatte sich in seinem Kopf zu einem schlüssigen Gesamtbild zusammengefügt und inzwischen war er davon überzeugt, dass Tschistokjow die weltpolitische Lage richtig analysierte. Die grausigen Dokumente und Pläne auf der Datenschachtel waren der Beweis, dass es wahr war, was er schrieb.

Der Kalender zeigte bereits den 26.03.2046 und Kuhmichel wusste, dass es bald Zeit zu gehen war. In den nächs-

ten Tagen wollte er sich auf den Weg nach Osten machen, um endlich die letzte Etappe seiner Flucht anzutreten.
Der heutige Tag war so gut wie vorüber und er lag in seinem Bett. Noch einmal hatte er seinen DC-Stick in die Hand genommen, um ein wenig zu lesen. Marvin blätterte in „Der Weg der Rus" und war stolz, dass er das Ende des umfangreichen Werkes schon fast erreicht hatte. Er starrte auf den die Dunkelheit ein wenig zurückdrängenden Bildschirm. Es war anstrengend, Artur Tschistokjows Buch auf diese Weise zu lesen, doch Marvin hatte sich inzwischen daran gewöhnt. Seine langsam schmerzenden Augen tapfer ignorierend kämpfte er sich durch den Text. Neulich hatten sie im Radio wieder vor dem verbotenen Buch gewarnt, das inzwischen schon in mehrere Sprachen übersetzt worden war und offenbar in jüngster Zeit von speziellen Abteilungen des russischen Geheimdienstes ADR auf vielfältige Weise im Internet verbreitet wurde. Mittlerweile, so sagten sie im Radio, würde die ADR das Buch millionenfach an alle möglichen E-Mail-Adressen verschicken.
Und sie warnten noch vor vielen anderen Dingen, wie Kuhmichel immer wieder hörte. Gerade einmal drei Monate nach dem offiziellen Friedensschluss zwischen der Weltregierung und dem Nationenbund der Rus war der Ton in den Medien wieder schärfer geworden. So wurde berichtet, dass die Russen doch im Geheimen aufrüsteten und man ihnen nicht trauen könnte.
Ende März 2046 war aus der anfangs recht unfreundlichen Berichterstattung schon blanke Hetze geworden. Die Menschenrechte in Russland würden zunehmend missachtet und der Weltverbund müsste sich Sorgen ma-

chen, dass Tschistokjow den geschlossenen Frieden eines Tages brechen würde, hieß es nun immer öfter.
Manchmal grübelte Marvin über die sich langsam verändernde Situation nach und führte mit Schmidt lange Gespräche über dieses Thema. Heute Abend jedoch verdrängte er alle diese Dinge und las. Nein, er las nicht nur – er verschlang gierig jedes einzelne Wort und öffnete seinen Geist für eine Welle verbotener Wahrheiten, die das System fürchtete wie der Teufel das Weihwasser.
„Die Logenbrüder, jene finstere Organisation, die hinter der Weltregierung steht, haben Europa nach langer Zersetzungsarbeit im Verborgenen zu dem gemacht, was es heute ist: Ein Ort des Chaos und des Zerfalls, in dem es nur noch eine Konstante gibt, nämlich die gut organisierte und zu allem entschlossene Tyrannei dieses Netzwerkes.
Demnach hat sich der Zustand, in dem die heute vor sich hin vegetierenden Völker Europas leben müssen, nicht aus einer Reihe von zufälligen, unglücklichen Ereignissen entwickelt, sondern ist gezielt geschaffen worden. Die Auflösung der alten Ordnung war von Anfang an das erklärte Ziel dieser Organisation, denn nur auf den Trümmern der Völker war es möglich, dass sie ihre internationale Zwingherrschaft errichten konnte…", las sich Marvin selbst vor und hielt dann für einen Moment inne.
Kuhmichel rieb sich die Augen, die inzwischen angefangen hatten zu stechen und zu schmerzen. Schließlich legte er den DC-Stick neben sich auf das Bettlaken und fuhr sich mit der Hand über das Gesicht. Für heute hatte er genug gelesen - allmählich begannen seine Sinne ihren Dienst zu versagen. Mit einem leisen Stöhnen lehnte sich Marvin zurück, um dann noch einmal den in der Dunkel-

heit leuchtenden Datenträger in die Hand zu nehmen und sich die Titelseite von „Der Weg der Rus" anzusehen.
Wie schon so oft betrachtete er das Bild von Artur Tschistokjow, der ihn mit ernster und entschlossener Miene ansah. Der Anführer der Freiheitsbewegung hatte ein schmales, kantiges Gesicht und blondes Haar. Der klare Blick seiner hellen Augen verriet Mut, Stolz und Ehrlichkeit, dachte Marvin. Dieser Mann konnte tief in seinem Herzen nur gut sein, das sah man ihm an. Was Tschistokjow schrieb, war die Wahrheit und er hatte sich nie gescheut, sie zu verkünden. Das sprach für ihn und für alles, wofür er stand. Inzwischen war auch Kuhmichel bereit, ihm zu folgen, genau wie Millionen Weißrussen, Russen, Ukrainer, Litauer, Esten und Letten.
„Ich bin längst auch zu einem Kämpfer der Freiheitsbewegung geworden!", sagte er zu sich selbst und ballte trotzig die Faust.
Schließlich blätterte er noch ein paar Seiten weiter, bis sein Blick an einem markanten Leitsatz des Revolutionärs haften blieb.
„Der Anfang von allem ist der unerschütterliche Wille, für die Freiheit zu kämpfen!", murmelte Marvin kaum hörbar. Anschließend schaltete er den DC-Stick aus.
Mit einem müden Lächeln sank er auf sein Kissen zurück und drehte sich dann zur Seite, in der Hoffnung endlich ein wenig Schlaf zu finden. Aber es fiel ihm nicht leicht, seinen Geist ruhen zu lassen und so lag er noch eine Weile wach und dachte nach.
„Der Anfang von allem ist der unerschütterliche Wille, für die Freiheit zu kämpfen!", blitzte es noch ein letztes Mal in Kuhmichels Gedanken auf, bevor er endlich von der Müdigkeit übermannt wurde.

Christian Schmidt drehte sich um und schob seine grauen Augenbrauen nach oben. „Nach Pasewalk?"
„Ja!", erwiderte Marvin.
„Was willst du denn da, Peter?"
„Ich muss noch etwas sehr Wichtiges erledigen, bevor ich weiter nach Osten ziehe", erklärte dieser kurz.
Der Alte hatte eine schmutzige Schürze an und stand an der Spüle. Er wischte sich die Hände an einem Handtuch trocken und strich sich durch die Haare.
„Ist es da halbwegs sicher?"
„In Pasewalk?"
„Ja!"
„Du meinst, ob da Bullen rumrennen?"
„Ja!"
Schmidt grinste hämisch. „Schon vor einigen Monaten ist die einzige Polizeiwache in der Stadt geräumt worden, nachdem die DFBler da eine Handgranate reingeworfen haben. Drei Beamte sind draufgegangen."
„Also gibt es dort gar keine Polizei mehr?", vergewisserte sich Marvin noch einmal.
„Nein! Pasewalk ist mehr oder weniger eine freie Zone, wenn man es so ausdrücken will", meinte Christian.
„Also haben die Rebellen dort das Sagen…"
„Mehr oder weniger. Ja!"
Kuhmichel starrte den Alten mit ernster Miene an und schwieg.
„Gibt es dort irgendwo öffentliches Internet?", fragte er dann.
Schmidt überlegte. „Ich denke schon. Weiß ich aber nicht so genau."
„Gut!", murmelte Marvin. „Ich muss noch etwas erledigen, bevor ich verschwinde. Es gibt etwas, das alle Leute

wissen müssen. Alle sollen es eines Tages erfahren. Wenn sie mich doch noch kriegen sollten, so können sie zumindest die Wahrheit nicht mehr einfangen, denn sie wird dann schon fortgeflogen sein. Fortgeflogen wie ein Vogel, den niemand mehr einsperren kann."
„Wovon redest du, Peter?"
„Schon gut. Nicht so wichtig", sagte Marvin leise und ging aus der Küche hinaus.

Nachdem Marvin und Christian ein letztes Mal gemeinsam zu Abend gegessen hatten, begleitete der alte Mann seinen Gast zur Tür, um sich von ihm zu verabschieden. Draußen regnete es in Strömen und Schmidt schlug Marvin vor, mit seiner Abreise noch bis zum morgigen Tag zu warten, doch dieser lehnte das Angebot ab.
„Ich muss noch etwas sehr Wichtiges erledigen und dann werde ich endgültig fort sein", sagte ihm sein Gast verhalten lächelnd.
Dann standen die beiden im Eingang des schäbigen Hauses aus roten Ziegeln und Thorsten klopfte dem für ihn noch immer mysteriösen Mann aus dem Westen väterlich auf die Schulter.
„Pass auf dich auf, Peter." Der Alte nickte und sah Marvin für einen Augenblick mit traurigen Augen an.
„Vielen Dank noch mal, mein Freund. Ohne dich wäre ich vor die Hunde gegangen", erwiderte Kuhmichel gerührt und umarmte seinen Retter wie ein Sohn seinen Vater.
„Noch eine Frage hätte ich aber…", merkte Schmidt kurz darauf an.
„So?" Marvin schob die Augenbrauen leicht nach oben.
„Heißt du eigentlich wirklich „Peter"?"

Kuhmichel blickte ernst zurück. „Vielleicht..."
„Ist ja auch egal", gab Christian zurück und klopfte seinem Gast erneut auf die Schulter. Die beiden Männer gaben sich die Hand.
„In dieser Zeit kann Vertrauen den Tod bringen. Lebe wohl!", sagte Marvin zum Abschluss und ging schließlich auf das Gartentor zu.
Schmidt sah ihm schweigend nach und wirkte noch trauriger. Dieser seltsame Fremde, mit dem er sich in den letzten Monaten so häufig unterhalten hatte und über dessen wahre Identität er dennoch nichts wusste, war ihm inzwischen ans Herz gewachsen. Jetzt ging er davon, die Straße hinunter, um kurz darauf für immer hinter einer Hausecke zu verschwinden.

Marvin versteckte sich noch für einige Stunden in dem ausgedehnten Waldstück hinter dem kleinen Dorf und pirschte sich schließlich in tiefer Nacht an den Stadtrand von Pasewalk heran. Dann wartete er erneut im Gebüsch und legte sich bis zum Morgengrauen schlafen.
Vielleicht mochte sich die gewöhnliche Polizei nicht mehr in diese Region trauen, aber die GSA würde es. Deshalb konnte er nicht vorsichtig genug sein, dachte Kuhmichel, als er aufwachte und sofort gegen eine Woge aus Furcht und Nervosität ankämpfen musste.
Es war das erste Mal seit Monaten, dass er wieder eine Stadt betrat, und der Gedanke daran bereitete ihm großes Unbehagen. Die Sonnenbrille, die einst dem Jogger gehört hatte, zog er auf und bedeckte seinen Kopf mit einer grauen Baseballmütze, die er vor einiger Zeit in einer Mülltonne gefunden hatte. So konnten sie sein Gesicht zumindest nicht auf Anhieb erkennen, dachte er. Außer-

dem trug er jetzt einen gepflegten Vollbart und hatte sich die Haare ganz kurz geschoren. Das war nicht mehr der alte Marvin Kuhmichel, dessen Gesicht inzwischen wohl schon oft im Fernsehen gezeigt worden war. Immerhin hatten sie ihn zum „Grinse-Killer" und damit zu einer prominenten Person in „Europa-Mitte" gemacht.

„Diese lügenden Ratten! Warum habe ich nicht früher erkannt, welchen Teufeln ich gedient habe?", haderte Marvin mit sich selbst und verfluchte seine einstige Gutgläubigkeit zum tausendsten Male.

Schließlich machte er sich auf den Weg in die Stadt und lief durch einen der Randbezirke von Pasewalk in Richtung Zentrum. Hier wirkte alles halb verlassen, wie er schnell erkannte, als er durch Straßenzüge voller leerstehender Häuser ging. Bei vielen dieser zerfallenen Gebäude waren die Fenster und Eingänge mit morschen Brettern zugenagelt worden. Manche davon erinnerten an Ruinen.

Diese Region starb und diese trostlose Kleinstadt war ein weiterer Beweis dafür. Laut Schmidt hatte Pasewalk noch etwa 4000 Einwohner. Früher waren es mehr als doppelt so viele gewesen, wie der alte Mann erzählt hatte.

Nach einer Weile kam Kuhmichel zu einem großen Marktplatz im Stadtzentrum und stand vor einer zerfallenen Kirche.

Es war ein trauriger Anblick. Ein großer Teil der Dachziegel des Bauwerks war im Laufe der Zeit heruntergefallen und lag nun rund um die Kirche auf dem Boden. Vor dem Eingang des alten Gotteshauses lagen ein paar Obdachlose, die ihn skeptisch anglotzten, als er an ihnen vorbeiging. Ansonsten sah Kuhmichel kaum jemanden und fragte sich, wo sich die 4000 Einwohner dieser heruntergekommenen Stadt denn versteckten. Aber es war ganz in seinem Sinne, wenn er hier kaum auf andere Menschen traf und ihm niemand zu viel Aufmerksamkeit schenkte. So ging er einfach weiter durch die Straßen und suchte nach einer Möglichkeit ins Internet zu kommen.

Als er in der Nähe des Bahnhofs an einer Reihe leerstehender Gebäude vorbeiging, begegnete er einer Gruppe junger Männer, die ihn misstrauisch beäugten und ihm mit grimmigen Mienen nachsahen. Marvin drehte sich nicht um und ging unbeirrt weiter. Glücklicherweise ließen ihn die Gestalten in Ruhe. Sie tuschelten sich gegenseitig bloß leise etwas zu, während einer der Männer auf ihn zeigte.

„Auf zur deutschen Revolution! Schafft Schutzgebiete! DFB", hatte jemand auf die Außenmauer eines baufälligen Hauses zu Marvins Linken gesprüht.

„Logenbrüder und Volksverräter zum Teufel jagen!", stand ein paar Meter weiter in großen, roten Lettern an einer anderen Hauswand.

Schließlich machte Kuhmichel einen heruntergekommenen „Call Shop", in dem es laut der Werbung im Schaufenster auch einen Internetzugang gab, ausfindig. Zielstrebig ging er darauf zu und tastete noch einmal nach der Datenschachtel in seiner Hosentasche, als wollte er sichergehen, dass sie sich nicht einfach in Luft aufgelöst hatte.

In dieser Straße gab es keine Überwachungskameras mehr, was ansonsten in jeder Stadt im Subsektor „Deutschland" üblich war. Gelegentlich sah man noch die Überreste von zerschlagenen und demolierten „Suchern", so die offizielle Bezeichnung, wenn sie nicht gänzlich aus ihren Halterungen herausgerissen und entwendet worden

waren. Kuhmichel betrat den Call Shop und betrachtete einen dicklichen, gelangweilt dreinschauenden Mann, der hinter einer Theke saß und kurz zu ihm aufsah, als er näher kam.
„Ja?", brummte der Ladenbesitzer.
„Ich möchte ins Internet", sagte Marvin.
„Heute haben wir durchgehend Strom, Sie Glückspilz. Dürfte also klappen, wenn nicht wieder einmal alles kollabiert und wir die Kerzen rauskramen müssen", gab der Mann humorlos zurück. „Gehen Sie einfach an einen Rechner."
Kuhmichel biss sich nervös auf die Unterlippe. „Wie teuer ist es denn?"
„Viertelstunde kostet einen Globe", antwortete der Mann und starrte derweil selbst auf den Bildschirm vor seiner Nase. Neben seiner speckigen Hand stand ein Aschenbecher, in dem sich ein riesiger Berg Zigarettenstummel auftürmte.
„Ich...ich...habe leider keinen Scanchip dabei. Habe ihn zu Hause liegen lassen. Könnte ich vielleicht trotzdem...?", stammelte Marvin, der sich unsicher umsah.
Ansonsten war niemand anderes in dem schäbigen Call Shop. Lediglich der dicke Kerl mit dem rötlichen Dreitagebart, der sich schnaufend von seinem Platz erhob.
„Keinen Scanchip, oder wie?", murmelte er.
„Ich kann Ihnen diese Uhr geben", sagte Marvin und kramte eine gewöhnliche Digitaluhr aus der Hosentasche.
„Ich brauche keine Uhr. Hab selber eine", antwortete der Ladenbesitzer genervt. „Haben Sie nichts anderes?"
Kuhmichel überlegte. Seine gesamte Ausrüstung, einschließlich seiner Waffen, hatte er im Wald zurückgelassen und dort im Gebüsch versteckt.

„Ich kann Ihnen ein Taschenmesser und diese Uhr geben", sagte er hastig.
Der dickliche Mann winkte ab. „Ja, komm! In Ordnung! Dann gehen Sie an einen Rechner und gut ist es. Wie lange wird es denn dauern?"
„Schon eine Weile", erklärte Kuhmichel.
„Ja, ist gut. Ist doch eh alles egal", brummte der Ladenbesitzer und setzte sich anschließend wieder an seinen Computer, um sich eine neue Zigarette in den Hals zu schieben.
„Vermutlich geht die Hälfte seiner Einnahmen für Kippen drauf", dachte Marvin und grinste in sich hinein.
Immerhin kostete eine gewöhnliche Schachtel Zigaretten inzwischen nicht weniger als 15 Globes. Und dieser Mann rauchte sicherlich mehr als nur eine Schachtel am Tag.
Schließlich setzte sich Marvin an einen der Computer und schob die Datenschachtel in einen kleinen Schlitz. Mit einem leisen Klicken rastete sie ein. Sofort begann Kuhmichel mit der Arbeit. Mittlerweile war er mehr als nervös geworden und tippte mit zitternden Fingern, während seine Hände ganze Schweißbäche absonderten.
Er richtete eine E-Mail-Adresse mit falschen Daten ein und begann daraufhin, die brisanten Dokumente von Theodor Hirschbergers Festplatte so zu zu komprimieren, dass sie als E-Mail-Anhänge verschickt werden konnten. Aufgrund der gewaltigen Datenmenge dauerte der Vorgang beinahe zwei Stunden.
In dieser Zeit hatte der Ladenbesitzer kaum mehr Notiz von ihm genommen und pausenlos geraucht. Zwischendurch war ein junger Mann einmal kurz in den Laden gekommen, hatte ein wenig mit dem Dicken geplaudert und war dann wieder verschwunden.

„Hoffentlich wird der Kerl nicht misstrauisch", sorgte sich Kuhmichel und lugte von Zeit zu Zeit am Bildschirm seines Rechners vorbei in Richtung des Call Shop Besitzers. Dieser jedoch war mit sich selbst beschäftigt.
Marvin war fest entschlossen, die Sache unter allen Umständen durchzuziehen. Würde ihm dieser Mann irgendwelche Probleme bereiten, so wäre das sein Ende, dachte er grimmig. Er würde einfach zur Theke gehen, den fetten Kerl abstechen, die Rollläden des kleinen Call Shops herunterlassen und die Tür zuschließen. Niemand würde ihn jetzt noch daran hindern können, die Wahrheit in die Welt hinaus zu schicken.
Doch diese brutalen Maßnahmen waren glücklicherweise nicht notwendig und Kuhmichel konnte seine Mission auch so zu Ende bringen. Nachdem er die vielen Dokumente, Pläne und Protokolle endlich geordnet und versandbereit gemacht hatte, ging er ins Internet und suchte nach der offiziellen Webseite der russischen Botschaft. Anschließend besuchte er noch die Homepage des russischen Geheimdienstes ADR und noch etwa zwei Dutzend Seiten der Freiheitsbewegung der Rus. Normalerweise konnte der gewöhnliche Bürger „Europa-Mittes" aufgrund einer automatischen Sperre nicht auf Seiten des Nationenbundes zugreifen. Doch diese Sperre hatte der Ladenbesitzer oder einer seiner Kunden offenbar längst beseitigt.
Zudem war es für Kuhmichel, der sich als ehemaliger Polizeibeamter gut mit solchen Dingen auskannte, ein Leichtes, dies selbst zu tun. Die Tatsache, dass die aufgerufenen Seiten allesamt auch eine englische Version hatten, erleichterte Marvins Arbeit erheblich. Schließlich

sammelte er eine Reihe von E-Mail-Adressen und begann, die Datenpakete hoch zu laden und zu versenden.
„Jetzt habe ich euch richtig gefickt!", flüsterte er mit einem breiten Grinsen, nachdem er zum letzten Mal auf „Senden" geklickt hatte. „Jetzt werden die Rus einen tiefen Einblick in eure widerlichen Pläne bekommen. Die ADR wird sich die Finger nach diesen Dokumenten und vor allem den Namenslisten lecken."
Zuletzt klickte Kuhmichel noch einmal auf den Menüpunkt „Posteingang" seines E-Mail-Accounts und nahm mit tiefer innerer Befriedigung die Tatsache zur Kenntnis, dass der erfolgreiche Eingang seiner versendeten Nachrichten bereits automatisch bestätigt worden war. Jede seiner E-Mails hatte folgenden Text erhalten:

My dear Russian friends,
I`m a resistance fighter from the sector "Central Europe" and I send you these top secret documents and name lists to support your fight against the World Government.
I hope that I can help you with these things. The secret datas are from the harddisk of a high grade Lodge Brother (Member of the "Council of the 300"!!!) called Theodor Hirschberger from Frankfurt am Main.

Greetings from Germany! God bless Artur Tschistokjow!

Dustin Bäcker

Hastig sprang Marvin von seinem Platz auf und eilte zur Theke, wo ihn der untersetzte Mann fragend anglotzte. Er gab ihm das Taschenmesser und die Uhr, um dann so schnell es ging zu verschwinden. Dieser große, illegale

Datentransfer auf streng verbotene Empfänger war mit absoluter Sicherheit vom automatisierten Internetüberwachungssystem registriert worden.

Nichtsdestotrotz war Marvin das Risiko eingegangen, denn die Rus mussten diese wertvollen Daten einfach haben.

Soeben hatte er einen gewaltigen Beitrag im Kampf für die Freiheit geleistet, ging es ihm durch den Kopf, als er den Call Shop verließ und die Straße herunterrannte.

Mit einem Gefühl endlosen Glücks eilte Marvin durch die Gassen der zerfallenen Stadt. Was er heute getan hatte, war mehr wert, als sein ganzes bisheriges Leben. Plötzlich fühlte er sich frei, als ob es den Weltverbund gar nicht mehr gäbe. Das Versenden der geheimen Daten war der finale Sieg über seine Verfolger.

Leichtfüßig rannte Marvin weiter. Leere Fensterlöcher und heruntergekommene Gestalten zogen an ihm vorbei. Kuhmichel schenkte ihnen keinen Beachtung mehr. Er lief durch die schmutzigen Straßen von Pasewalk wie ein Träger des olympischen Feuers.

Tschistokjows Geschenk

An der Stadt Eggesin vorbei wanderte Kuhmichel weiter nach Nordosten und war bald schon in der unmittelbaren Nähe des Verwaltungssektors „Europa-Ost", der vor Tschistokjows Revolution auch die Gebiete des ehemaligen Weißrussland, der Ukraine, das Baltikum und Russland bis zum Ural umfasst hatte.
Inzwischen war der ehemals riesige Sektor auf Polen und seine unmittelbaren Nachbarländer zusammengeschrumpft. Aufgrund der Tatsache, dass die verbotene Datenübertragung in Pasewalk vermutlich längst von höherer Stelle entdeckt und der brisante Inhalt der E-Mails den Behörden bereits bekannt war, bewegte sich Marvin nun mit extremer Vorsicht; also nur in tiefster Nacht und unter Berücksichtigung aller erdenklichen Vorsichtsmaßnahmen.
Inzwischen sorgte er sich, dass ihn einer der Einwohner Pasewalks vielleicht doch als „Grinse-Killer" erkannt haben könnte. Im Nachhinein, obwohl es auch Einbildung sein konnte, hatten ihn einige Passanten sehr seltsam angesehen.
Vielleicht waren die Suchtrupps der GSA bereits auf dem Weg und durchkämmten die Gebiete rund um Pasewalk, was bedeutete, dass Marvin mehr denn je zum Schatten in der Finsternis werden musste.
Mittlerweile neigte sich der Monat Mai des Jahres 2047 schon seinem Ende zu und Kuhmichel hoffte, dass er es in ein oder zwei Monaten bis nach Litauen schaffte. Im ehemaligen Polen, das war allgemein bekannt, funktio-

nierte die Überwachung der Bevölkerung nicht mehr so perfekt wie in „Europa-Mitte". Dort liefen die Uhren langsamer, wie man im Westen sagte. Außerdem war dieses Gebiet von einer noch extremeren Landflucht betroffen wie „D-Ost I", was bedeutete, dass es dort Regionen gab, die vollkommen verlassen und menschenleer waren. Das waren nicht die schlechtesten Voraussetzungen für die letzte Etappe seiner Flucht. Alles in allem war Marvin zuversichtlich, dass es ihm gelingen würde, auch noch den finalen Abschnitt seiner Reise in die Freiheit erfolgreich hinter sich zu bringen.

Kuhmichel war manchmal fast sicher, dass es ihm gelingen würde, seinen Häschern endgültig zu entkommen. In den menschenleeren und waldreichen Gebieten Nordpolens würden sie ihn nicht mehr finden können. Und wenn er dann endlich die litauische Grenze erreicht hatte, dann würde er den Rus die Datenschachtel persönlich übergeben und dadurch zeigen, dass er auf ihrer Seite war.

„Seht, welch großartigen Beitrag ich geleistet habe. Hier ist der Beweis, meine Freunde. Inzwischen bin ich ein treuer Anhänger der Freiheitsbewegung, ein treuer Anhänger Artur Tschistokjows. Nehmt mich bei euch auf wie einen Bruder, der bereit ist, für die gute Sache zu kämpfen", redete er vor sich hin, während er durch die Wälder schlich und davon träumte, dass er jenseits der Grenzen von „Europa-Mitte" ein neues Leben würde beginnen können.

„Eine Sache schadet unserem Feind mehr als jede Gewehrkugel oder Bombe: Nämlich, wenn wir die Geheimnisse seiner Organisation aufdecken. Wenn wir die Wahrheit herausschreien und den Millionenmassen zeigen, wer

hinter all den Verbrechen und Lügen steckt. Diese Dinge fürchten unsere Feinde am meisten. Sie haben vor nichts mehr Angst, als davor, dass man ihre versteckten Pläne offen legt und ihnen die Masken vor aller Augen herunterreißt!", las sich Kuhmichel vor und drückte auf einen Knopf, um den Bildschirm des DC-Sticks wieder auszuschalten.
Diese Worte stammten von Tschistokjow, der für den einsamen Wanderer inzwischen zu einer Art Heiland geworden war.
Hatte er die Worte des großen Befreiers und Erretters nicht entschlossen in die Tat umgesetzt? Ja! Das hatte er! An vorderster Front, im Kampf gegen die Diener der Völkervergifter, die ihn fangen, foltern und töten wollten. Er hatte diesen grausamen Schergen des Teufels einen Schaden zugefügt, den sie nicht so einfach wegstecken konnten. Selbst wenn sie ihn doch noch einfingen und er am Ende tot wäre, so würden ihn seine Freunde in Russland eines Tages rächen.
Sie würden die große Revolution auch auf „Europa-Mitte" ausdehnen und die Feinde der Menschheit in einer letzten Schlacht vernichten.
Kuhmichel sah es vor seinem geistigen Auge. Die große, brennende Rache, die Tschistokjow über sie bringen würde. Gleich einem strahlenden Engel mit flammendem Schwert, der die Kinder der Finsternis zurück in die Hölle trieb.
Gedankenverloren strich sich Marvin durch seine verschwitzten Haare und erhob sich vom trockenen Waldboden. Den DC-Stick ließ er in der Hosentasche verschwinden und machte sich wieder auf den Weg. Er lächelte in sich hinein und schämte sich seines Stolzes nicht. Welch

große Tat er doch vollbracht hatte, als er die geheimen Daten an die Rus geschickt hatte.
„Würde die ADR dies bereits alles wissen, so wären die GSA-Agenten nicht mit einem derartigen Eifer hinter mir her. Also habe ich etwas Großes und Weltbewegendes geleistet", dachte sich der Ausgestoßene und arbeitete sich entschlossen durch das lichtlose Dickicht nach Osten vor. Zwischen knackenden Ästen und dornigem Gestrüpp begann Marvin ein Lied zu pfeifen.
Blitzartig leuchtete der Gedanke, ob er vielleicht schon den Verstand verloren hatte, unter seiner Schädeldecke auf, doch verwarf er ihn eisern.
Ein Kämpfer der Freiheitsbewegung kannte keine Zweifel mehr. Er war Schwert und Schild Tschistokjows. Wer dem neuen Messias der Menschheit folgte, der sah die Dinge klar. Er konnte nicht verrückt sein, denn verrückt war die Welt um ihn herum.
Zuversicht, stahlhart und unzerstörbar begann Marvin auszufüllen. Er ballte die Hände so hart zu Fäusten, dass die Knöchel weiß wurden. Die Zähne zusammenbeißend stampfte er durch den tiefen Wald, der ein dunkles Labyrinth aus schwarzen Ästen und Stämmen war.
„Ich kann längst sehen. Auch in der Finsternis. Ich folge dem Licht", dachte Marvin und ging immer weiter voran.

Die Ostseeküste befand sich nur wenige Kilometer weiter nördlich. Marvin war kurz davor, den Verwaltungssektor „Europa-Mitte" für immer hinter sich zu lassen.
Noch ein paar Stunden, dann war es soweit. Heute Nacht würde er endgültig verschwinden und niemals mehr wiederkommen. Kuhmichel hatte den größten Teil des Tages in einer verlassenen Hütte im Dickicht geschlafen und

war erst aufgewacht, als die Abenddämmerung bereits eingesetzt hatte. Er hatte beschlossen, sich noch ein paar Vorräte zu beschaffen, bevor er die Grenze zu „Europa-Ost" überschritt. Genau genommen konnte man eigentlich nicht mehr von einer „Grenze" im alten Sinne des Wortes sprechen, denn Zölle und Grenzkontrollen gab es im Jahre 2047 nicht mehr.

Nur die Russen bewachten ihre Grenzen mit schwer bewaffneten Posten und ließen niemanden einfach in ihr Land hinein. Marvin würden sie selbstverständlich hineinlassen, denn er hatte ihnen bereits geholfen, indem er ihnen die geheimen Daten geschickt hatte. Damit war er kein gewöhnlicher Vagabund mehr, sondern ein treuer Unterstützer und Kampfgefährte der Rus, wie er meinte.

So schlich der Flüchtling aus dem Wald heraus und pirschte sich an ein einsames Bauernhaus heran, das neben einem großen Feld stand. Hinter dem Haus, in dem von einem Bretterzaun umgebenen Garten, machte er mehrere Obstbäume und einen Holzschuppen aus. Marvin kroch noch näher heran und sah, dass die Bäume voller Früchte hingen.

Als es schon dunkel geworden war, kletterte er behutsam über den Zaun und schlich zu einem nicht sehr hohen Apfelbäumchen, wo er seinen Leinensack hervorholte und darin einige Äpfel verschwinden ließ. Er nahm sich noch zwei weitere Bäumchen vor und wollte schon wieder in der Nacht verschwinden, als er plötzlich innehielt und sich noch einmal umdrehte.

Marvin vernahm eine leise Frauenstimme, die irgendwo aus dem dunklen Haus kam. Er stutzte und folgte der Stimme, schlich einmal um das Gebäude herum und sah dann nach oben.

Dort stand ein Fenster halb offen. Der bläuliche Schein eines eingeschalteten Fernsehers pulsierte hinter der Scheibe. Die Stimme aus dem Fernseher war jetzt laut und deutlich zu hören.

„...werden wir Sie im Verlauf dieser Nacht stündlich über die Ereignisse an der Grenze zu „Europa-Ost" informieren. Da sich der gesamte Nationenbund der Rus nach außen hin vollkommen abgeschottet hat, können wir nur vermuten, was derzeit an der Westgrenze dieses finsteren Staatsgebildes geschieht. Dass dort in diesem Augenblick riesige Truppenverbände aufmarschieren, ist jedoch klar zu erkennen.

Es wird von einer beträchtlichen Anzahl Infanteriedivisionen, darunter auch die für ihre Grausamkeit bekannten Waräger-Sturmtruppen, von großen Panzerdivisionen und Kampfflugzeugverbänden berichtet. Dass der russische Diktator und Völkermörder Artur Tschistokjow einen Angriff auf Europa plant, steht inzwischen außer Frage. Der Weltpräsident wird die jüngsten Ereignisse später noch in einer Sondersendung kommentieren und die ersten Gegenmaßnahmen der Weltregierung bekannt geben. „Es ist durchaus möglich, dass wir uns am Vorabend des Dritten Weltkrieges befinden", hat das Oberhaupt des Weltverbundes bereits gestern verlautbaren lassen.

„Sollte Artur Tschistokjows Armee in den nächsten Stunden tatsächlich die Sektorgrenze zu „Europa-Ost" überschreiten, dann kommt dieser Angriff einer Kriegserklärung gleich, was bedeutet, dass wir mit der Global Control Force entschlossen reagieren werden", so der Weltpräsident weiter..."

Kuhmichel schluckte und starrte nach oben, wo die Frauenstimme in die Nacht hinaus dröhnte. Plötzlich hörte sie sich panisch an.
In diesem Moment schossen ihm tausend Gedanken durch den Kopf, was nichts daran änderte, dass ihm die Worte fehlten.
„Ich bekomme gerade die neuesten Meldungen aus „Europa-Ost", wo man sich auf den offenbar unmittelbar bevorstehenden Angriff des Nationenbundes der Rus vorbereitet...", sagte die Reporterin.
Verstört nahm Marvin den mit Äpfeln vollgestopften Leinensack, warf ihn sich über die Schulter und rannte in Richtung des Bretterzauns.

Das Gefühl des inneren Triumphs war noch immer da und es erleuchtete Kuhmichels Geist wie ein mächtiges Gestirn. Dennoch lauerte die Angst, dass die Datenübertragung durch das automatisierte Überwachungssystem registriert worden war oder ihn jemand als „Grinse-Killer" erkannt und gemeldet hatte, noch in den Tiefen seines Verstandes. Waren die Verfolger vielleicht doch irgendwo?
Eine derartige Datenmenge und eine so große Anzahl von illegalen E-Mail-Verbindungen konnte einfach nicht unbemerkt geblieben sein, sorgte sich Marvin, um den Gedanken dann mit einem Kopfschütteln und einer energischen Handbewegung wegzuwischen.
„Nein! Sie kriegen mich nicht mehr! Sie haben es bisher nicht geschafft und sie werden es auch jetzt nicht mehr schaffen! Diese elenden Hurensöhne haben verloren!", knurrte er immer weiter in Richtung der Sektorengrenze marschierend.

Inzwischen hatte er „Europa-Ost", das ehemalige Polen, schon so gut wie erreicht. Er würde einfach weiterlaufen und laufen und laufen, entlang der Meeresküste, bis er irgendwann in Litauen war. Dort würde er sicher sein, denn Litauen war bereits von den Rus befreit worden.
Die Nachrichten über einen scheinbar kurz bevorstehenden Weltkrieg, die er soeben gehört hatte, versuchte Marvin mit aller Kraft zu ignorieren. Er mauerte seinen Geist einfach ein und drängte diese Dinge mit eisernem Willen zurück. Darüber durfte er jetzt nicht nachdenken, ermahnte er sich, denn Verwirrung führte dazu, dass er Fehler machte.
So ging Kuhmichel eine lange, einsame Straße herunter, die mitten durch den Wald führte. Kaum ein Geräusch war um ihn herum im finsteren Dickicht zu vernehmen und das war auch gut so. Wie immer war er bereit, sofort ins Gebüsch zu springen, sollte er irgendwo das Brummen eines Automotors oder gar menschliche Stimmen hören. Doch es verlief alles ruhig. Zumindest bis die Nacht schon beinahe vorüber war und es wieder zu dämmern anfing.

Kuhmichel war ununterbrochen marschiert und hatte sich nur selten ausgeruht. Mittlerweile war er vollkommen erschöpft und hungrig, doch setzte er seine Reise verbissen fort.
„Sie kriegen mich nicht mehr. Ich war übervorsichtig. Das wird ihnen nicht mehr gelingen. Ich habe die ganzen Daten versandt und jetzt mache ich mich für immer aus dem Staub. Raus aus dem verdammten „Europa-Mitte". Für immer und ewig", flüsterte Kuhmichel und beschloss, sei-

nen Marsch kurz zu unterbrechen und erst einmal ein wenig zu schlafen.
Langsam wurde es hell, was bedeutete, dass er sich wieder einmal im tiefen Wald verstecken musste.
„Nur noch ein paar Kilometer. Dann kommt die Sektorengrenze", dachte Kuhmichel erleichtert und schob ein paar Büsche zur Seite, während er immer tiefer ins dunkle Unterholz vordrang. Er folgte dem Lichtkegel seiner Taschenlampe und setzte sich schließlich zwischen zwei dicke, alte Bäume. Dort zog er eine Decke aus dem Leinensack und breitete sie vor sich auf dem Waldboden aus. Eingehüllt in eine zweite, warme Wolldecke, die er von Thorsten bekommen hatte, schloss Marvin erschöpft die Augen.
Als er schon fast eingeschlafen war, schreckte er plötzlich auf, als er in der Ferne das Rattern eines Rotors vernahm. Marvin spitzte die Ohren und richtete sich nervös auf. Es war ohne Zweifel ein Hubschrauber, der irgendwo über dem Wald seine Bahnen zog. Kuhmichel war sich sicher. In diesem Augenblick mischte sich das Rotorengeräusch mit dem eines zweiten. Angstvoll starrte Marvin zu den dunklen Baumwipfeln herauf, doch konnte er nichts erkennen. Mit jeder verstreichenden Sekunde wurde die Panik in seinem Inneren größer, während das furchteinflößende Dröhnen näher kam.

„Nein! Das darf nicht wahr sein!", stieß Marvin klagend aus und war vollkommen außer sich, als ihm bewusst wurde, dass ihn das Rotorengeräusch verfolgte.
Die lähmende Müdigkeit in seinem Kopf drängte er in diesem Augenblick zurück und bemühte sich, seine letzten Kräfte zu mobilisieren.

„So eine gottverfluchte Scheiße! Scheiße! Scheiße!"
Kuhmichel trat vor Wut gegen einen Baumstamm und ließ alles stehen und liegen, um durch das schwarze Dickicht zu fliehen.
Völlig verzweifelt begann er, so schnell er konnte, durch den Wald zu rennen und es dauerte nicht lange, da stolperte er nur noch kopflos durch das Unterholz, um nach ein paar hundert Metern in dorniges Gestrüpp zu fallen und sich die Haut aufzureißen.
Fluchend flüchtete Marvin weiter geradeaus und versuchte, sich von dem Rotorengeräusch, das einmal lauter und dann wieder leiser war, irgendwie zu entfernen. Doch es gelang ihm nicht.
Noch immer kreiste ein Hubschrauber über den Baumwipfeln und plötzlich bahnte sich grelles Scheinwerferlicht seinen Weg auf den Waldboden.
In dieser Sekunde wusste Marvin, dass ihm seine Verfolger unmittelbar auf den Fersen waren. Eine grenzenlose Panik durchfuhr ihn; sie veranlasste ihn dazu, noch unkontrollierter umherzuirren.
Das Scheinwerferlicht kam Kuhmichel hinterher. Nun hörte er jemanden in der Ferne rufen. Es folgte lautes Hundegebell. Dann war es für einen Moment still, während das Scheinwerferlicht schlagartig verschwand und sich der Hubschrauber langsam zu entfernen schien.
Wieder Hundegebell! Es kam blitzartig näher und im Dickicht raschelte es, als etwas Dunkles durch die Äste brach. Kuhmichel riss die Automatikpistole, die er damals einem der toten Polizisten weggenommen hatte, aus ihrem Halfter und ließ sich auf den Boden fallen. Panisch suchten seine Augen die Umgebung ab, während Marvin mit angehaltenem Atem lauschte, woher das wütende

Knurren kam. Es wurde immer lauter und lauter. Kuhmichel sprang auf, ging einige Schritte zurück und stellte sich zwischen zwei Bäume, als er einen schwarzen Schatten auf sich zurasen sah.
„Ein verdammter Spürhund!", schoss es ihm durch den Kopf.
Das Biest, ein riesenhafter, schnaubender Rottweiler, hielt mit unglaublicher Geschwindigkeit auf ihn zu. Kuhmichel hielt den Atem an. Er visierte das Tier mit der Pistole an.
„Komm schon!", zischte er grimmig, während ihn der Hund schon fast erreicht hatte und mit einem tiefen Grollen zum Sprung ansetzte.
Marvin taumelte entsetzt nach hinten, als er die langen, weißen Reißzähne des Rottweilers auf sich zufliegen sah und schoss reflexartig um sich. Eine Blutwolke spritzte vor ihm auf und der Hund blieb mit einem leisen Jaulen liegen. Er hatte ihn erwischt. In letzter Sekunde!
Doch es blieb ihm keine Zeit, den Sieg auszukosten, denn zu Marvins Linken sprang bereits der nächste Spürhund aus dem Unterholz und warf sich mit einem zornigen Knurren auf ihn.
Kuhmichels panisch abgefeuerte Kugeln gingen ins Leere und der vor Zorn rasende Rottweiler sprang direkt auf ihn, um sich sofort in seinem Unterarm zu verbeißen. Kuhmichel schrie vor Schmerzen auf und fiel zu Boden; der Rottweiler schnappte schon in der nächsten Sekunde nach seiner Kehle. Marvin hielt den linken Arm verzweifelt vor sein Gesicht und die spitzen Zähne des Hundes gruben sich erneut in sein Fleisch.
Die menschlichen Stimmen im Hintergrund ignorierte Marvin in diesen Sekunden größter Panik und Qual. Er

tastete nach dem Messer an seinem Gürtel. Längst stand der schnaubende Rottweiler über ihm und biss weiter auf seinen Unterarm ein.

Auf einmal stieß Kuhmichel selbst ein bestialisches Knurren aus und rammte dem Tier im Gegenzug das Messer in den Bauch. Anschließend zog er es sofort wieder heraus und bohrte es dem Hund in den Hals. Laut jaulend zuckte die Bestie zusammen und es gelang Marvin, sie von sich herunter zu stoßen, um ihr dann einen Stich in den Nacken zu verpassen. Der Rottweiler wandte sich auf dem Waldboden, während sich Kuhmichel wieder aufrichtete und vor Schmerzen wimmernd durch das Dickicht davon torkelte.

„Wir haben ihn!", hörte er hinter sich, als ihm mehrere Lichtkegel hinterher huschten.

Marvin drehte sich nicht um und rannte einfach immer weiter ohne nachzudenken. Der stechende Schmerz in seinem linken Unterarm wirkte wie eine Dornenpeitsche, die endgültig alle Erschöpfung vertrieb und ihn zu einer wilden Flucht anheizte.

Dann kamen auch die Rotorengeräusche zurück und diesmal waren es mindestens zwei Hubschrauber, die schlagartig über den Baumwipfeln auftauchten und den Wald in ein grelles Licht tauchten.

„Bleiben Sie stehen!", gellte es hinter Marvin durch das Dickicht, aber dieser dachte nicht daran, einfach aufzugeben. Fluchend und vor Schmerzen heulend setzte er seine verzweifelte Flucht fort.

Irgendwo in der Ferne bellte ein weiterer Hund und sein Kläffen vermischte sich mit immer mehr menschlichen Stimmen und dem Krach der Hubschrauber über den Baumkronen. Kuhmichel biss sich auf die Zähne, so wie er es während seiner langen, mühsamen Flucht immer getan hatte, und rannte weiter.

Marvin war immer weiter querfeldein durch das Unterholz gerast und dann einen hohen Abhang hinaufgeklettert. Jetzt befand er sich auf einem kleinen Hügel mitten Wald. Das glaubte er zumindest, denn er hatte längst die Orientierung verloren.
Die Automatikpistole verkrampft in der rechten Hand haltend, hockte er hinter einem breiten Baumstamm und wartete. Das Geschrei in der Finsternis und das Knurren der Spürhunde hatte er nicht abschütteln können. Es kam ihm langsam hinterher – unbeirrt und unaufhaltsam. Einen der Hubschrauber hörte Marvin in einiger Entfernung dröhnen. Offenbar suchte ihn der Pilot in einem anderen Teil des Waldes.
„Verfluchte Scheiße!", fauchte Kuhmichel durch die Nacht und schimpfte auf Gott und die Welt, als er zwischen den Bäumen einen schwachen Lichtschein ausmachte. Seine Verfolger hatten den Fuß des Waldhügels schon beinahe erreicht und in den Tiefen seines Verstandes wusste Marvin bereits, dass hier wohl alles zu Ende gehen würde. Der feindlichen Übermacht konnte er nicht mehr lange widerstehen.
So beschloss Kuhmichel, diesen Hügel zu verteidigen und nicht mehr weiter durch den endlos erscheinenden Wald zu fliehen. Dazu war er mittlerweile einfach zu erschöpft und schwach. Vor den flinken Spürhunden und den Hubschraubern konnte er sich auf lange Sicht ohnehin nicht mehr verstecken. Es war vorbei.
Die automatisierte Internetüberwachung hatte die Datenversendung registriert, dachte er. Vielleicht war er auch

von jemandem erkannt worden. Marvin kannte den Grund nicht, warum ihn die GSA nun doch noch gefunden hatte. Dass sie ihn gerade hier, unmittelbar an der Grenze zu „Europa-Ost" gesucht hatten, war vielleicht auch einfach Pech gewesen, sinnierte Kuhmichel.
Während seiner Flucht hatte er oft großes Glück gehabt, um hier und heute ein letztes Mal Pech zu haben. So war es eben. Es ließ sich nicht mehr ändern.
Durch den Biss des Rottweilers, der ihm den linken Unterarm zerfleischt hatte, war er schwerer verletzt worden, als er es anfangs hatte wahrhaben wollen. Inzwischen hatte sich der zerfetzte Ärmel seiner Jacke schon rot gefärbt und die Wunde blutete noch immer.
„Dann kommt hoch, ihr Bastarde!", zischte Marvin und legte sich neben einen Baumstamm.
Als hätte der Rottweiler, der plötzlich aus dem Dickicht am Fuße des Hügels heraussprang, die Herausforderung gehört, rannte er Kuhmichel entgegen. Sekunden später war er da. Marvin visierte den sich schnell bewegenden Schatten an und schoss.
Mit einem lauten Klagelaut brach das Tier zusammen und rutschte den Hügel hinunter. Kuhmichel stieß ein irrsinniges Kichern aus. Er hatte das verfluchte Vieh erwischt.
„Nummer drei!", sagte er gehässig und kroch hinter den umgestürzten Baum.
Unten vermehrten sich die Lichtkegel und vier dunkle Schatten kamen zwischen den Bäumen zum Vorschein. Kuhmichel nahm sie aufs Korn; wartete jedoch, bis sie den Hügel hinaufkletterten.
„Er muss hier irgendwo sein!", hörte er einen der Verfolger seinen Kameraden zurufen.

Sie kletterten weiter nach oben und klammerten sich an ihre Sturmgewehre, während Kuhmichel hinter dem Baum auf sie lauerte und den Atem anhielt.

Als der Erste der GSA-Agenten nur noch ein Dutzend Meter unter ihm war, gab Marvin mehrere Schüsse auf ihn ab. Er traf den Mann mitten ins Gesicht. Dieser sackte lautlos zusammen, während seine drei Begleiter aufschrien und versuchten, irgendwo Halt zu finden. Doch der Hügel war steil und der Boden schlammig.

Mit grimmiger Genugtuung sah Kuhmichel, wie sich seine Feinde bemühten, eine feste Position zu finden und einer von ihnen dabei den Hang herunterrutschte.

„Sie wollen mich unbedingt lebend fangen, sonst hätten sie mich schon längst über den Haufen geschossen", dachte Marvin, um dann selbst zum Angriff überzugehen.

Er sprang hinter dem umgestürzten Baum hervor, stürmte den Hang herab und eröffnete das Feuer auf den nächsten Verfolger. Der verdutzte Mann, der mit so viel verzweifeltem Heldenmut offenbar nicht gerechnet hatte, schwenkte blitzartig herum, als Kuhmichel auch schon vor ihm stand und ihm in den Kopf schoss.

Wieder knurrte Marvin wie ein zorniges Raubtier und ignorierte die Kugeln, die direkt neben ihm in einen Baumstamm einschlugen. Im Gegenzug feuerte Marvin mit der Pistole zurück und traf auch noch den dritten GSA-Mann, der wie ein nasser Sack nach hinten kippte und dann den Abhang herunterrollte.

Der vierte Geheimdienstmann schoss derweil wild um sich und eine seiner Kugeln traf Kuhmichels rechte Schulter, was diesen jedoch nicht daran hinderte, seinen Sturmangriff fortzusetzen. Marvin sprang den in einem

schweren Körperpanzer steckenden Mann wie ein wildes Tier an und riss ihn mit ohrenbetäubendem Gebrüll zu Boden. Dabei verlor der GSA-Agent sein Gewehr und rutschte mit ihm über den schlammigen Waldboden. Der Mann schmetterte Marvin die Faust ins Gesicht, doch dieser ließ sich in seiner Raserei von keinem Schmerz mehr beeindrucken. Kuhmichel antwortete ihm mit einem wuchtigen Kopfstoß gegen das Nasenbein, um ihn anschließend mit dem Messer anzugreifen. Sein auf dem Boden liegender Gegner reagierte zu spät, als er versuchte, die Klinge abzuwehren. Marvin rammte sie ihm von unten in den Hals.
Gurgelnd und zappelnd hauchte der GSA-Mann sein Leben aus. Kuhmichel sah ihm mit versteinerter Miene beim Sterben zu.
„Nun ist es gut...", stöhnte er und nahm dem Toten das Sturmgewehr weg, um noch einmal den Hügel hinaufzuklettern.
In der Ferne hörte er noch mehr Stimmen und plötzlich kamen auch die Rotorengeräusche näher. Halb wahnsinnig vor Schmerzen schleppte sich der Flüchtling bis zur Spitze des kleinen Hügels hinauf und versteckte sich dort im Gebüsch.
Es dauerte ungefähr eine Viertelstunde, bis die nächsten Verfolger aus dem Wald kamen und am Fuße des Hügels in Position gingen. Doch sie kamen nicht hoch und blieben stattdessen erst einmal in Deckung. Als sie einen ihrer toten Kollegen erblickten, redeten sie aufgeregt durcheinander.
Kuhmichel konnte ihre Stimmen hören und verstand zum Teil sogar, was sie sagten. Sie hielten ihn für gefährlicher als sie es anfangs gedacht hatten und beschlossen, zu-

nächst auf einen weiteren Suchtrupp zu warten, bevor sie den Hügel stürmten.
„Ihr müsst schon zugeben, dass ich euch am Ende doch noch richtig die Ärsche aufgerissen habe", sagte Marvin mit einem schmerzerfüllten Lächeln und hielt sich abwechselnd die verletzte Schulter und den zerbissenen Unterarm.
Es dauerte noch eine Weile, bis sich rund um den Hügel genügend GSA-Agenten versammelt hatten, um endlich zum letzten Gefecht überzugehen. Inzwischen war es schon hell geworden und Kuhmichel hatte bereits so viel Blut verloren, dass er kaum noch in der Lage war zu laufen.
Als sich endlich genügend Agenten zusammengefunden hatten, fühlten sich die Verfolger stark genug, um die Operation zu Ende zu bringen.

Immer wieder brach Marvin vor Schwäche und Erschöpfung zusammen, doch kämpfte er sich trotzdem weiter durch das dichte Gestrüpp, bis er schließlich am anderen Ende des Hügels aus dem Wald herausstolperte. Dort befand sich ein steiler Abhang, den Kuhmichel geistesabwesend heruntertorkelte, um daraufhin am Ufer eines Sees herauszukommen. Der schützende Wald war verschwunden und vor Marvins Augen erhob sich ein sonnendurchfluteter Morgenhimmel am Horizont.
Das Geschrei seiner Verfolger in seinem Rücken trotzig missachtend, lief er zum sandigen Ufer des Sees, wo er auf einen verdutzten Angler traf. Neben dem Mann, der am Rande des Gewässers saß und Marvin fragend anstarrte, stand ein roter Volkswagen, dessen rechte Beifahrertür offen stand. Mit kreidebleichem Gesicht sank

der schwer verwundete Flüchtling kurz vor dem Auto auf den Boden und legte sich auf den Rücken. Hinter ihm kamen die ersten GSA-Agenten den Abhang heruntergerannt. Mit schnellen Schritten näherten sie sich dem Seeufer.
Marvin kroch einige Meter über den sandigen Boden in Richtung des roten Autos, als wollte er hinter dem Fahrzeug Schutz suchen. Er zog eine dunkle Blutspur hinter sich her, versuchte aber noch immer, mit aller Kraft bei Bewusstsein zu bleiben, obwohl er deutlich spürte, wie er langsam schwächer wurde und sein Verstand von einer milchigen Nebelwolke verschlungen wurde.
„Es ist zu spät! Ich habe gewonnen! Die…die Daten haben die Rus! Sie haben all die Dokumente und Namenslisten und all das andere geheime Zeug, ihr verfluchten Schweine", stöhnte Marvin mit einem gequälten Lächeln. Er sah zu einem GSA-Agenten herauf, der bloß regungslos dastand und den Lauf seiner Waffe auf ihn richtete.
Hinter dem Mann kamen fünf weitere Geheimdienstleute in schweren Körperpanzern den Hang heruntergestürmt, sie riefen laut durcheinander.
Der Angler verharrte indes mit weit aufgerissenen Augen wenige Meter neben dem roten Auto auf seinem Platz und wagte es nicht, sich zu bewegen.
„Es ist vorbei, Kuhmichel!", knurrte der Agent und kam noch ein Stück näher. Ihm folgten seine fünf Kollegen, die sich kurz darauf mit erhobenen Waffen neben ihm postierten.
„Sie haben die Daten. Es ist zu spät!", wiederholte Marvin und klammerte sich mit letzter Kraft an die Autotür.
Über den Baumwipfeln wurde ein Hubschrauber sichtbar; langsam kam er zum Ufer des Sees geflogen.

Kuhmichel starrte die GSA-Agenten voller Hass und Trotz an. Seine Wut verlieh ihm jetzt noch einen letzten Schub Energie.

„Hoffentlich können wir den Kerl überhaupt noch verhören. So wie der aussieht, wird er nicht mehr lange machen", hörte Marvin einen der Geheimdienstleute zu seinen Kollegen sagen.

„Es ist ohnehin zu spät! Ich habe gewonnen!", zischte Kuhmichel den ihn umringenden Agenten verächtlich entgegen.

Diese sahen nur wortlos auf ihn herab, aber es gelang ihnen nicht, die Angst in ihren Gesichtern gänzlich vor ihm zu verbergen. Sie fürchten sich vor mir, dachte Marvin, wobei er sich an dem Gefühl labte, am Ende doch gesiegt zu haben.

Die geheimen Daten waren fortgeflogen wie ein Vogel und niemand konnte sie mehr einfangen. Dafür war es längst zu spät.

Im Hintergrund kamen derweil immer mehr GSA-Leute aus dem Wald, sie eilten zum Seeufer. Kuhmichel grinste irrsinnig in ihre Richtung und stöhnte zwischendurch immer wieder vor Schmerzen. Er drehte den Kopf zur Seite und bemerkte auf einmal eine tiefe, ernste Stimme, die im Inneren des Autos zu hören war. Erst jetzt achtete er darauf, was sie sagte.

Verzweifelt versuchte sich Marvin an der offenen Autotür nach oben zu ziehen, um wieder auf die Beine zu kommen, doch dafür war er bereits zu schwach. Seine blutverschmierten Hände glitten kraftlos an dem Metall herab und er fiel zurück in den Sand.

Um ihn herum standen die GSA-Agenten und starrten ihn schweigend an, die Läufe der Sturmgewehre weiterhin auf ihn richtend. Endlich verstand Marvin, wovon die Stimme im Radio sprach und die Worte des Sprechers drangen wie ein gleißender Lichtstrahl durch den Nebel in seinem Kopf.

Nun verstand er alles, jedes einzelne Wort. Die Stimme aus dem Radio wurde plötzlich immer lauter und klarer. Ja, endlich wurde Marvin bewusst, wovon sie sprach. Er stieß ein schallendes Lachen aus, hämmerte mit der Faust in den Sand und funkelte die GSA-Agenten ein letztes Mal mit seinen vor wildem Trotz brennenden Augen an.

„Es liegen noch keine genauen Berichte vor, wie groß die Anzahl der Truppen des Nationenbundes ist, die heute Morgen die Grenze zum Sektor „Europa-Ost" überschritten haben. Sicher ist jedoch, dass mehrere hunderttausend Soldaten, gefolgt von Panzerdivisionen und Kampfflugzeugen, in Richtung Warschau und Prag vorgestoßen sind.

Der Einmarsch der russischen Streitkräfte in den Verwaltungssektor „Europa-Ost" hat die Weltregierung tief erschüttert und es ist anzunehmen, dass sich der nun kommende Krieg nicht nur auf den Sektor „Europa-Mitte", sondern die gesamte Welt ausweiten wird.

In Ostasien ist es heute Morgen ebenfalls bereits zu Feuergefechten zwischen japanischen Soldaten und Einheiten der Global Control Force gekommen. Liebe Hörerinnen und Hörer, wir stehen offenbar vor dem Dritten Weltkrieg...", hallte die Stimme aus dem Auto.

Vor Schmerzen brüllend zog sich Marvin an der Tür des Fahrzeugs hoch und es gelang ihm für einen kurzen Moment, noch einmal aufrecht zu stehen. Seine Augen leuchteten auf wie neu geborene Sonnen, sie strahlten voll triumphierender Freude.

Den GSA-Agenten schrie er entgegen: „Hört ihr es? Könnt ihr es hören? Tschistokjow kommt! Er kommt, um euch und eure Herren zu vernichten! Es ist sein Geschenk an mich!
Eure Welt der Lüge wird brennen! Wir werden diesen Krieg gewinnen, denn wir sind Menschen geblieben, während ihr nur noch Scanfleisch seid!
Macht mit mir, was ihr wollt! Es wird euch nicht mehr retten! Artur Tschistokjow bringt die neue Zeit! Die Völker werden sich gegen euch erheben und ihr werdet untergehen! Ich weiß es!"
Dann sank Kuhmichel in sich zusammen. Er spürte, wie seine Kräfte dahinschwanden. Marvin legte sich in den Sand, blickte in den Himmel und lächelte in sich hinein.

„So also fühlt sich Freiheit an..."

Glossar

Abwehrsektion der Rus (ADR)
Der Geheimdienst und die politische Polizei des Nationenbundes der Rus.

DC-Stick
Der „Data Carrier Stick" (kurz DC-Stick) ist ein tragbarer Minicomputer, der große Mengen von Daten speichern kann.

Freiheitsbewegung der Rus
Politische Revolutionsbewegung unter Führung von Artur Tschistokjow, die nach dem Ende des russischen Bürgerkrieges im Jahre 2042 in Weißrussland, Russland, dem Baltikum und der Ukraine die Macht übernommen hat.

Global Control Force (GCF)
Bei der GCF handelt es sich um die offiziellen Streitkräfte der Weltregierung, die sich aus Soldaten aller Länder rekrutieren. Andere Formen militärischer Organisation sind weltweit nicht mehr erlaubt.

Global Police (GP)
Ähnlich wie die GCF ist die GP die internationale Polizei, die den Befehlen der Weltregierung untersteht.

Global Security Agency (GSA)
Die GSA ist der internationale Geheimdienst, der im Auftrag der Weltregierung die Bevölkerung überwacht und politische Gegner ausschaltet. Das größte GSA-In-

ternierungslager Europas befindet sich auf den Faröer-Inseln.

Globe
Der Globe wurde von der Weltregierung zwischen 2018 und 2020 als globale Währung eingeführt. Jeder Verwaltungssektor der Erde musste den Globe ab dem Jahr 2020 als einziges Zahlungsmittel akzeptieren.

Nationenbund der Rus
Von Artur Tschistokjow beherrschtes Staatsgebilde, das Weißrussland, das Baltikum, die Ukraine und Russland bis zum Uralgebirge umfasst.

Scanchip
Der Scanchip ersetzt seit 2018 in jedem Land der Erde den Personalausweis und die Kreditkarte. Bargeld wurde im öffentlichen Zahlungsverkehr abgeschafft und jeder Bürger hat nur noch ein Scanchip-Konto.
Weiterhin ist ein Scanchip eine Personalakte, ein elektronischer Briefkasten für behördliche Nachrichten und vieles mehr.

Weltregierung
Die Weltregierung beherrscht seit 2018 den gesamten Planeten. Lediglich der Nationenbund der Rus und Japan sind eigenständige Staatsgebilde, die sich in der Zeit nach 2032 im Zuge von Artur Tschistokjows Revolution bzw. dem japanischen Unabhängigkeitskrieg gebildet haben. Das von der Weltregierung beherrschte Imperium wird auch als „Weltverbund" bezeichnet.

Weitere Romane von Alexander Merow im Buchhandel:

Romanserie „Beutewelt"

Beutewelt I – Zukunft in Ketten
Beutewelt II – Aufstand in der Ferne
Beutewelt III – Organisierte Wut
Beutewelt IV – Die Gegenrevolution
Beutewelt V – Bürgerkrieg 2038
Beutewelt VI – Friedensdämmerung
Beutewelt VII – Weltenbrand

Romanserie „Das aureanische Zeitalter"

Das aureanische Zeitalter I – Legionär Princeps
Das aureanische Zeitalter II – Im Schatten des Verrats
Das aureanische Zeitalter III – Die Hölle von Thracan
Das aureanische Zeitalter IV – Vorstoß nach Terra
Das aureanische Zeitalter V – Der Marskrieg
Das aureanische Zeitalter VI – Blick in den Abgrund
Das aureanische Zeitalter VII – Mein Omega

Romanserie „Die Antariksa Saga"

Die Antariksa-Saga I – Grimzhag – Der Beginn
Die Antariksa-Saga II – Sturm über Manchin
Die Antariksa-Saga III – Die Faust des Goffrukk
Die Antariksa-Saga IV – Blinder Hass

Die Antariksa-Saga V – Späte Vergeltung
Die Antariksa-Saga VI – Der neue Arasig

Romanserie „Postmortem"

Postmortem I – Die Leute von Wallheim

Romanserie „Alarvail"

Alarvail I – Der Elbenkrieger
Alarvail II – Schrecken der Trallaith

Romanserie „Uraltes Grauen"

Uraltes Grauen I – Uraltes Grauen

Weitere Buchempfehlungen:

Die Amerikanerin Ariel Summer hat gerade ihr Studium beendet. Mit Hilfe einer deutsch-amerikanischen Firma nimmt sie an einer Forschungsreise in die Antarktis teil. Die Reise führt sie und andere junge Leute auf eine Forschungsstadtion, die neu im Neuschwabenland errichtet wurde. Dort machen sie so manche überraschende Entdeckung...

Mit Bonus-Kapitel über den Journalisten Billy Six und seine Arbeit.

Verlag: Tredition
Preis: 9,00 Euro
Seiten: 118
ISBN: 978-3384224941

In dem Buch „Arme Kassandra" von Kaiserfront-Autor Christian Schwochert geht es um eine junge Frau in Berlin, die sich den Lügen und Manipulationen ihrer Umwelt erwehren muss.
Am Anfang der Geschichte beobachtet sie einen grausamen Mord, aber kaum jemand glaubt ihr, dass dieser tatsächlich stattgefunden hat. Mehr noch: Die Medien stellen sie sogar als Verbrecherin hin und sie ist gezwungen zu beweisen, dass der Mord wirklich stattgefunden hat.

Als Bonus gibt es einen Artikel UND ein sehr gutes Interview mit dem berühmten Journalisten Billy Six. Der Artikel ist bereits in „Ariel in der Antarktis" erschienen; dadurch entstand auch die Idee ein Interview mit dem ehrenwerten Journalisten zu machen. Hier wird es nun gedruckt veröffentlicht.

Verlag: Tredition
Preis: 12,00 Euro
Seiten: 242
ISBN: 978-3384237798

Milton Keynes UK
Ingram Content Group UK Ltd.
UKHW030843141124
451205UK00004B/245

9 783759 760982